D0805069

D'APRÈS UNE HISTOIRE VRAIE

Née en 1966, Delphine de Vigan est une auteure française. Ancienne directrice d'études, elle a publié plusieurs romans, dont *No et moi*, Prix des libraires 2008 et adapté en 2010 au cinéma par Zabou Breitman, *Les Heures souterraines* ou encore *Rien ne s'oppose à la nuit*, lauréat en 2011 du Prix du roman Fnac, du Prix du roman France Télévisions, du prix Renaudot des lycéens et du Grand prix des lectrices de *Elle*. Ses romans sont traduits dans plus d'une vingtaine de langues. *D'après une histoire vraie* a reçu le prix Renaudot et le prix Goncourt des lycéens en 2015.

DELPHINE DE VIGAN

D'après
une histoire vraie

ROMAN

JC LATTÈS

© Éditions Jean-Claude Lattès, 2015.
ISBN : 978-2-253-06863-1 – 1re publication LGF

Quelques mois après la parution de mon dernier roman, j'ai cessé d'écrire. Pendant presque trois années, je n'ai pas écrit une ligne. Les expressions figées doivent parfois s'entendre au pied de la lettre : je n'ai pas écrit une lettre administrative, pas un carton de remerciement, pas une carte postale de vacances, pas une liste de courses. Rien qui demande un quelconque effort de rédaction, qui obéisse à quelque préoccupation de forme. Pas une ligne, pas un mot. La vue d'un bloc, d'un carnet, d'une fiche bristol me donnait mal au cœur.

Peu à peu, le geste lui-même est devenu occasionnel, hésitant, ne s'exécutait plus sans appréhension. Le simple fait de tenir un stylo m'est apparu de plus en plus difficile.

Plus tard, j'ai été prise de panique dès que j'ouvrais un document Word.

Je cherchais la bonne position, l'orientation optimale de l'écran, j'étirais mes jambes sous la table. Et puis je restais là, immobile, des heures durant, les yeux rivés sur l'écran.

Plus tard encore, mes mains se sont mises à trembler dès que je les approchais du clavier.

J'ai refusé sans distinction toutes les propositions qui m'ont été adressées : articles, nouvelles de l'été, préfaces et autres participations à des ouvrages collectifs. Le simple mot *écrire* dans une lettre ou un message suffisait à me nouer l'estomac.

Écrire, je ne pouvais plus.

Écrire, c'était non.

Je sais aujourd'hui que différentes rumeurs ont circulé dans mon entourage, dans le milieu littéraire et sur les réseaux sociaux. Je sais qu'il a été dit que je n'écrirais plus, que j'étais parvenue au bout de quelque chose, que les feux de paille, ou de papier, toujours, finissent par s'éteindre. L'homme que j'aime s'est imaginé qu'à son contact j'avais perdu l'élan, ou bien la faille nourricière, et que par conséquent je ne tarderais pas à le quitter.

Lorsque des amis, des relations, et parfois même des journalistes se sont aventurés à me poser des questions sur ce silence, j'ai évoqué différents motifs ou empêchements parmi lesquels figuraient la fatigue, les déplacements à l'étranger, la pression liée au succès, ou même la fin d'un cycle littéraire. Je prétextais le manque de temps, la dispersion, l'agitation, et m'en tirais avec un sourire dont la feinte sérénité ne dupait personne.

Aujourd'hui, je sais que tout cela n'est que prétexte. Tout cela n'est rien.

Avec mes proches, il m'est sans doute arrivé d'évoquer la peur. Je ne me souviens pas d'avoir parlé de terreur, c'est pourtant de *terreur* qu'il était question. Maintenant je peux l'admettre : l'écriture qui m'occupait depuis si longtemps, qui avait si profondément transformé mon existence et m'était si précieuse, me terrorisait.

La vérité est qu'au moment où j'aurais dû me remettre à écrire, selon un cycle qui alterne des périodes de latence, d'incubation, et des périodes de rédaction à proprement parler – cycle quasi chronobiologique que j'expérimentais depuis plus de dix ans –, au moment donc où je m'apprêtais à commencer le livre pour lequel j'avais pris un certain nombre de notes et collecté une abondante documentation, j'ai rencontré L.

Aujourd'hui je sais que L. est la seule et unique raison de mon impuissance. Et que les deux années où nous avons été liées ont failli me faire taire à jamais.

I

SÉDUCTION

— il avait l'impression d'être un personnage dont l'histoire n'était pas racontée comme des événements vrais, mais créée comme dans une fiction.

(Stephen King, *Misery*)

Je voudrais raconter comment L. est entrée dans ma vie, dans quelles circonstances, je voudrais décrire avec précision le contexte qui a permis à L. de pénétrer dans ma sphère privée et, avec patience, d'en prendre possession. Ce n'est pas si simple. Et au moment où j'écris cette phrase, *comment L. est entrée dans ma vie*, je mesure ce que l'expression revêt de pompeux, un rien survendu, la manière dont elle souligne une dramaturgie qui n'existe pas encore, cette volonté d'annoncer le tournant ou le rebondissement. Oui L. est *entrée dans ma vie* et l'a bouleversée en profondeur, lentement, sûrement, insidieusement. L. est entrée dans ma vie comme sur un plateau de théâtre, au beau milieu de la représentation, comme si un metteur en scène avait veillé à ce qu'autour tout s'estompe pour lui faire place, comme si l'entrée de L. avait été apprêtée pour en signifier l'importance, afin qu'à ce moment précis le spectateur, et les autres personnages présents sur scène (moi, en l'occurrence) ne regardent qu'elle, afin que tout, autour de nous, s'immobilise, et que sa voix porte jusqu'au fond de la salle, bref pour qu'elle fasse son petit effet.

Mais je vais trop vite.

J'ai rencontré L. à la fin du mois de mars. À la rentrée suivante, L. évoluait dans ma vie telle une amie de longue date, en terrain connu. À la rentrée suivante, nous avions déjà nos *private jokes*, une langue commune faite de sous-entendus et de double sens, des regards qui suffisaient à nous comprendre. Notre complicité se nourrissait de confidences partagées, mais aussi de non-dits et de commentaires silencieux. Avec le recul, et au vu de la violence qu'a revêtue plus tard notre relation, je pourrais être tentée de dire que L. est entrée dans ma vie par effraction, avec pour seul objectif l'annexion de mon territoire, mais ce serait faux.

L. est entrée en douceur, avec une infinie délicatesse, et j'ai passé avec elle des moments d'une étonnante complicité.

Dans l'après-midi qui a précédé notre rencontre, j'étais attendue pour une séance de dédicace au Salon du Livre de Paris. J'y avais retrouvé mon ami Olivier qui était l'invité d'une émission en direct sur le stand de Radio France. Je me suis mêlée au public pour l'écouter. Nous avons ensuite partagé un sandwich dans un recoin avec Rose, sa fille aînée, tous les trois assis sur la moquette usée du Salon. J'étais annoncée à 14 h 30 pour une signature, cela nous laissait peu de temps. Olivier n'a pas tardé à me dire que j'avais l'air épuisé, vraiment, il s'est inquiété de savoir comment je m'en sortais avec tout ça, *tout ça* désignant à la fois le fait d'avoir écrit un livre si personnel, si intime, et que ce livre rencontre un tel écho – écho que je n'avais pas envisagé une seconde, il le savait, et auquel, par conséquent, je n'étais pas préparée.

Plus tard, Olivier m'a proposé de m'accompagner et nous nous sommes dirigés vers le stand de mon éditeur.

Nous sommes passés devant une file d'attente, dense, serrée, j'ai cherché quel auteur se trouvait à l'autre bout, je me souviens d'avoir levé les yeux pour découvrir l'affiche qui nous révélerait son nom, et puis Olivier m'a soufflé je crois que c'est pour toi. En effet, la queue s'étirait au loin, puis tournait en coude jusqu'au stand où j'étais attendue.

En d'autres temps et même quelques mois plus tôt, cela m'aurait emplie de joie et sans doute de vanité. J'avais passé des heures à guetter le lecteur dans divers salons, sagement assise derrière ma pile de livres, sans que personne vienne, je connaissais ce désarroi, cette solitude un peu honteuse. J'étais maintenant envahie d'une tout autre sensation, une sorte d'étourdissement, un instant m'a traversée l'idée que c'était trop, trop pour une seule personne, trop pour moi. Olivier m'a dit qu'il me laissait là.

Mon livre avait paru fin août et j'allais depuis quelques mois de ville en ville, de rencontre en signature, de lecture en débat, dans les librairies, les bibliothèques, les médiathèques, où des lecteurs de plus en plus nombreux m'attendaient.

Cela me submergeait parfois, ce sentiment d'avoir fait mouche, d'avoir entraîné avec moi, derrière moi, des milliers de lecteurs, cette sensation, sans doute fallacieuse, d'avoir été entendue.

J'avais écrit un livre dont je n'avais pas imaginé la portée.

J'avais écrit un livre dont l'effet au sein de ma famille et autour de moi se diffuserait en plusieurs vagues, dont je n'avais pas anticipé les dommages collatéraux, un livre qui ne tarderait pas à désigner mes appuis indéfectibles mais aussi mes faux alliés, et dont les effets retard se prolongeraient longtemps.

Je n'avais pas imaginé la multiplication de l'objet et ses conséquences, je n'avais pas imaginé cette image de ma mère, reproduite par centaines puis par milliers, cette photo mise en jaquette qui avait largement contribué à la propagation du texte, cette photo qui très vite s'était dissociée d'elle et désormais n'était plus ma mère mais le personnage du roman, trouble et diffracté.

Je n'avais pas imaginé les lecteurs émus, intimidés, je n'avais pas imaginé que certains pleureraient devant moi et combien il me serait difficile de ne pas pleurer avec eux.

Il y avait eu cette toute première fois, à Lille, où une jeune femme frêle et visiblement épuisée par plusieurs hospitalisations m'avait expliqué que le roman lui avait donné cet espoir fou, insensé, que malgré sa maladie, malgré ce qui était advenu et ne se réparerait pas, malgré ce qu'elle leur avait *infligé*, ses enfants, peut-être, pourraient l'aimer…

Et puis une autre fois à Paris, un dimanche matin, un homme abîmé m'avait parlé du trouble mental, du regard des autres sur lui, sur eux, ceux qui faisaient si peur qu'ils étaient tous rangés dans le même sac, bipolaires, schizophrènes, dépressifs, étiquetés comme des poulets sous cellophane selon les tendances du moment et les couvertures des magazines, et Lucile, mon héroïne intouchable qui les réhabilitait tous.

Et d'autres encore, à Strasbourg, à Nantes, à Montpellier, des gens que parfois j'avais eu envie de prendre dans mes bras.

Peu à peu, j'ai dressé tant bien que mal un imperceptible rempart, un cordon sanitaire qui me permettait de continuer, d'être là, de rester à la bonne distance, un mouvement du diaphragme qui bloquait l'air à hauteur du sternum, de telle sorte qu'il forme un minuscule coussin, un airbag invisible, que j'expirais ensuite par la bouche progressivement, une fois le danger passé. Ainsi pouvais-je écouter, parler, comprendre ce qui se tissait à l'endroit du livre, ce va-et-vient opéré entre le lecteur et le texte, le livre renvoyant le lecteur, presque toujours – et pour une raison que je ne sais pas expliquer –, à sa propre histoire. Le livre était une sorte de miroir, dont la profondeur de champ et les contours ne m'appartenaient plus.

Mais je savais qu'un jour ou l'autre tout cela me rattraperait, le nombre, oui, le nombre de lecteurs, de commentaires, d'invitations, le nombre de librairies visitées et d'heures passées dans les TGV, et qu'alors quelque chose céderait sous le poids de mes doutes et de mes contradictions. Je savais qu'un jour ou l'autre je ne pourrais m'y soustraire, et qu'il me faudrait prendre l'exacte mesure des choses, faute de m'en acquitter.

Au Salon, ce samedi-là, j'avais signé sans discontinuer. Des gens étaient venus pour me parler et je peinais à trouver mes mots pour les remercier, répondre à leurs questions, être à la hauteur de leur attente.

J'entendais ma voix trembler, j'avais du mal à respirer. L'airbag ne marchait plus, je n'arrivais plus à faire face. J'étais perméable. Vulnérable.

Vers 18 heures, la queue avait été fermée à l'aide d'un ruban élastique tendu entre deux plots, afin de dissuader les nouveaux venus, obligés par conséquent de rebrousser chemin. À quelques mètres de moi, j'entendais les responsables du stand expliquer que j'arrêtais, *elle doit partir, elle arrête, nous sommes désolés, elle s'en va.*

Une fois que j'ai eu terminé de signer pour ceux qui avaient été désignés comme les derniers de la file, je me suis attardée quelques minutes pour parler avec mon éditrice et le directeur commercial. J'ai pensé au trajet qui m'attendait pour aller jusqu'à la gare, je me sentais épuisée, j'aurais pu m'allonger sur la moquette et rester là. Nous étions sur le stand, debout, je tournais le dos aux allées du Salon et à la petite table où j'étais installée quelques minutes plus tôt. Une femme s'est approchée de nous par-derrière, m'a demandé si je pouvais dédicacer son exemplaire. Je me suis entendue lui répondre non, comme ça, sans hésitation. Je crois lui avoir expliqué que, si je signais son livre, d'autres personnes de nouveau s'aligneraient pour que je reprenne les dédicaces, la queue immanquablement se reformerait.

J'ai vu dans son regard qu'elle ne comprenait pas, elle ne pouvait pas comprendre, autour de nous il n'y avait plus personne, les malchanceux s'étaient dispersés, tout semblait calme et paisible, j'ai vu dans son regard qu'elle se disait mais pour qui elle se prend cette conne, qu'est-ce qu'un livre ou deux de plus, et n'est-ce pas précisément pour cela que vous êtes venue, vendre et signer des livres, vous n'allez quand même pas vous plaindre...

Je ne pouvais pas lui dire Madame, je suis désolée, je n'y arrive plus, je suis fatiguée, je n'ai pas l'étoffe, la carrure, voilà tout, je sais bien que d'autres peuvent tenir des heures sans rien boire ni manger, jusqu'à ce que tout le monde soit passé, ait obtenu satisfaction, de vrais chameaux, des athlètes certainement, mais moi non, pas aujourd'hui, je n'en peux plus d'écrire mon nom, mon nom est une imposture, une mystification, croyez-moi, mon nom sur ce livre n'a pas plus de valeur qu'une merde de pigeon qui serait tombée par malchance sur la page de garde.

Je ne pouvais pas lui dire si je dédicace votre livre, Madame, je vais me fendre en deux, voilà exactement ce qui va se passer, je vous préviens, écartez-vous, tenez-vous à bonne distance, le minuscule fil qui relie les deux moitiés de ma personne va se rompre et alors je vais me mettre à pleurer et peut-être même à hurler, et cela risque d'être très embarrassant pour nous tous.

J'ai quitté le Salon, ignorant le remords qui commençait de m'envahir.

J'ai pris le métro à la Porte de Versailles, la rame était bondée, j'ai trouvé malgré tout où m'asseoir. Le nez collé à la vitre, j'ai commencé à rejouer cette scène, cette scène m'est revenue, une première fois, puis une autre encore. J'avais refusé à cette femme de signer son livre alors que j'étais là, en train de discuter, je n'en revenais pas. Je me sentais coupable, ridicule, j'avais honte.

J'écris cette scène aujourd'hui, avec ce qu'elle contient de fatigue et trop-plein, car je suis à peu près sûre que si elle n'avait pas eu lieu, je n'aurais pas rencontré L.

L. n'aurait pas trouvé en moi ce terrain si fragile, si meuble, si friable.

Quand j'étais enfant, je pleurais le jour de mon anniversaire. Au moment où les convives réunis entamaient la traditionnelle chanson dont les paroles sont sensiblement identiques dans toutes les familles que je connais, tandis que s'avançait vers moi le gâteau surmonté de quelques bougies, j'éclatais en sanglots.

Cette attention centrée sur ma personne, ces regards brillants convergeant à mon endroit, cet émoi collectif m'étaient insupportables.

Cela n'avait rien à voir avec le plaisir réel que j'éprouvais par ailleurs à ce qu'une fête soit donnée en mon honneur, cela n'entachait en rien ma joie de recevoir des cadeaux, mais il y avait dans ce moment précis une sorte d'effet Larsen, comme si en réponse à ce bruit collectif émis à mon intention je ne pouvais que produire un autre bruit, plus aigu encore, une fréquence inaudible et désastreuse. J'ignore jusqu'à quel âge ce scénario s'est répété (l'impatience, la tension, la joie, et puis moi, face aux autres, soudain morveuse et affolée), mais je garde un souvenir précis de la sensation qui me submergeait alors, *nos vœux les plus sincères, et que ces quelques lueurs vous apportent bonheur*, et de l'envie de disparaître sur-le-champ. Une fois, alors que je devais avoir huit ans, je me suis enfuie.

À l'époque où l'on fêtait les anniversaires en classe (à l'école maternelle), je me souviens que ma mère avait dû écrire un mot à la maîtresse pour lui demander de ne pas tenir compte du mien, mot qu'elle m'avait lu à voix haute pour information avant de le glisser dans l'enveloppe, et dans lequel figurait l'adjectif *émotive*, dont j'ignorais le sens. Je n'avais pas osé le lui demander, consciente qu'écrire à la maîtresse relevait déjà d'une procédure exceptionnelle, d'un effort, lequel visait à obtenir d'elle une procédure non moins inhabituelle, un passe-droit, bref un traitement de faveur. À vrai dire, j'ai longtemps cru qu'*émotif* avait quelque chose à voir avec la quantité de vocabulaire qu'un individu possédait : j'étais une petite fille *é-mot-ive*, à laquelle il manquait donc des mots, ce qui expliquait, semble-t-il, mon inaptitude à fêter mon anniversaire en collectivité. Ainsi m'apparut-il que pour vivre en société il fallait s'armer de mots, ne pas hésiter à les multiplier, les diversifier, en saisir les plus infimes nuances. Le vocabulaire acquis de la sorte fabriquait peu à peu une cuirasse, épaisse et fibreuse, qui permettait d'évoluer dans le monde, alerte et confiant. Mais tant de mots me restaient inconnus.

Plus tard, à l'école primaire, au moment de remplir la fiche cartonnée de début d'année, j'ai continué de tricher sur ma date de naissance, décalée de quelques mois au cœur des vacances d'été, par mesure de précaution.

De même, à la cantine ou chez des amis, il m'est arrivé à plusieurs reprises (et ce jusqu'à un âge avancé) d'avaler ou de dissimuler la fève que je découvrais avec effroi dans ma part de galette des Rois. Annoncer ma victoire, être l'objet pendant quelques secondes, voire quelques minutes, d'une quelconque attention collective, relevait de l'impossible. Je passe sur les billets de loterie gagnants, en hâte froissés ou déchirés au moment où il eût fallu se signaler pour récupérer son lot, allant jusqu'à renoncer, alors que j'étais en classe de CM2, à un bon d'achat d'une valeur de cent francs aux Galeries Lafayette, lors de la fête de fin d'année. Je me souviens d'avoir évalué la distance qui me séparait de l'estrade – il fallait s'y rendre sans trébucher, l'air naturel et décontracté, puis monter les quelques marches, sans doute remercier la directrice de l'école – et d'être parvenue à la conclusion que le jeu n'en valait pas la chandelle.

Être au centre, ne serait-ce qu'un instant, supporter plusieurs regards à la fois, était tout simplement inenvisageable.

J'ai été une enfant et une jeune fille d'une grande timidité mais, aussi loin que je m'en souvienne, ce handicap se manifestait avant tout face au groupe (c'est-à-dire dès lors que j'avais affaire à plus de trois ou quatre personnes à la fois). La classe, en particulier, a été pour moi l'expression première d'une entité collective qui n'a jamais cessé de me terrifier. Jusqu'à la fin de ma scolarité, j'ai été incapable de dormir la veille des jours de récitation à voix haute ou d'exposé, et je passe sous silence les stratégies de contournement que j'ai longtemps développées pour tenter d'éviter toute prise de parole en public.

En revanche, dès le plus jeune âge, il me semble avoir fait preuve d'une certaine aisance dans le face-à-face, le tête-à-tête, et d'une véritable capacité à rencontrer l'Autre, dès lors qu'il prenait la forme d'un individu et non d'un groupe, à me lier à lui. Partout où je suis allée, où j'ai séjourné, j'ai toujours trouvé quelqu'un avec qui jouer, parler, rire, rêver, partout où je suis passée j'ai trouvé des ami(e)s et tissé des relations durables, comme si j'avais perçu très tôt que ma sauvegarde affective se jouerait à cet endroit. Jusqu'à ce que je rencontre L.

Ce samedi-là, en sortant du Salon du Livre, j'avais prévu de filer à la gare et de rejoindre l'homme que j'aime à la campagne pour y passer avec lui la soirée et la journée du lendemain. François était parti à Courseilles la veille, comme presque chaque week-end. Au fil des années, cette maison, qu'il venait d'acheter quand je l'ai rencontré, est devenue son refuge, son camp retranché, et lorsque je le vois le vendredi soir en franchir le seuil, dans un soupir sonore de volupté ou de soulagement, je pense aux combinés de téléphone sans fil que l'on repose sur leur base lorsqu'ils sont déchargés, ce petit bip de satisfaction qu'ils émettent. Les gens qui nous entourent savent à quel point cette maison constitue le socle de son équilibre et qu'il est rare de l'en détourner.

François m'attendait. Nous étions convenus que je l'appelais quand je montais dans le train omnibus qui s'arrête partout, et quelque part en rase campagne, à quelques kilomètres de Courseilles.

Lorsque le métro s'est immobilisé à la station Montparnasse, j'ai hésité. Sans doute me suis-je levée, mais je ne suis pas descendue. Je me sentais trop préoccupée pour partir. Indisponible. L'incident du Salon avait révélé d'un seul coup mon épuisement, cet état de tension, de fragilité, dont François s'inquiétait et que j'avais peine à admettre. J'ai continué mon chemin vers le onzième arrondissement. Je lui ai envoyé un SMS pour le prévenir que je rentrais chez moi, je l'appellerais un peu plus tard.

Une fois arrivée dans mon quartier, je me suis arrêtée au Super U. Mes enfants passaient le week-end chez leur père, François à la campagne, au cours du trajet s'était précisé le projet d'une soirée tranquille, une soirée de silence et de solitude, voilà exactement ce dont j'avais besoin.

Je déambulais dans les rayons de la supérette, un panier rouge en plastique pendu à l'avant-bras, lorsque j'ai entendu quelqu'un m'appeler. Nathalie était derrière moi, joyeuse, à peine étonnée. Nous nous rencontrons plusieurs fois par an au Super U de notre quartier. À force, ces retrouvailles fortuites sont devenues une sorte de gag à répétition où chacune n'a plus qu'à jouer sa partition, nous nous esclaffons, nous embrassons, c'est quand même dingue, quel hasard, je ne viens jamais à cette heure, moi non plus.

Nous avons discuté quelques minutes devant le rayon des yaourts, Nathalie avait, elle aussi, passé l'après-midi en signature au Salon et répondu à une interview autour de *Nous étions des êtres vivants*, son dernier livre, elle avait pensé venir me voir sur le stand de mon éditeur mais avait manqué de temps et préféré rentrer tôt chez elle, car elle était invitée à une fête le soir même, d'ailleurs elle était descendue au Super U pour acheter une bouteille de champagne. Comment en moins de trois secondes ai-je accepté de l'accompagner à cette fête alors que je me réjouissais un instant plus tôt de rester seule, je ne m'en souviens pas.

Avant que je rencontre François, il y a quelques années, j'ai passé un certain nombre de soirées avec Nathalie et une autre amie, Judith. Nous étions toutes les trois plus ou moins célibataires, et avions envie de nous amuser. Nous appelions ces soirées *les JDN* (Judith, Delphine, Nathalie). *Les JDN* consistaient pour chacune de nous à se faire inviter, avec les deux autres, aux fêtes les plus diverses (anniversaire, pendaison de crémaillère, réveillon), voire à s'introduire dans les endroits les plus saugrenus, sans qu'aucune de nous y soit conviée. Ainsi sommes-nous parvenues à infiltrer des inaugurations de locaux associatifs, des bals musette, des pots de départ en entreprise, et même un mariage où aucune de nous ne connaissait les mariés.

Si j'aime les fêtes, j'évite presque toujours ce que l'on appelle les *dîners en ville* (je ne parle pas des dîners entre amis, je parle des dîners dont le caractère mondain est plus ou moins admis). Cette réticence tient au fait que je suis incapable de m'adapter aux codes requis par le genre. Tout se passe alors comme si ma timidité ressurgissait d'un seul coup, je redeviens la petite fille ou la jeune fille rougissante que j'étais, incapable de prendre part d'une manière naturelle et fluide à la conversation, avec ce sentiment terrible de ne pas être à la hauteur, de ne pas être à la bonne place, d'ailleurs, la plupart du temps, au-delà de quatre convives je deviens mutique.

Au fil du temps j'ai fini par comprendre – ou bien est-ce l'alibi qui me rend les choses acceptables – que la relation à l'Autre ne m'intéresse qu'à partir d'un certain degré d'intimité.

Les JDN se sont espacées puis ont cessé, je ne sais plus très bien pourquoi. Peut-être simplement parce que nos vies respectives ont changé. Ce soir-là, au Super U, j'ai dit oui à Nathalie avec l'idée qu'une fête me donnerait l'occasion, devenue si rare, de danser. (Car si je reste terrorisée aujourd'hui à l'idée de devoir faire bonne figure dans un dîner, je suis capable en revanche de danser seule au milieu du salon dans une soirée où je ne connais personne.)

J'ai bien conscience que ces précisions peuvent donner l'impression que je digresse vers d'autres histoires, que je m'égare sous prétexte de camper le contexte ou le décor. Mais non. L'enchaînement des faits me semble important pour comprendre comment j'ai rencontré L., et il me faudra sans doute au fil de ce récit revenir de nouveau en arrière, plus loin encore, pour tenter de saisir l'enjeu réel de cette rencontre.

Au vu du désordre que celle-ci a engendré dans ma vie, il m'importe de cerner ce qui a rendu possible cette emprise de L. sur moi, et sans doute de moi sur L.

Je dansais d'ailleurs quand L. m'est apparue, et dans mon souvenir nos mains se sont effleurées.

Nous étions assises sur le canapé, L. et moi. J'avais quitté la piste la première, à un moment où la musique ne me plaisait plus.

L., qui avait dansé près de moi pendant plus d'une heure, n'avait pas tardé à me rejoindre. D'un sourire elle avait obtenu la place étroite qui me séparait de mon voisin, ce dernier s'était décalé vers l'accoudoir, la laissant s'asseoir à son aise. Complice, elle m'avait alors adressé une mimique de victoire.

— Vous êtes très belle quand vous dansez, m'a-t-elle déclaré, à peine installée. Vous êtes belle parce que vous dansez comme si vous pensiez que personne ne vous regarde, comme si vous étiez seule, d'ailleurs je suis sûre que vous dansez comme ça, seule dans votre chambre ou votre salon.

(Ma fille, quand elle était adolescente, m'a dit un jour qu'adulte elle garderait ce souvenir de moi, une mère qui dansait au milieu du salon pour signifier sa joie.)

J'ai remercié L. pour le compliment mais je n'ai pas su quoi répondre, d'ailleurs elle ne semblait rien attendre, elle continuait de regarder la piste, un sourire aux lèvres. Je l'observais à la dérobée. L. portait un pantalon noir, fluide, une chemise couleur crème dont le col était ornementé d'un fin ruban de satin ou

de cuir sombre, je ne parvenais pas à en reconnaître
avec certitude la matière. L. était parfaite. J'ai pensé
aux publicités pour la marque Gérard Darel, je m'en
souviens très bien, c'était exactement ça, cette sophistication simple, moderne, l'habile mélange d'étoffes
classiques, bourgeoises, et d'audacieux détails.

— Je sais qui vous êtes et je suis heureuse de vous
rencontrer, a-t-elle ajouté après un moment.

J'aurais sans doute dû lui demander comment elle
s'appelait, par qui elle avait été invitée, voire ce qu'elle
faisait dans la vie, mais je me sentais intimidée par cette
femme, son assurance tranquille.

L. était ce genre de femmes qui me fascine, exactement.

L. était impeccable, les cheveux lisses, les ongles
parfaitement limés et couverts d'un rouge vermillon
qui semblait luire dans l'obscurité.

J'ai toujours admiré les femmes qui portent du vernis
à ongles. Les ongles peints représentent pour moi une
certaine idée de la sophistication féminine dont j'ai
fini par admettre que, sous cet aspect en tout cas, elle
me demeurerait inaccessible. J'ai des mains trop larges,
trop grandes, trop puissantes d'une certaine manière,
et lorsque je tente de vernir mes ongles, elles semblent
plus larges encore, comme si cette vaine tentative de
travestissement en soulignait le caractère masculin (en
soi, de toute façon, l'opération m'a toujours semblé
laborieuse, le geste en lui-même exige une minutie,
une patience que je n'ai pas).

Combien de temps faut-il pour être une femme
comme ça, me demandais-je en observant L., comme
j'avais observé des dizaines de femmes avant elle, dans

le métro, dans la file d'attente des cinémas, aux tables des restaurants ? Coiffées, maquillées, repassées. Sans un faux pli. Combien de temps pour parvenir à cet état de perfection, chaque matin, et combien de temps le soir, pour les retouches, avant de sortir ? Quel genre de vie faut-il mener pour avoir le loisir de dompter ses cheveux en brushing, de changer de bijoux chaque jour, d'assortir et varier ses tenues, de ne rien laisser au hasard ?

Aujourd'hui, je sais que ce n'est pas seulement une affaire de disponibilité, mais plutôt de *genre*, quel *genre* de femme l'on choisit d'être, si tant est qu'on ait le choix.

Je me souviens que la première fois que j'ai rencontré mon éditrice, dans son petit bureau de la rue Jacob, j'ai d'abord été fascinée par sa sophistication, les ongles, bien sûr, mais aussi tout le reste, simple et d'un goût irréprochable. Il émanait d'elle une féminité un peu classique mais parfaitement dosée, maîtrisée, qui m'avait impressionnée. Lorsque j'ai rencontré François, j'étais persuadée qu'il aimait les femmes d'un autre *genre* que le mien, plus apprêtées, plus raffinées, sous contrôle, je me revois expliquer dans un café à l'une de mes amies les raisons d'un échec annoncé, ce n'était tout simplement pas possible, mais oui, à cause de ça, François aimait les femmes aux cheveux lisses et dociles (je joignais le geste à la parole), tandis que moi j'étais hirsute. Ce décalage me semblait résumer à lui seul des différences plus profondes, fondamentales même, d'une manière générale notre rencontre n'était qu'une banale erreur d'aiguillage, il m'a fallu du temps pour admettre que ce n'était pas le cas.

Au bout d'un moment, L. s'est levée et s'est remise à danser au milieu d'une dizaine de personnes parmi lesquelles elle s'était faufilée pour me faire face. Aujourd'hui, et au regard de ce qui s'est passé, je ne doute pas que cette scène puisse se lire comme une parade de séduction et d'ailleurs elle m'apparaît comme telle, mais sur le moment il s'agissait plutôt d'une sorte de jeu, entre elle et moi, une connivence silencieuse. Quelque chose m'intriguait, m'amusait. L. fermait parfois les yeux, les mouvements de son corps étaient d'une sensualité discrète, sans ostentation, L. était belle et les hommes la regardaient, j'essayais de capter le regard des hommes sur elle, de saisir le moment où ce regard se troublait. Je suis sensible à la beauté des femmes, je l'ai toujours été. J'aime les observer, les admirer, tenter d'imaginer quelle courbe, quel creux, quelle fossette, quel léger défaut de prononciation, quelle imperfection suscite chez elles le désir.

L. dansait, presque immobile, son corps ondulait doucement, en rythme, épousait chaque note, chaque nuance, ses pieds restaient maintenant collés au sol et ne bougeaient plus, L. était une tige, une liane, soumise au souffle, à la cadence, et c'était très beau à voir.

Plus tard, et sans que je puisse aujourd'hui établir de lien entre ces deux moments, nous nous sommes retrouvées L. et moi, assises à la table de la cuisine devant une bouteille de vodka. Entre-temps, je crois me souvenir que des gens que je ne connaissais pas étaient venus me parler, j'avais passé un moment avec eux et puis L. m'avait tendu la main pour que je revienne danser, j'avais perdu de vue Nathalie, peut-être était-elle rentrée chez elle, il y avait beaucoup de monde et l'ambiance de la fête était joyeuse.

Je ne sais pas comment j'en suis venue à parler à
L. de la femme du Salon du Livre, de ce remords, un
arrière-goût amer qui ne m'avait pas quittée. Je n'arrêtais pas de repenser à cet instant, à ma réaction, il y
avait dans cette scène quelque chose qui me révoltait,
qui n'était pas moi, je n'avais aucun moyen de rattraper
cette femme, de lui présenter mes excuses, de signer
son livre. Cela avait eu lieu, cela s'était joué, et il n'y
avait aucune chance de revenir en arrière.

— Au fond ce qui vous inquiète, ce n'est pas seulement que cette femme ait été blessée, qu'elle ait peut-
être parcouru des kilomètres pour venir vous voir, laissé
ses enfants à sa sœur, qu'elle se soit disputée avec son
mari parce qu'il avait prévu d'aller faire des courses
et ne comprenait pas pourquoi elle tenait tant à vous
rencontrer. Non, ce qui vous hante, c'est que cette
femme puisse maintenant ne plus vous aimer.

Sa voix était douce, sans ironie.

— Peut-être, ai-je admis.

— J'imagine que ce ne doit pas être simple, ce
moment dans lequel vous vous trouvez. Les commentaires, les réactions, cette lumière soudaine. J'imagine
qu'il doit y avoir un risque d'effondrement.

J'ai tenté de minimiser, il ne fallait pas non plus
exagérer.

Elle a repris :

— Il n'empêche que vous devez parfois vous sentir
très seule, comme si vous étiez toute nue au milieu de
la route, prise dans les phares d'une voiture.

J'ai regardé L., sidérée. C'est exactement comme ça
que je me sentais, *toute nue au milieu de la route*, et

dans ces termes précis que je l'avais formulé quelques jours plus tôt. À qui avais-je confessé cela ? À mon éditrice ? À un journaliste ? Comment L. pouvait-elle employer exactement les mots que j'avais utilisés ? Mais l'avais-je seulement dit à quelqu'un ?

Encore aujourd'hui, j'ignore si L. reproduisait ce soir-là des propos qu'elle avait lus ou qui lui avaient été rapportés, ou si elle les avait réellement devinés. Je devais me rendre compte assez vite que L. avait un sens inouï de l'Autre, un don pour trouver les mots justes, dire à chacun ce qu'il avait besoin d'entendre. L. ne tardait jamais à poser la question la plus pertinente, ou à prononcer la remarque qui montrait à son interlocuteur qu'elle seule était en mesure de le comprendre et de le réconforter. L. savait non seulement identifier au premier coup d'œil l'origine du désarroi, mais surtout cerner cette faille, si enfouie soit-elle, que chacun de nous abrite.

Je me souviens d'avoir expliqué à L. ma conception du succès, sans faux-semblant, sûre que mes paroles ne seraient pas mal interprétées. Pour moi, le succès d'un livre était un accident. À proprement parler. Un événement brutal et inattendu provoqué par la coïncidence aléatoire de différents facteurs non reproductibles. Qu'elle n'y lise de ma part aucune fausse modestie, le livre lui-même avait bien entendu quelque chose à voir dans cette affaire, mais il ne constituait que l'un des paramètres. D'autres livres, potentiellement, auraient pu connaître un succès comparable, et même plus important, mais pour eux la conjoncture n'avait pas été si favorable, l'un ou l'autre des paramètres avait manqué.

L. ne me quittait pas des yeux.

— Mais un accident, a-t-elle repris, en insistant sur le terme pour signifier qu'il ne lui appartenait pas, cause des dommages, des dommages parfois irréversibles, n'est-ce pas ?

J'ai terminé le verre de vodka qui était devant moi et qu'elle avait rempli à plusieurs reprises, je n'étais pas ivre, il me semblait au contraire avoir atteint un degré de conscience auquel j'étais rarement parvenue. Il était très tard, la fête s'était vidée d'un seul coup, nous étions seules dans la cuisine qui grouillait de monde quelques minutes plus tôt. J'ai souri avant de lui répondre.

— C'est vrai. Le succès d'un livre est un accident dont on ne sort pas indemne, mais il serait indécent de s'en plaindre. De cela, je suis sûre.

Nous avons pris un taxi ensemble, L. a insisté, c'était si simple de me déposer, j'habitais sur son chemin, ce n'était même pas un détour.

Dans la voiture, nous nous sommes tues. Je sentais la fatigue gagner mes membres, appuyer sur ma nuque, m'engourdir peu à peu.

Le chauffeur s'est arrêté devant chez moi.

L. m'a caressé la joue.

J'ai souvent repensé à ce geste, à ce qu'il contenait de douceur, de tendresse, peut-être de désir. Ou peut-être rien de tout cela. Car au fond je ne sais rien de L. et n'en ai jamais rien su.

Je suis descendue de la voiture, j'ai monté mon escalier et me suis écroulée sur mon lit tout habillée.

Je n'ai pas de souvenirs précis des jours qui ont suivi, il me restait sans doute quelques engagements à honorer : rencontres en librairies, en médiathèques, interventions dans des classes. J'avais essayé de limiter mes déplacements en province à un seul par semaine, afin de rester auprès de mes enfants, et prévu de tout arrêter à la fin du mois de mai. Il arrive un moment où il faut refaire silence autour de soi, se remettre au travail, retrouver sa trajectoire. Je désirais autant que je redoutais ce moment, mais j'avais fait en sorte qu'il advienne et refusé toute invitation au-delà de cette échéance.

Un vendredi soir, tandis que je rentrais chez moi après deux jours d'absence (j'avais été reçue à Genève par un cercle de lecture), j'ai trouvé une lettre dans ma boîte, au milieu de quelques factures. Mon nom et mon adresse étaient imprimés sur une étiquette, collée sur la partie basse de l'enveloppe. J'en ai conclu qu'il s'agissait d'un publipostage et il s'en est fallu de peu que je la jette sans en vérifier le contenu. Mais un détail a attiré mon attention. Sur l'étiquette, en gros caractères, figurait le numéro de mon appartement, numéro qui n'apparaît sur aucun courrier administratif. D'ailleurs j'en ai longtemps ignoré l'existence. On le trouve en réalité sur une petite plaque de bronze clouée sur la plinthe du couloir extérieur, à environ un mètre à gauche de chaque porte d'entrée, à côté des vieilles plaques PTT. Il m'a fallu plusieurs années pour le remarquer. Mon appartement porte le numéro 8, celui de mes voisins le 5, cette absence de logique renforçant à mes yeux leur mystère.

Intriguée, j'ai décacheté l'enveloppe et déplié la lettre qu'elle contenait, dactylographiée sur une feuille A4. Quel genre de personne, à notre époque, possédait encore une machine à écrire, voilà à quoi j'ai pensé avant de commencer ma lecture.

Je reproduis ici le texte dans son intégralité, dont la syntaxe et le vocabulaire sont apparemment choisis pour que je ne puisse déterminer le sexe de son auteur.

```
Delphine,
    Tu crois sans doute que tu es quitte. Tu
crois pouvoir t'en tirer comme ça, parce que
ton livre est soi-disant un roman et que tu
as changé quelques prénoms. Tu crois que tu
vas pouvoir reprendre le cours de ta petite
vie minable. C'est trop tard. Tu as semé la
haine, tu récolteras ton dû. Les faux-culs qui
t'entourent ont fait mine de t'absoudre alors
qu'ils n'en pensent pas moins, tu peux me
croire, ils ont la rage et ils attendent leur
heure, ils ne te louperont pas, le moment venu.
Je suis au bon endroit pour le savoir. Tu as
posé une bombe, à toi de compter les débris.
Personne ne le fera à ta place.
```

Ne te trompe pas sur mes intentions. Je ne te
veux pas de mal. Je te souhaite même le meilleur. Je te souhaite une brillante réussite,
imposée à 75%, puisque j'imagine que tu es de
gauche comme tous les bobos de ton espèce, et
que tu vas voter pour François Hollande.

Tu as vendu ta mère et ça t'a rapporté
gros. Tu gagnes du fric, n'est-ce pas? Ça paye
bien, la saga familiale, hein, ça rapporte un
maximum?

Alors fais suivre le chèque, STP.

Je recevais à l'époque beaucoup de courrier par
l'intermédiaire de ma maison d'édition, des dizaines
de lettres de lecteurs, transmises par petits paquets
chaque semaine sous enveloppe kraft. Des mails aussi,
redirigés sur ma boîte depuis le site de mon éditeur.

Mais c'était la première fois que je recevais une lettre
anonyme à mon adresse personnelle. Et la première
fois que je recevais une lettre aussi violente au sujet
de l'un de mes livres.

À peine en ai-je fini la lecture que mon téléphone
portable a sonné. Le numéro qui s'affichait m'était
inconnu, j'ai hésité avant de décrocher. Un instant,
j'ai pensé qu'il s'agissait de la même personne, l'auteur
de la lettre et de l'appel, même si cela n'avait aucun
sens. J'étais tellement perturbée (et soulagée) qu'il ne
m'a pas semblé incongru de reconnaître la voix grave et
légèrement feutrée de L., à laquelle pourtant je n'avais
pas donné mon numéro.

L. avait pensé à moi, souvent, depuis notre rencontre, et elle me proposait de boire un thé, un café, un verre de vin, ou toute autre boisson de mon choix, un de ces jours, à ma convenance, elle avait bien conscience que sa démarche pouvait me paraître étrange, un peu hardie, elle a ri avant d'ajouter :

— Mais l'avenir appartient aux sentimentaux.

Je n'ai pas su quoi répondre, m'est venue soudain l'image du *Loup sentimental*, un album pour enfants que j'ai lu aux miens des dizaines de fois quand ils étaient petits, dont le héros, Lucas, un jeune loup fringant, quitte sa famille pour vivre sa propre vie. Au moment des adieux, son père, ému, lui confie la liste des aliments qu'il peut manger : petit chaperon rouge, trois petits cochons, chèvre et chevreaux, etc. Vêtu d'un bermuda et d'un pull à col roulé (je mentionne ces détails qui contribuent au charme indéniable du personnage), Lucas part à l'aventure, fébrile et confiant. Mais chaque fois qu'il croise l'une des proies figurant sur sa liste, il se laisse amadouer et, au lieu de la dévorer toute crue, poursuit son chemin. Après avoir laissé passer quelques festins sur pattes – avec lesquels il n'a pas manqué de nouer des relations amicales –, affamé, Lucas finit par rencontrer l'Ogre terrible (dans mon souvenir il s'agit de l'Ogre du Petit Poucet) qu'il engloutit d'une seule bouchée ou presque, délivrant ainsi de cette menace toutes les créatures vulnérables de la région.

À vrai dire, en dehors de ce conte, aucun exemple prouvant la joyeuse fortune des sentimentaux ne me vint à l'esprit. Il me semblait au contraire que ces derniers étaient, la plupart du temps, la proie privilégiée des pervers et des despotes.

Quoi qu'il en soit, je me suis entendue lui dire oui, pourquoi pas, avec plaisir, quelque chose comme ça. Nous sommes convenues de nous retrouver le vendredi suivant dans un café que L. connaissait. Pendant la conversation elle m'a demandé à plusieurs reprises si tout allait bien, comme si, de là où elle se trouvait, elle percevait mon trouble.

Plus tard, lorsque j'ai voulu savoir comment elle avait eu mon numéro de téléphone, L. m'a répondu qu'elle avait suffisamment de *relations* pour obtenir le portable de n'importe qui.

J'ai retrouvé dans mon agenda la trace de ce premier rendez-vous. À côté du nom de L., j'ai noté son numéro de téléphone et l'adresse du café. À l'époque, et pour quelque temps encore, je pouvais tenir un stylo et ma vie était contenue dans cet agenda noir *Quo Vadis*, le même modèle depuis quinze ans, renouvelé chaque automne. Grâce à ces pages, j'essaie d'imaginer l'état d'esprit dans lequel j'étais lorsque j'ai revu L., de reconstituer le contexte. Au cours de la même semaine, j'ai apparemment participé à une rencontre dans une librairie parisienne, retrouvé au Lutetia une chercheuse du CNRS qui préparait une étude sur la médiatisation des écrivains, je me suis rendue au 12 de la rue Édouard-Lockroy (l'adresse est surlignée au Stabilo vert, sans aucune précision), j'ai passé un moment au Pachyderme avec Serge que je vois une ou deux fois par an pour un bilan de nos œuvres et de nos vies (il avait été question ce jour-là de la recherche de la chaise idéale, Serge m'avait fait un récit désopilant de ses engouements éphémères pour telle ou telle assise et du nombre de chaises répudiées entassées sur son palier). À cela s'ajoute une dizaine de rendez-vous dont je n'ai qu'un vague souvenir. J'en conclus que la période était chargée, je devais sans doute être un peu tendue, comme je le suis quand la vie me devance, galope plus vite que moi. Je constate par ailleurs que j'avais commencé mes cours d'anglais avec Simon. Je sortais d'ailleurs de cette leçon quand j'ai rejoint L. à l'Express Bar.

Je ne savais pas grand-chose d'elle, parce que le soir de notre rencontre nous avions surtout parlé de moi. Une fois rentrée ce constat m'avait laissé un sentiment de malaise, c'est pourquoi, à peine assise, j'ai commencé par lui poser plusieurs questions sans lui laisser le temps d'infléchir la tournure que prenait la conversation. Il ne m'avait pas échappé qu'elle avait pour habitude de mener la danse.

L. a souri, bonne joueuse.

Elle m'a d'abord expliqué qu'elle écrivait pour les autres. C'était son métier. Elle écrivait leurs confessions, leurs états d'âme, leurs vies d'exception qui ne demandaient qu'à être racontées, plus rarement leurs parcours sans aspérités qu'il fallait transformer en épopée. Quelques années plus tôt, après avoir été journaliste, elle avait fait de cette écriture son métier. L. était très sollicitée par les éditeurs et se permettait même de refuser des propositions. Au fil du temps, elle s'était plus ou moins spécialisée dans l'autobiographie féminine ; les actrices, les chanteuses, les femmes politiques se l'arrachaient. L. m'a raconté comment fonctionnait le marché : trois ou quatre plumes se partageaient l'essentiel des gros coups. Le plus souvent, elle était en concurrence avec deux auteurs connus, qui, au-delà de leur propre travail, écrivaient dans l'ombre. Des *nègres-stars*, a-t-elle précisé, une espèce littéraire invisible, dont elle pensait faire partie. Car ni leur nom ni le sien n'était mentionné sur les couvertures, tout au plus apparaît-il en première page, au titre d'une *collaboration*. Mais à vrai dire, la plupart du temps, rien à l'intérieur ou à l'extérieur du livre ne laissait deviner que l'auteur supposé n'en avait, parfois, pas écrit un mot. Elle m'a cité le titre de ses derniers opus, parmi lesquels figuraient les mémoires d'un top modèle international et le récit de captivité d'une jeune femme séquestrée plusieurs années. L. m'a raconté ensuite ces heures d'interview passées avec ces gens pour recueillir la matière, ce temps qu'il fallait pour les apprivoiser, ce lien qui se tissait peu à peu, d'abord incertain, puis de plus en plus intense et confiant. Elle les considérait comme ses *patients*, de toute évidence ce n'était pas à prendre au premier degré, mais le terme n'était pas non plus choisi au hasard, car au fond elle prêtait oreille à leurs tourments, leurs contradictions, leurs pensées les plus intimes, certains même éprouvaient le besoin de s'extraire de son regard ou de s'allonger. Le plus souvent, c'est elle qui allait chez eux, elle sortait son dictaphone et son téléphone (une fois, elle avait perdu une séance complète de travail, l'appareil s'était éteint au cours de l'entretien sans qu'elle s'en rende compte, depuis elle sécurisait tout par un double enregistrement), laissait venir la parole, les souvenirs. Elle avait passé l'été précédent à Ibiza, dans la maison d'une célèbre animatrice de télévision, avec laquelle elle avait ainsi vécu plusieurs semaines. Elle avait adopté son rythme, rencontré ses amis, elle s'était fondue dans le décor. Peu à peu, les confidences étaient venues, au détour d'un petit déjeuner, d'une promenade nocturne,

d'un lendemain de fête dans la maison désertée.
L. avait tout enregistré, des heures d'échanges anodins
au détour desquels surgissait parfois une révélation.
Après quelques mois de travail, elle venait tout juste
de terminer le livre. L. aimait évoquer cette matière
qui lui était offerte, une matière brute, vivante, quelque
chose au fond qui relevait du Vrai, elle a prononcé ce
mot plusieurs fois, car au fond seul le Vrai comptait.
Et tout cela relevait d'une rencontre, de cette relation
singulière qui se tissait peu à peu entre elle et eux. Il
lui était difficile d'ailleurs de terminer un livre pour
en commencer un autre, chaque fois elle se sentait
coupable, coupable d'abandon, telle une amante volage,
indécise, qui rompt avant de se lasser.

Plus tard dans la soirée, L. m'a dit qu'elle vivait
seule, son mari était mort depuis longtemps. Je n'ai pas
demandé comment, il m'a semblé que cette information
contenait un supplément de douleur que L. n'était pas
prête à aborder. Elle m'a confié qu'elle n'avait pas
eu d'enfant, ce n'était pas un regret, ou plutôt c'était
un regret auquel elle ne pouvait consentir, un regret
qu'elle avait éloigné d'elle comme un poison. Fallait-il
des raisons, des justifications, cela n'était pas arrivé,
voilà tout. À ce moment-là, je me suis rendu compte
que j'étais incapable de lui donner un âge, L. pouvait
avoir trente-cinq ans comme quarante-cinq, elle était
de ces jeunes filles qui ont l'air de femmes avant les
autres, et de ces femmes qui demeurent d'éternelles
jeunes filles. L. m'a demandé si je vivais avec François (elle a utilisé son prénom, je m'en souviens), je
lui ai expliqué les raisons pour lesquelles nous avions

choisi de rester chacun chez soi, tant que nos enfants vivaient avec nous. Oui, sans doute, avais-je peur de l'habitude, de l'usure, de l'agacement, des compromis, toutes ces choses très banales qui arrivent aux gens qui s'aiment après quelques années de vie commune, mais il était surtout question d'un équilibre que je craignais de mettre en péril. Et puis, à l'âge qui était le nôtre, chacun trimballant son lot de défaites et de désillusions, il me semblait qu'à vivre ainsi nous donnions et recevions le meilleur de nous-même.

J'aime cette facilité dans l'échange que l'on éprouve avec certaines personnes, cette manière d'entrer tout de suite dans le vif du sujet. J'aime parler des choses essentielles, émotionnelles, même avec des amis que je ne vois qu'une ou deux fois par an. J'aime chez l'Autre (et chez les femmes souvent) cette capacité à évoquer l'intime sans pour autant être impudique.

Nous sommes restées ainsi, nous faisant face dans ce café, L. n'était plus dans cette posture de séduction dans laquelle je l'avais vue à la fête, un peu offensive, quelque chose en elle semblait plus doux. Nous étions deux femmes qui font connaissance, partagent un certain nombre de préoccupations et perçoivent immédiatement quelles affinités les relient. Cela, toujours, me paraît à la fois banal et miraculeux. La conversation est redevenue plus légère. Assez vite, je me souviens que L. m'a fait parler de mes amies. Qui étaient-elles, d'où venaient-elles, à quelle fréquence étais-je en contact avec elles ? C'est un sujet que j'affectionne et sur lequel je pourrais parler des heures. J'ai connu mes amies en maternelle, à l'école élémentaire, au collège, au lycée, en classe préparatoire, partout où je suis passée. J'ai rencontré mes amies dans les différentes entreprises où j'ai travaillé et pour deux d'entre elles dans des festivals ou des salons littéraires. Je suis quelqu'un qui s'attache, c'est indéniable, et qui s'attache de manière durable. Certaines de mes amies ont quitté Paris il y a longtemps, d'autres y sont revenues. J'en ai rencontré de nouvelles. Je les admire, toutes, pour des raisons différentes, j'ai besoin de savoir ce qu'elles deviennent, ce qu'elles traversent, ce qui les émeut, même si nous avons des vies très occupées. J'aime aussi que mes amies se rencontrent, certaines ont développé entre elles des amitiés qui aujourd'hui n'ont plus rien à voir avec moi.

Voilà ce que j'essayais d'expliquer à L., et combien chacune comptait pour moi, unique, singulière, lorsque celle-ci m'a demandé :

— Mais aucune ne t'appelle tous les jours ? Aucune ne partage avec toi le quotidien ?

Non, aucune n'était présente de manière aussi régulière. Cela me semblait dans l'ordre des choses. Avec le temps, nos rapports avaient évolué. Ils étaient certes plus espacés, mais n'en étaient pas moins intenses. Nous avions nos vies. Et puis nous nous retrouvions toujours avec une grande facilité, cela était valable pour chacune d'elles, les plus anciennes comme les plus récentes. D'ailleurs, cela ne cessait de m'émerveiller, cette capacité que nous avions d'être tout de suite dans l'intime, après parfois plusieurs semaines ou plusieurs mois sans s'être vues. Mes amitiés fusionnelles s'étaient transformées en un lien plus aéré, moins exclusif, soluble dans une vie composée d'autres liens.

L. paraissait étonnée. Selon elle, il était impossible, à l'âge adulte, d'avoir plusieurs amies. Plusieurs *vraies* amies. Elle ne parlait pas des copines, mais de *la* personne avec laquelle on pouvait tout partager. Unique. La personne qui pouvait tout entendre, tout comprendre, qui ne jugeait pas. J'ai dit que pour moi il y en avait plusieurs. Chacune de ces relations avait sa tonalité propre, son rythme et sa fréquence, ses sujets de prédilection et ses tabous. Mes amies étaient différentes les unes des autres et je partageais avec elles des choses différentes. Chacune comptait pour moi, de manière unique. L. voulait en savoir davantage. Comment s'appelaient-elles, quel était leur métier, vivaient-elles seules ou en couple, avaient-elles des enfants ?

Aujourd'hui, alors que j'essaie de restituer cette conversation, je suis tentée de penser que L. tâtait le terrain, évaluait ses chances de conquête. Mais en réalité je ne suis pas sûre que les choses aient été aussi claires. Il y avait chez L. une authentique curiosité, un intérêt profond et renouvelé, dont je n'avais aucune raison de me méfier.

Rares sont les gens qui posent les vraies questions, celles qui importent.

La nuit était tombée, la serveuse avait allumé des bougies sur chacune des tables. J'ai envoyé un SMS à mes enfants pour les prévenir que je serais un peu en retard et qu'ils ne m'attendent pas pour dîner.

Tout était simple.

Plus tard, alors que je prenais un stylo dans mon sac pour noter quelque chose sur un papier, une adresse sans doute, ou le nom d'une boutique, L. m'a souri.

— Moi aussi je suis gauchère. Tu sais que les gauchers se reconnaissent entre eux ?

Ce jour-là, L. ne m'a parlé ni de mon livre ni de mon travail à venir.

L. avançait à pas de velours, elle avait tout son temps.

À l'époque où j'ai rencontré L., j'avais dans l'idée d'écrire un roman qui aurait pour décor, ou point de départ, une émission de téléréalité. Je tournais autour du phénomène depuis longtemps et j'avais collecté au cours des dix années précédentes une importante documentation. En 2001, quelques mois avant que le fameux *Loft Story* apparaisse sur les écrans, j'avais suivi une émission diffusée sur TF6, dont le principe me fascinait (il paraît bien fade comparé à ce qui existe aujourd'hui) : trois équipes différentes, composées de très jeunes gens, étaient enfermées dans trois appartements distincts et totalement vides. Les participants devaient disputer un certain nombre d'épreuves, en fonction desquelles était calculé le temps de connexion à Internet dont ils disposaient pour se meubler et se ravitailler. Pour la première fois en France, des gens étaient filmés vingt-quatre heures sur vingt-quatre par plusieurs caméras. À ma connaissance, *Aventures sur le Net* a été la toute première émission de téléréalité diffusée en France. Par une coïncidence que j'ai oubliée – il était l'ami du fils d'un ami, ou quelque chose comme ça –, j'avais réussi à rencontrer l'un des participants de ce jeu. Il m'avait raconté, une fois sorti de l'appartement, l'expérience qu'il avait vécue.

M'intéressait alors la manière dont ces jeunes gens, après quelques semaines d'enfermement, revenaient à la vraie vie. Il me semblait que nous étions au seuil d'une révolution télévisuelle, j'étais loin pourtant d'en imaginer l'ampleur. Et puis le *Loft* avait fait son entrée fracassante dans le paysage audiovisuel et pendant quelques mois nous n'avions plus parlé que de ça. Je crois n'avoir raté aucune soirée diffusée en *prime time* de la première saison, et cette assiduité avait finalement eu raison de mon désir d'écriture.

Quelques années plus tard, alors que la téléréalité n'avait cessé de repousser les limites de la vacuité et du voyeurisme, la fascination que j'éprouvais s'était déplacée. Au-delà des candidats et de leur devenir psychique, je m'intéressais à la manière dont ces programmes parvenaient à caractériser des personnages, à leur faire vivre des relations ou des situations plus ou moins scénarisées (ou à les recréer au montage) tout en donnant au spectateur l'illusion du réel. Comment ces alliances, ces tensions, ces conflits – fabriqués et orchestrés par des démiurges invisibles – endossaient-ils l'apparence du Vrai ?

Par l'intermédiaire d'une amie, je venais d'entrer en contact avec une productrice qui avait travaillé plusieurs saisons d'affilée sur l'une des émissions phare du genre. Elle avait quitté la société de production qui l'employait et j'espérais qu'elle se sentirait libre de me raconter des anecdotes. Au téléphone, elle m'était apparue plutôt bien disposée et m'avait répondu sans hésiter :

— Bien sûr qu'on fabrique des personnages ! Mais le plus fort, c'est qu'on les fabrique à l'insu des personnes qui les incarnent.

À l'époque où j'ai rencontré L., je prenais depuis quelque temps des notes sur des carnets en vue d'un projet de roman qui tournait autour de cette question ou serait sous-tendu par elle. Je cherchais de la matière. Je procédais presque toujours de cette manière : chercher d'abord, écrire ensuite (ce qui revient, bien sûr, à chercher autrement). Il s'agissait pour moi d'une phase d'immersion, d'imprégnation, au cours de laquelle je rassemblais des munitions. Dans ces phases de documentation, je guettais avant tout l'impulsion : celle qui me donnerait l'envie d'inventer, de composer, celle qui me conduirait chaque matin devant un fichier Word dont la sauvegarde ne tarderait pas à devenir une obsession.

Tout était affaire d'étincelle, de déclic. Ensuite venait l'écriture, ces mois de solitude face à l'ordinateur, ce combat à mains nues, où seule l'endurance pouvait l'emporter.

J'avais quelques semaines avant de retrouver le temps et l'espace mental nécessaires pour me mettre au travail. Louise et Paul passaient tous les deux le bac, je voulais rester auprès d'eux, me rendre complètement disponible. J'avais prévu de commencer le nouveau livre après l'été, quand tout le monde se remettrait au travail, dans les prémices de l'automne.

Bien sûr, je pressentais que ce ne serait pas simple. Il me faudrait retrouver mon sillon, les balises imperceptibles de ma trajectoire, ce fil invisible tissé d'un texte à l'autre, que l'on croit tenir et qui nous échappe sans cesse. Il me faudrait faire abstraction de tout ce que j'avais entendu et reçu, de ce qui s'était dit ou écrit, des doutes et de l'appréhension. Je savais tout cela. Et tout cela, dorénavant, constituait une forme d'équation à plusieurs inconnues à laquelle je devais me soumettre et dont je connaissais au moins la première ligne de résolution : il fallait refaire le silence, s'extraire, reconstruire sa bulle.

J'avais quelques semaines devant moi, je n'étais plus si occupée ni si fatiguée, je passais du temps à la maison avec mes enfants, je rejoignais François dès que je le pouvais, ou bien lui venait me retrouver. Les choses suivaient leur cours. Il me semblait être dans un entre-deux ; une de ces zones de transition, vaguement expectatives, qui marquent la fin d'une période pour laisser place à une autre. Un de ces moments où l'on veille, par peur du court-circuit, à ce que les événements ne se chevauchent pas, n'entrent pas en collision, et que s'accomplisse ce qui doit l'être.

Il me tardait de me taire.

Au cours de cette période, si j'en crois mon agenda, j'ai vu L. plusieurs fois. Je n'ai pas le souvenir précis de la manière dont nous avons repris contact. J'imagine qu'après la soirée à l'Express Bar, l'une de nous a rappelé l'autre. Il me semble que L. m'a envoyé par mail une ou deux adresses dont nous avions parlé. Elle m'a invitée à venir voir avec elle une pièce de théâtre qui se jouait depuis plusieurs semaines à guichets fermés et pour laquelle je n'avais pas réussi à obtenir de places. Une autre fois, je me souviens que nous avons bu un café dans un bar de la rue Servan, elle m'avait appelée alors qu'elle était en bas de chez moi, elle sortait d'un rendez-vous dans mon quartier. Par diverses attentions, L. m'avait signifié sa volonté de voir notre relation se prolonger au-delà de ces premières sorties.

Au début du mois de mai, L. m'a proposé d'aller au cinéma. Quelque temps plus tôt, je lui avais raconté combien j'aimais voir des films en plein après-midi, ce plaisir d'étudiante que je retrouvais depuis que j'avais quitté l'entreprise et le sentiment de transgression que j'éprouvais à m'asseoir dans le noir pendant deux heures, loin de ma table de travail. J'aimais aller au cinéma avec d'autres gens et parler du film juste après l'avoir vu, dans ce moment un peu flottant, parfois ému, qui suit la projection, mais j'aimais aussi y aller seule, pour que rien n'altère ces premières impressions, rien ne perturbe cette possibilité d'offrir son corps en résonance, quand les lumières viennent de se rallumer et que défile le générique, être seule pour que ce moment s'étire, se prolonge, rester assise dans l'atmosphère du film, en absorber entièrement l'humeur. Nous avions eu cette conversation l'une des premières fois où nous étions sorties toutes les deux, L. m'avait avoué qu'elle ne supportait pas d'aller seule au cinéma : elle était persuadée que tout le monde la regardait. C'est d'ailleurs la raison pour laquelle elle m'a demandé de l'accompagner voir *17 filles*, le premier long-métrage de Delphine et Muriel Coulin. Le film était sorti juste avant Noël, elle n'avait pas pu le voir à cause d'un texte urgent qu'elle devait rendre, par chance il se jouait encore pour quelques jours dans un cinéma du quartier Latin. Je connaissais le travail littéraire de Delphine Coulin et j'avais lu quelque part qu'elle avait écrit et réalisé ce film avec sa sœur. J'aime l'idée des fratries créatrices, cela me tentait bien.

Je ne trouve aucune trace de ce rendez-vous dans mon agenda, sans doute s'est-il improvisé le jour même, ce qui explique que je ne l'ai pas noté. Nous nous sommes retrouvées devant le cinéma, L. était arrivée en avance et avait pris les places.

Le film raconte l'histoire de dix-sept adolescentes d'un même lycée qui décident de tomber enceintes au même moment. Il est inspiré d'un fait divers qui a eu lieu en 2008 à Gloucester aux États-Unis. Les sœurs Coulin ont délocalisé l'intrigue dans une petite ville de Bretagne. Le film est beau, habité par cette langueur expectative, une forme d'ennui qui n'a pas de nom, le désir d'un ailleurs qui semble ne jamais trouver sa représentation. Les plans des jeunes filles, immobiles dans leurs chambres respectives, sont des tableaux mélancoliques qui rythment le film comme un compte à rebours. À eux seuls, ils disent ce moment qui n'appartient plus à l'enfance mais pas davantage à l'âge adulte, cet entre-deux trouble, incertain. Pour ces jeunes filles, être enceinte est un acte de liberté, la promesse d'une autre vie. Au-delà de ces grossesses qui ne cessent de se multiplier, le film raconte aussi une histoire d'ascendant. Car Camille, qui tombe enceinte la première, est la star du lycée. Elle est de celles que l'on suit aveuglément, auxquelles on voudrait tant ressembler. L'une de ces idoles adolescentes que l'on a tous connues, qui finissent par disparaître sans que l'on sache ce qu'elles sont devenues. Lorsque les lumières se sont rallumées, je me suis tournée vers L., elle m'a semblé un peu tendue. J'ai tout de suite remarqué la manière dont sa mâchoire s'était crispée, une pulsation lente soulevait sa joue, formait tantôt un creux, tantôt une légère bosse, juste au-dessous de l'oreille, alors que le reste de son visage était demeuré impassible. Lorsque nous sommes sorties, elle m'a proposé de me raccompagner. Pour une fois elle était en voiture, elle n'avait pas l'habitude de l'utiliser dans Paris mais elle rentrait d'un rendez-vous en banlieue et n'avait pas eu le temps de la déposer dans son parking. J'ai accepté.

L. avait trouvé à se garer à proximité du cinéma, nous avons marché en silence, côte à côte.

Une fois installée sur son siège, et sa ceinture bouclée, L. a fait descendre la vitre de son côté. Elle l'a d'abord arrêtée à mi-hauteur puis l'a laissée glisser jusqu'en bas. L'air s'est engouffré dans l'habitacle. Elle est restée comme ça pendant quelques secondes, elle regardait droit devant elle, je voyais son chemisier se soulever au rythme de sa respiration. Au bout d'un moment, elle a fini par parler :

— Excuse-moi, je ne peux pas démarrer.

Les deux mains posées sur le volant, elle cherchait à inspirer en profondeur, mais son souffle était court, entravé.

— C'est le film ?

— Oui, c'est le film, mais ne t'inquiète pas, ça va passer.

Nous avons attendu. L. fixait la route exactement comme si sa voiture filait sur une voie express à cent cinquante kilomètres-heure.

J'ai essayé de dédramatiser. Moi aussi, j'étais sujette à ce genre de contrecoup. Des films qui explosent à retardement, au moment du générique. Je connaissais cette sensation, cela m'était arrivé à plusieurs reprises, au point de m'asseoir sans pouvoir bouger au bord du trottoir (*L'Épouvantail*, de Jerry Schatzberg) ou de ne plus pouvoir articuler un mot (*Naissance des pieuvres*, de Céline Sciamma). Je comprenais très bien. Parfois, un film trouvait en nous une résonance viscérale. Pour la distraire, j'ai raconté à L. le jour où j'ai vu pour la première fois le film *The Hours*, adapté du roman de Michael Cunningham. Alors que je n'avais pas versé une larme pendant toute la projection, je m'étais écroulée, une fois le film terminé. C'était venu comme ça, sans signe avant-coureur, je m'étais mise à pleurer à chaudes larmes, incapable de sortir de la salle, ni même d'expliquer quoi que ce soit au père de mes enfants dans les bras duquel je m'étais effondrée.

Quelque chose dans mon système de protection interne avait manifestement cédé.

J'ai essayé d'ajouter un soupçon d'autodérision, dans l'espoir de la distraire un peu. L. m'écoutait avec attention, mais je voyais bien qu'elle ne pouvait ni sourire ni acquiescer, tout son corps semblait mobilisé par une tentative de reprise de contrôle.

Il s'est écoulé encore plusieurs minutes dans le silence avant qu'elle enclenche le contact, et plusieurs minutes encore avant qu'elle mette le moteur en marche.

Nous n'avons rien dit non plus pendant le trajet du retour, j'ai passé en revue les scènes du film qui m'avaient touchée, à la recherche d'un indice sur ce qui avait pu à ce point la bouleverser. Je n'en savais pas assez sur L. pour comprendre quel avait été le point d'impact. Pourtant, je me souviens d'avoir pensé au personnage de Florence, cette jeune femme rousse un peu ingrate, que l'on découvre au début du film, tenue à l'écart par les autres filles. Elle est celle dont on se moque, un peu gauche, un peu ridicule, sans que l'on sache vraiment pourquoi, ni à quel endroit se joue cette fausse note qui lui vaut d'être rejetée. C'est Florence, la première, qui confie à Camille qu'elle est enceinte aussi. La maternité lui ouvre les portes du groupe dont elle était exclue, et Florence initie sans le vouloir le mouvement de suivi. D'autres filles tombent enceintes, puis d'autres encore. Plus tard, dans une scène d'une grande cruauté, les filles découvrent que la grossesse de Florence n'est qu'un leurre, tout n'est que mensonge pour appartenir au cercle qui la relègue alors hors de ses frontières, sans autre forme de procès.

L. s'est arrêtée en bas de chez moi. Elle m'a souri et remerciée. Sans doute simplement par cette phrase « merci d'être venue avec moi », mais prononcée comme si je venais de l'accompagner pour un examen douloureux à l'hôpital ou l'annonce d'une grave maladie.

J'ai ressenti une sorte d'élan vers elle, l'envie de la prendre dans mes bras.

En vertu d'une intuition étrange, je me rappelle m'être dit que L. n'avait pas toujours été la femme ravissante et sophistiquée que j'avais devant moi. Quelque chose en elle, quelque chose d'enfoui, à peine perceptible, indiquait que L. revenait de loin, d'un territoire obscur et fangeux, et qu'elle avait fait l'objet d'une phénoménale métamorphose.

À partir de ce jour, nous nous sommes vues de plus en plus souvent.

L. habitait à deux pas de chez moi. Elle travaillait chez elle, décidait de ses horaires et de l'usage de son temps. L. m'appelait parce qu'elle passait devant mes fenêtres, parce qu'elle avait lu un livre dont elle avait envie de me parler, parce qu'elle venait de découvrir un endroit calme pour boire un thé. Elle s'est fondue dans ma vie parce qu'elle était libre d'aller et venir, parce qu'elle s'autorisait l'imprévu et l'improviste, parce qu'il lui semblait normal de dire je suis en bas, comme si nous avions quinze ans, je t'attends au carrefour, rendez-vous devant la boulangerie, au Monoprix, à la station Réaumur-Sébastopol, je dois m'acheter une veste cet après-midi, viens m'aider à choisir une lampe pour mon bureau. L. aimait décider des choses au dernier moment, changer ses plans, annuler un rendez-vous pour prolonger le plaisir d'une rencontre, prendre un dessert, ou simplement ne pas interrompre une conversation qui l'intéressait. L. cultivait une forme de disponibilité à l'instant qui la rendait à mes yeux singulière, moi qui depuis si longtemps tentais d'apaiser mon anxiété par un souci plus ou moins efficace d'anticipation.

J'admirais L. pour sa capacité à refuser la contrainte, à n'envisager le futur que de manière immédiate. Pour elle, il y avait l'instant présent et l'instant juste après, rien au-delà de plus important ni de plus urgent. L. ne portait pas de montre et ne regardait jamais son portable pour vérifier l'heure. Elle était là, totalement, et se comportait ainsi en toute circonstance. C'était un choix, une façon d'être au monde, un refus de toute forme de diversion ou de dispersion. Il m'est arrivé de passer des après-midi entiers à parler avec elle sans qu'une seule fois elle s'inquiète de l'heure et je crois, au cours de ces deux années, n'avoir jamais entendu la sonnerie de son portable.

L. ne différait aucune rencontre : les choses se produisaient sur le moment ou bien n'avaient pas lieu. L. vivait *maintenant*, comme si tout pouvait s'arrêter le jour même. L. ne disait jamais « on se rappelle pour prendre un rendez-vous » ou « essayons de nous voir avant la fin du mois ». L. était disponible sur-le-champ, sans plus attendre. Ce qui était pris n'était plus à prendre.

J'admirais sa détermination, et je crois n'avoir observé chez personne d'autre une telle présence à l'instant. L. savait depuis longtemps ce qui était important pour elle, ce dont elle avait besoin et ce dont il lui fallait se protéger. Elle avait opéré une sorte de tri sélectif qui lui permettait d'affirmer sans détour quelles étaient ses priorités, et les éléments de perturbation qu'elle avait définitivement exclus de son périmètre.

Sa manière de vivre – pour ce que je pouvais en percevoir – m'apparaissait comme l'expression d'une force intérieure que peu de gens possèdent.

Un jour, L. m'a appelée à 7 heures du matin parce qu'elle venait de s'apercevoir que son dictaphone numérique était en panne. Elle avait rendez-vous à 8 h 30 avec une femme politique pour laquelle elle avait commencé à travailler. Elle n'avait aucune chance de trouver un magasin ouvert et voulait savoir si je pouvais lui prêter le mien. Nous nous sommes retrouvées une demi-heure plus tard au comptoir d'une brasserie. Je l'ai regardée traverser la rue, j'ai observé sa démarche si stable, si assurée, malgré les talons qu'elle portait, ses cheveux blonds relevés par une pince soulignaient la longueur de son cou et l'élégance de son port de tête, elle semblait perdue dans ses pensées. Mettre un pied devant l'autre était, de toute évidence, le cadet de ses soucis. (Il s'agit parfois pour moi d'une préoccupation majeure.) Quand elle est entrée, les têtes se sont tournées vers elle, elle avait une allure qu'on ne pouvait ignorer. Je me souviens parfaitement de ce moment parce que j'ai pensé à ça : il était 7 h 30 du matin et rien, chez elle, ne dépassait. Rien n'était froissé, ni chiffonné, chaque élément de sa personne était parfaitement à sa place, et pour autant L. n'avait rien de figé ni de fabriqué. Ses joues étaient à peine rosies par le froid, ou par un fard d'une couleur naturelle, ses cils étaient maquillés d'un mascara léger. Elle m'a souri. Il émanait d'elle une véritable sensualité, quelque chose qui avait à voir avec l'aisance, la facilité. L. incarnait à mes yeux ce mystérieux mélange de mouvement et d'apparat.

J'avais accepté depuis longtemps l'idée que je n'étais pas l'une de ces femmes impeccables, incontestables, que j'avais rêvé d'être. Chez moi toujours quelque chose dépassait, rebiquait, ou s'effondrait. J'avais des cheveux bizarres à la fois raides et frisés, j'étais incapable de garder du rouge à lèvres plus d'une heure et il arrivait toujours un moment, tard dans la nuit, où je me frottais les yeux, oubliant le rimmel sur mes cils. À moins d'une vigilance extrême, je me cognais dans les meubles, je ratais les marches, les dénivellations, me trompais d'étage pour rentrer chez moi. Je m'étais accommodée de cela et du reste. Et mieux valait en rire.

Pourtant ce matin-là, en la voyant arriver, j'ai pensé que j'avais beaucoup à apprendre de L. Si je prenais le temps de l'observer, peut-être pourrais-je capter quelque chose qui m'avait toujours échappé. À la côtoyer de près, je comprendrais comment elle parvenait à être tout cela à la fois, la grâce, l'assurance et la féminité.

Il m'avait fallu dix ans pour me tenir droite, et presque autant pour porter des talons, après tout peut-être pouvais-je, un jour, devenir ce genre de femme.

Ce matin-là, L. s'est assise sur le tabouret proche du mien. Elle portait une jupe droite, assez près du corps, je pouvais voir le muscle de sa cuisse se dessiner sous le tissu. Ses collants étaient sombres et légèrement satinés. J'admirais sa posture, qui soulignait la forme ronde de ses seins que je devinais sous son chemisier, cette manière d'ouvrir les épaules, juste ce qu'il fallait, pour que cela paraisse naturel, presque nonchalant. J'ai pensé qu'il fallait que j'apprenne à me tenir comme ça, et puis les jambes aussi, l'une posée sur l'autre malgré l'étroitesse de la jupe, le corps de L. en équilibre sur un tabouret de bar, c'était une chorégraphie immobile qui se passait de musique et convoquait les regards. En l'absence de prédispositions favorables, cette posture était-elle reproductible ?

Il était 7 h 30 du matin, je m'étais contentée de prendre une douche et d'enfiler un jean, un pull et des bottines, j'avais glissé les doigts dans mes cheveux pour me coiffer. L. m'a regardée, elle m'a souri de nouveau.

— Je sais à quoi tu penses. Et tu te trompes. Il y a une grande différence entre ce que tu ressens, la manière dont tu te perçois, et l'image que tu donnes de toi. Nous portons tous la trace du regard qui s'est posé sur nous quand nous étions enfants ou adolescents. Nous la portons sur nous, oui, comme une tache que seules certaines personnes peuvent voir. Quand je te regarde, je vois tatouée sur ta peau l'empreinte de la moquerie et du sarcasme. Je vois quel regard s'est posé sur toi. De haine et de méfiance. Affûté et sans indulgence. Un regard avec lequel il est difficile de se construire. Oui, moi je le vois et je sais d'où il vient. Mais, crois-moi, peu de gens le perçoivent. Peu de gens sont capables de le deviner. Parce que tu caches ça très bien, Delphine, bien mieux que tu ne le penses.

L. faisait mouche, la plupart du temps. Même si dans sa bouche les choses semblaient souvent plus dramatiques qu'elles ne l'étaient, même si elle avait tendance à tout mélanger, il y avait toujours un fond de vérité.

L. semblait savoir tout de moi, sans que j'aie rien dit.

Tandis que je tente d'expliquer comment je me suis attachée à L., d'identifier les étapes de cet attachement, un autre moment me revient en mémoire, qui date plus ou moins de la même époque.

Nous étions allées voir une exposition, un soir de nocturne, puis nous avions commandé un croque-monsieur dans un café près du musée. Il pleuvait beaucoup, nous avions attendu que la pluie cesse. Il était assez tard lorsque nous avons repris le métro. Nous étions assises côte à côte, près de la porte, sur les strapontins. La rame était pleine, pas suffisamment pour nous obliger à nous lever. Un homme et une femme sont montés. Aussitôt cette dernière s'est agrippée à la barre centrale, juste devant nous. Agrippée, c'est le mot qui m'est venu en la voyant, elle semblait tenir debout avec difficulté. L'homme était plus âgé qu'elle. Il n'a pas tardé à reprendre le monologue qu'il avait de toute évidence commencé sur le quai, il parlait fort, une bonne partie du wagon pouvait l'entendre. La femme avait la tête baissée, les épaules légèrement voûtées. S'il m'était difficile de distinguer son visage, il me semblait, sous l'assaut verbal, voir en revanche son corps plier. L'homme lui reprochait son attitude durant le dîner qu'ils venaient de quitter. Exaspéré, une moue de dégoût sur les lèvres, il scandait ses phrases comme s'il s'agissait d'un discours politique, tu te tiens comme une pauvre fille, tu manges comme une pauvre fille, tu parles comme une pauvre fille, tu me fous la honte (je retranscris quasiment mot pour mot, je crois n'avoir rien oublié tant j'étais abasourdie par la violence de cet homme et l'humiliation publique qu'il infligeait à cette femme). Les gens se sont écartés, certains ont changé de place. L'homme, loin de s'adoucir, a poursuivi.

— Tu es la seule à ne pas t'en rendre compte, Magali, tout le monde était consterné, mais oui, et tout le monde se disait : mais qu'est-ce qu'il fout avec une fille comme ça ? Tu transpires le malaise, qu'est-ce que tu veux que je te dise, ça fout les jetons. Et je te dis même pas quand tu t'es mise à parler de ton boulot, mais qu'est-ce que tu crois, que ça intéresse les gens la vie d'une pauvre instit' de maternelle, mais on s'en fout, tout le monde s'en fout, tu crois que ça intéresse les gens ?

L. regardait l'homme, non pas discrètement, de manière furtive, comme nous le faisions tous. L. fixait l'homme, avec ostentation, le visage levé vers lui comme au théâtre. Sa mâchoire s'est serrée, la pulsation est revenue, creusait par intermittence un petit puits dans sa joue.

— Non mais regarde comment tu te tiens, c'est pas vrai de voir ça, on dirait une bossue. Ah mais oui, j'oubliais, c'est toi qui portes la misère du monde, Magali, au temps pour moi, ha ha ha, elle est bonne, mais oui c'est vrai, Madame porte les malheurs de la terre entière et Dieu sait s'il y en a : les mômes dont les parents sont clandestins, les mômes dont les parents ont perdu leur boulot, les mômes dont les parents sont cinglés et j'en passe, mais attention, Madame est peinarde tous les jours à 16 h 30 après un bon goûter ! Non mais tu t'es regardée, Magali, il te manque plus qu'une blouse des 3 Suisses, on dirait une femme de ménage.

Nous venions de nous arrêter à la station Arts et Métiers. L. s'est levée, elle était très calme, chacun de ses mouvements semblait avoir été calculé au préalable et au millimètre près, elle s'est postée devant l'homme, exactement devant, elle a planté son regard dans le sien, sans un mot. L'homme s'est interrompu, les murmures autour de nous se sont tus. Un silence étrange a envahi le wagon. L. faisait face à l'homme, ne le lâchait pas des yeux, tandis que quelques voyageurs entraient et sortaient. L'homme a dit qu'est-ce qu'elle a cette connasse, le signal de fermeture des portes a retenti.

Alors d'un geste ferme, d'une rapidité étonnante, L. a poussé l'homme sur le quai. Il est tombé en arrière, s'est retenu avec les mains, les portes se sont refermées avant qu'il ait eu le temps de comprendre. À travers la vitre, nous avons vu son visage hébété, incrédule. Il a hurlé sale pute et puis sa silhouette a disparu.

L. s'est alors tournée vers la jeune femme, elle lui a dit cette phrase que je n'ai jamais oubliée :

— Vous ne devez pas supporter ça, personne ne doit supporter ça.

Ce n'était pas une prière, ni une parole de consolation. C'était un ordre. La femme s'est assise un peu plus loin, elle avait l'air soulagée. Au bout de quelques minutes je l'ai vue sourire, perdue dans ses pensées, puis elle a eu un petit rire, bref, sec, presque coupable. Il m'a semblé que son corps s'était un peu redressé.

Encore aujourd'hui, il m'est difficile d'expliquer comment notre relation s'est développée si rapidement, et de quelle manière L. a pu, en l'espace de quelques mois, occuper une telle place dans ma vie.

L. exerçait sur moi une véritable fascination.

L. m'étonnait, m'amusait, m'intriguait. M'intimidait.

L. avait une façon singulière de rire, de parler, de marcher. L. ne semblait pas chercher à me plaire, ne semblait jouer aucun jeu. Elle m'impressionnait au contraire par sa capacité à être elle-même (au moment où j'écris ces lignes, je prends conscience de leur naïveté, comment pouvais-je savoir qui était L., après si peu de temps ?). Tout, chez elle, avait l'air simple, comme s'il lui suffisait de frapper dans ses mains pour apparaître ainsi, naturelle et parfaitement adaptée. Lorsque je quittais L., après un moment passé avec elle, ou une longue conversation téléphonique, je demeurais souvent sous l'influence de cet échange. L. exerçait sur moi une douce emprise, intime et troublante, dont j'ignorais la cause et la portée.

Quelques semaines après notre rencontre, L. a instauré entre nous une fréquence de contacts que je ne connaissais plus avec aucune de mes amies. Au moins une fois par jour, sous une forme ou une autre, elle m'adressait un signe. Un petit mot du matin, une pensée du soir, un récit minuscule écrit spécialement à mon intention (en quelques mots, L. avait l'art de raconter une anecdote qui lui était arrivée ou de dresser le portrait d'une personne qu'elle venait de rencontrer). L. m'envoyait des photos prises ici ou là, clins d'œil insolites et incongrus, plus ou moins reliés à nos conversations ou aux situations que nous avions vécues ensemble : un homme dans un train plongé dans mon dernier livre traduit en chinois, l'affiche d'un concert de La Grande Sophie, dont je lui avais dit aimer les chansons, une publicité pour une nouvelle tablette de chocolat noir dont la marque était ma préférée. L. exprimait sans détour son désir d'être en contact avec moi. De devenir mon amie.

Sans m'en rendre compte, j'ai commencé à attendre ces signes. Et ces appels. Je lui ai téléphoné plus souvent, pour lui raconter des choses sans importance. Nous avons commencé à nous écrire des mails.

Je n'ai pas perçu tout de suite à quel point L. réactivait la nostalgie de mes années post-adolescentes, ce moment où je suis entrée dans l'âge adulte, ce moment où j'ai pris conscience de l'élan vital qui est le mien. L. réactivait cette toute-puissance de mes dix-sept ans, l'énergie incroyable qui m'avait portée pendant quelques mois, avant que me rattrapent la peur, l'angoisse et la culpabilité. L. réactivait ce moment précis de ma vie, mon retour à Paris après quatre années passées chez mon père, mes premières conversations étudiantes dans les cafés de la rue de Rome, les séances de cinéma du quartier Latin, ma rencontre avec Coline, nos canulars dans le métro, cette langue aux consonances slaves que nous avions inventée, ces conversations silencieuses qui circulaient de l'une à l'autre pendant les heures de cours, écrites de droite à gauche en hommage à Abel Tiffauges, lisibles par transparence ou en miroir. Un fil continu, inextinguible, qui maintenait le contact. Une manière de tout partager : la peur et le désir.

L. réactivait cela : cette façon exclusive et impérieuse d'être en lien avec l'autre, que l'on peut vivre à dix-sept ans.

Pour autant, le mode relationnel qui s'est instauré entre L. et moi, intense et régulier, s'accommodait plutôt bien des paramètres adultes de mon existence. Par exemple, bien qu'elle m'ait posé peu de questions sur François, elle avait parfaitement intégré la manière dont nous vivions, et le rythme de nos rencontres. Elle connaissait mon emploi du temps, savait que certains jours lui étaient réservés. Par ailleurs, L. s'est très vite intéressée à mes enfants. Sans doute a-t-elle perçu que cette attitude lui offrirait un accès privilégié à mon intimité, voire qu'elle était une condition nécessaire à tout approfondissement de notre relation. L. m'interrogeait souvent sur Louise et Paul, me demandait de lui décrire leurs personnalités ou de lui raconter des souvenirs de leur enfance. Il m'est arrivé de penser que L. voulait rattraper le temps perdu, ce temps qu'elle n'avait pas connu. Mais L. suivait avec autant d'intérêt la période qu'ils traversaient : étaient-ils confiants, à l'approche des épreuves du bac, étaient-ils fixés sur leurs souhaits d'orientation ?

L. m'a signalé un ou deux documents portant sur le métier qui intéressait Paul, et adressé par courrier un dossier sur l'école nationale de l'aviation civile, dont ma fille envisageait de préparer le concours. Plus tard, elle m'a envoyé par mail une documentation très complète sur l'Artisanat et les métiers d'Art, ainsi qu'un classement des prépas scientifiques.

Je dois admettre que la curiosité que L. a très vite exprimée à l'égard de mes enfants m'a d'abord étonnée. Puis il m'est apparu que cette perplexité relevait d'un stupide préjugé : pourquoi une femme qui n'avait pas d'enfant ne s'intéresserait-elle pas à ceux des autres ? Le fait est que la capacité d'écoute de L. était inégalable quand il s'agissait de mes préoccupations de mère. La gémellité de Louise et Paul, l'appréhension qu'ils éprouvaient à l'idée de se séparer, la nécessité qu'ils ressentaient sans doute d'en passer par là, leurs choix respectifs, les démarches administratives, les dossiers à constituer, les lettres de motivation, la saisie des vœux d'orientation sur la mystérieuse application informatique post-bac mise à disposition des élèves, et puis l'attente… autant d'étapes que L. a partagées avec moi comme si cela la concernait au plus haut point.

L. posait des questions, demandait des nouvelles, parfois donnait son avis.

Aujourd'hui, je pourrais être tentée de dire que L. ne s'intéressait pas à Louise et Paul mais à l'espace qu'ils occupaient dans ma vie : leur influence manifeste sur mon humeur, mon sommeil, ma disponibilité. Aujourd'hui, il me serait facile d'écrire que L. s'intéressait à moi en tant que mère uniquement

parce qu'elle s'intéressait à moi en tant qu'écrivain.
L. n'a pas mis longtemps à comprendre que ces
deux aspects de ma personnalité ne sont pas dis-
sociés. Jusqu'à quel point Louise et Paul étaient-ils
susceptibles de parasiter, perturber, empêcher ou, au
contraire, favoriser mon écriture, voilà sans doute ce
que L. voulait mesurer. En outre, les études que
l'un et l'autre avaient choisies devaient les amener
à quitter Paris, l'une pour la province, l'autre pour
l'étranger. Aujourd'hui, il serait facile de penser que
L. se réjouissait de leur départ prévu après l'été. Mais
je sais que c'est injuste, que ce n'est pas si simple.
À vrai dire, rien, avec L., n'a jamais été si simple.
Avec le recul, il me semble que l'intérêt que L. exprimait pour mes enfants était à la fois plus profond et
plus complexe que tout cela. L. éprouvait une réelle
fascination pour les mères en général et pour celle
que j'étais en particulier. L. aimait m'écouter parler
de mes enfants, j'en suis sûre, les souvenirs de leurs
premières années, la manière dont ils avaient grandi,
et de leurs préoccupations adolescentes. L. réclamait
des détails, s'amusait de notre petite mythologie familiale. À distance, je dois dire que L. comprenait mes
enfants d'une façon sidérante. Il m'est arrivé à plusieurs reprises de lui parler d'un souci, d'une dispute,
d'une incompréhension entre eux, ou entre eux et
moi, et qu'elle en perçoive immédiatement l'enjeu,
m'aidant ainsi à y répondre. Pourtant, L. n'a jamais
éprouvé le besoin de les rencontrer. Je dirais même
qu'elle a évité toutes les circonstances propices à cette
rencontre. Elle ne me rejoignait pas au cinéma quand
j'y allais avec eux, et lorsque je lui proposais de me

retrouver quelque part, se renseignait pour savoir si j'étais seule. De même, elle ne passait jamais chez moi quand elle savait que mes enfants étaient là, et, dans le doute, n'en courait pas le risque.

Il m'a fallu un peu de temps pour m'en rendre compte.

J'ai fini par penser que c'était pour elle une affaire de pudeur, ou bien une manière de se préserver d'une émotion à laquelle elle craignait de ne pouvoir faire face. J'ai fini par penser que cette question de la maternité était pour elle plus douloureuse que ce qu'elle voulait bien admettre.

En l'espace de quelques mois, je crois que L. a réussi à avoir une vue d'ensemble assez juste de ma façon de vivre : mes priorités, le temps que je consacrais à chacun, la fragilité de mon sommeil.

Si j'y réfléchis, L. s'est très vite positionnée comme une personne ressource : quelqu'un de fiable, d'une rare disponibilité, sur qui je pouvais compter. Quelqu'un qui s'inquiétait de moi, qui offrait son temps comme aucune personne adulte de ma connaissance.

L. était une femme généreuse, drôle et singulière, que j'avais rencontrée dans une soirée, c'est d'ailleurs en ces termes que j'ai parlé d'elle à François pour la première fois.

François connaissait ma difficulté à laisser partir les gens, à me contenter de les croiser, ce besoin que j'avais ensuite de savoir ce qu'ils devenaient, ce refus de les perdre tout à fait. Aussi a-t-il gentiment ironisé :

— Comme si tu n'avais pas assez d'amis...

Un soir du mois de juin, L. m'a envoyé la photo
d'un graffiti gigantesque, rouge et noir, qu'elle avait
repéré sur un mur sale du treizième arrondissement.
À hauteur des yeux, quelqu'un avait tagué : WRITE
YOURSELF, YOU WILL SURVIVE.

J'ai toujours aimé observer les femmes. Dans le métro, dans les magasins, dans la rue. J'aime aussi les regarder au cinéma, à la télévision, j'aime les voir jouer, danser, les entendre rire ou chanter.

Je crois que cet intérêt s'apparente à l'enfance, lui est intimement lié. Il est le prolongement des jeux de rôle auxquels je m'adonnais petite fille avec certaines de mes amies, quand il suffisait de s'inventer un nouveau prénom pour être transformée. On dirait que tu t'appellerais Sabrina et moi Johanna. Ou bien l'inverse. Je serais une princesse ravissante, avec des boucles comme celles de Candy, et une fossette irrésistible, je serais une jeune actrice surdouée, comme Jodie Foster dans *Bugsy Malone*, j'aurais les yeux bleus et une peau de porcelaine, je serais Christine Rosenthal qui dansait sur *Belinda* au spectacle de fin d'année de l'école élémentaire de Yerres, je serais Christelle Portal ou Isabelle François, les stars du lycée de L'Aigle, brunes et magnétiques, je serais la seule fille dans une bande de garçons qui n'auraient d'yeux que pour moi, je serais une magnifique créature aux cheveux longs et lisses, aux seins doux comme du velours.

Je serais une autre.

L. ravivait cet espoir inassouvi d'être plus belle, plus spirituelle, plus confiante, d'être quelqu'un d'autre en somme, comme dans cette chanson de Catherine Lara qu'adolescente j'écoutais en boucle : *Fatale, fatale, j'aurais voulu être de ces femmes pour lesquelles tout le monde s'enflamme, fou d'amour, foudroyé...*

Encore aujourd'hui, même si avec le temps je me suis peu à peu accommodée de ma personne dans son ensemble, même s'il me semble vivre en paix, et même en harmonie, avec celle que je suis, même si je n'éprouve plus le besoin impérieux de troquer tout ou partie de moi-même contre un modèle plus attractif, j'ai gardé, je crois, ce regard sur les femmes : une réminiscence de ce désir d'être une autre qui m'a si longtemps habitée. Un regard qui va chercher, chez chacune des femmes que je croise, ce qu'il y a de plus beau, de plus trouble, de plus lumineux. Néanmoins, en tout cas jusqu'à nouvel ordre, mon désir sexuel s'est exprimé du côté des hommes. L'onde, le frisson, la chaleur dans le bas-ventre, dans les cuisses, le souffle entravé, le corps en état d'alerte, la peau électrique, tout cela, au contact des hommes seulement.

Un jour pourtant, il y a quelques années, il m'a semblé que j'éprouvais pour une femme quelque chose qui circulait dans le sang, qui pouvait traverser l'épiderme. J'étais invitée par un festival étranger pour la traduction de l'un de mes livres. Dans une salle obscure et climatisée, alors qu'il faisait une chaleur écrasante à l'extérieur, j'ai répondu aux questions des lecteurs. Après mon intervention, j'ai écouté cette femme qui parlait de son dernier roman. J'avais lu plusieurs de ses livres, ne l'avais jamais rencontrée auparavant. Elle était brillante, drôle, spirituelle. Son discours était une succession de pirouettes, de contretemps et de digressions, la salle était subjuguée et moi aussi, elle jouait avec les mots et leur polysémie, elle s'amusait. Le public, les rires, l'attention portée sur elle, tout cela semblait être un jeu, comme si au fond rien de ce folklore (l'écrivain face à son public) ne devait être pris au sérieux. Elle était belle d'une manière masculine, cela n'avait rien à voir avec ses traits mais plutôt avec sa posture, sans que je parvienne à identifier exactement où cela prenait corps, cette attraction étrange qu'elle exerçait à mon endroit. Il y avait quelque chose d'extrêmement féminin dans sa manière d'assumer le masculin, d'en adopter les codes, de les détourner.

Le soir même, nous avons bu un verre toutes les deux, près du port.

Plus tôt dans la soirée, alors que nous étions encore avec le groupe (constitué d'une dizaine d'écrivains et des organisateurs du festival), elle avait parlé d'elle, de sa passion pour les voitures et pour la vitesse, de son goût pour le vin, de l'enseignement qu'elle dispensait à l'université. J'avais éprouvé une envie soudaine qu'elle s'intéresse à moi, qu'elle me propose que l'on s'échappe, qu'elle me distingue parmi les autres. Qu'elle me choisisse. Et c'est exactement ce qui était arrivé.

J'étais assise face à elle dans la nuit chaude, bien que nous ayons à peu près le même âge, j'avais l'impression d'être une gamine maladroite, elle m'était en tout point supérieure. Son esprit, son langage, sa voix, tout cela me fascinait. Je me souviens que nous avons parlé de la ville dans laquelle elle vivait, de la beauté des aéroports, de la manière dont les livres continuaient de vivre dans notre mémoire, malgré l'oubli. Je me souviens de lui avoir parlé du suicide de ma mère, qui avait eu lieu quelques mois plus tôt, et des questions qui me hantaient encore.

Pour la première fois j'ai eu envie de m'allonger près d'une femme, d'être au contact de sa peau. De m'endormir dans ses bras. Pour la première fois j'ai imaginé que c'était possible, que cela pouvait m'arriver, désirer le corps d'une femme.

Nous sommes rentrées à l'hôtel à pied, tard dans la nuit. Dans le couloir, nous nous sommes séparées sans hésitation, c'était net, limpide, chacune dans sa chambre. J'ai souvent repensé à elle, je ne l'ai jamais revue.

L. a-t-elle été pour moi un objet de désir ? Compte tenu de la manière dont nous nous sommes rencontrées, et de la rapidité avec laquelle elle a pris une place si importante dans ma vie, je me suis, bien sûr, posé la question. Et la réponse est oui. Oui, encore aujourd'hui, je serais capable de décrire avec précision le corps de L., la longueur de ses mains, cette mèche qu'elle glissait derrière son oreille, le grain de sa peau. La souplesse de ses cheveux, son sourire. J'ai eu envie d'être L., d'être comme elle. J'ai désiré lui ressembler. Il m'est arrivé d'avoir envie de caresser sa joue, de la prendre dans mes bras. J'aimais son parfum.

J'ignore quelle est la part du désir sexuel dans tout cela, peut-être n'est-il jamais parvenu à ma conscience.

Le jour des résultats du bac, L. a été la première à m'appeler pour savoir si Louise et Paul avaient réussi. Nous avions décidé de fêter le succès de mes enfants chez nous le soir même avec des amis, une petite soirée que j'imaginais intime et joyeuse avant qu'ils sortent dans le quartier, probablement jusqu'au bout de la nuit. J'ai proposé à L. de venir, ainsi pourrait-elle enfin les rencontrer, ainsi que François, qu'elle n'avait encore jamais vu. Après un court instant d'hésitation, L. s'est enthousiasmée, mais oui, c'était une très bonne idée, que pouvait-elle apporter : du vin, un assortiment pour l'apéritif, un dessert ?

Dans le courant de la soirée, L. m'a laissé un message vocal pour me dire qu'elle ne viendrait pas, elle était désolée, mais elle avait très mal au dos et craignait qu'il s'agisse des symptômes avant-coureurs d'une crise de coliques néphrétiques, cela lui arrivait malheureusement assez souvent, elle préférait rester chez elle et se reposer.

Je lui ai téléphoné le lendemain pour savoir comment elle allait. Elle pensait avoir évité la crise mais se sentait fatiguée. Comme à son habitude, elle n'a pas tardé à reprendre l'avantage en matière d'interrogatoire : comment s'était passée notre soirée, Louise et Paul étaient-ils heureux, fiers, soulagés ? Étaient-ils sortis ensuite avec leurs amis ? Et moi, dans tout ça, comment me sentais-je ? Elle se doutait bien que cela devait être une drôle d'étape, pour une mère, fêter le bac de ses enfants et bientôt leurs dix-huit ans, se préparer à les laisser partir, se réjouir pour eux de leur succès, et qu'ils aient obtenu les écoles qu'ils souhaitaient, mais tout cela, n'est-ce pas, signifiait dans le même temps que j'allais bientôt me retrouver seule. Comment vivais-je ce moment ? Cela n'allait-il pas trop vite, cela ne semblait-il pas être arrivé d'un seul coup, sans crier gare, même si dix-huit années s'étaient écoulées depuis la naissance de mes enfants ? N'était-ce pas tout simplement sidérant ?

Cette fois encore, L. formulait les choses exactement comme j'aurais pu le faire moi-même : ce sentiment de vouloir retenir le temps, ce vain combat pour que le compteur s'arrête, un instant, ou bien que les heures s'étirent, un tout petit peu, et cette incrédulité que j'éprouvais d'en être arrivée là.

L. avait raison. C'était douloureux et merveilleux. C'était arrivé d'un coup. C'était vertigineux. Me restaient des centaines d'images et de sensations que je ne voulais pas perdre, souvenirs fragiles, déjà altérés, qu'il me fallait maintenant préserver.

Et puis il y avait cette question, qui me venait parfois à l'esprit, quand je tentais d'associer ces deux images : Louise et Paul à la naissance (deux êtres minuscules nés par césarienne à trois minutes d'intervalle, qui pesaient à peine cinq kilos à eux deux), et Louise et Paul aujourd'hui (deux jeunes gens de constitution

solide, mesurant respectivement 1,78 m et 1,95 m),
cette question que je formulais parfois à voix haute
lorsque je les observais le matin dans la cuisine, cette
question qui exprimait ma sidération, oui, c'était le mot
juste, comme si le temps qui séparait ces deux images
n'avait pas existé :

— Mais que s'est-il passé ?

La première fois que L. m'a demandé ce que je m'apprêtais à écrire, il m'a semblé qu'on en venait, enfin, au fait. J'ignore pour quelle raison, de manière immédiate, j'ai pensé cela : tout ce qui avait précédé, entre elle et moi, n'avait servi qu'à nous conduire là, à ce point précis, et L. venait d'abattre ses cartes pour me montrer son jeu.

J'étais assise au bar, elle se tenait debout en face de moi, la cuisine était ouverte sur le salon, une odeur de viande en sauce envahissait peu à peu l'espace. L. découpait des légumes, nous dégustions un verre de vin rouge en guise d'apéritif.

Elle m'a posé la question de manière abrupte, inattendue, sans que rien dans ce qui précédait pût justifier son irruption, nous parlions de tout autre chose et soudain elle m'a demandé :

— Qu'est-ce que tu vas écrire, maintenant ?

Depuis des mois, des lecteurs, des amis, des gens croisés ici ou là m'interrogeaient sur l'après. La question, généralement, se formulait en ces termes : « Qu'allez-vous écrire *après ça* ? » Parfois, la question prenait une tournure plus générale : « Mais qu'est-ce qu'*on* peut écrire *après ça* ? » Dans ce cas, il me semblait qu'elle contenait en elle-même sa réponse : *après ça*, il n'y avait rien, c'était couru d'avance. J'avais ouvert la boîte noire, dilapidé le stock, je n'avais plus rien en magasin. Quoi qu'il en soit, cette question n'était pas neutre. Elle me semblait abriter une confuse menace, un avertissement.

Peut-être étais-je seule à ignorer ce que tout le monde savait. Ce livre était un aboutissement, une fin en soi. Ou plutôt un seuil infranchissable, un point au-delà duquel *on* ne pouvait aller, en tout cas pas moi. Après, il n'y aurait rien. La fameuse histoire du plafond de verre, du seuil d'incompétence. Voilà ce que la question signifiait. Mais peut-être était-ce une fausse interprétation de ma part, une élucubration paranoïaque. La question était aussi simple qu'elle en avait l'air, n'abritait aucune arrière-pensée, aucun sous-entendu. Pourtant, peu à peu, face à la répétition de cette interrogation, s'était imposée l'idée terrifiante que j'avais, sans le savoir, écrit mon dernier livre. Un livre au-delà duquel il n'y avait rien, au-delà duquel rien ne pouvait s'écrire. Le livre avait bouclé la boucle, brisé l'alchimie, mis un terme à l'élan.

Lors de mes rencontres avec les lecteurs, auxquelles elle assistait parfois, mon éditrice avait perçu combien la récurrence de cette question me déstabilisait. À plusieurs reprises, devant elle, je m'étais retenue de céder à la panique et de répondre : rien, rien du tout, Madame, après ça *on* n'écrit plus rien, pas la moindre ligne, pas le moindre mot, on la boucle une bonne fois pour toutes, vous avez raison, eh oui, Monsieur, j'ai claqué comme une ampoule, j'ai grillé toutes mes cartouches, observez ce petit tas de cendres à vos pieds, je suis morte car j'ai tout brûlé.

La question de L. n'était pas tout à fait la même. Elle n'avait pas dit *après*, elle avait dit *maintenant*.

Qu'allais-je écrire, maintenant.

Le grand saut, le saut de l'ange, le saut dans le vide, l'heure de vérité (ces expressions me venaient à l'esprit en rafale tandis que L. tranchait ses légumes avec une détermination inquiétante), c'était donc *maintenant*.

François venait de partir aux États-Unis pour tourner une série documentaire sur les écrivains américains, tandis que Louise et Paul passaient le week-end chez leur père. L. m'avait invitée à dîner chez elle. C'était la première fois que nous nous recevions ainsi, l'une chez l'autre, de manière un peu cérémonieuse et organisée à l'avance. C'était la première fois aussi que j'allais chez elle et j'avais eu la curieuse impression, en entrant dans l'appartement, de pénétrer sur un décor de cinéma. Tout semblait neuf, livré le matin même. J'avais pensé à cela, et puis L. m'avait servi un verre de vin et l'impression s'était dissipée.

J'ai terminé mon verre et j'ai commencé à parler à L. de mon projet autour de la téléréalité. Les choses se précisaient, j'avais en tête depuis quelques semaines un personnage féminin sur lequel je prenais pas mal de notes (je l'avais dessinée en première page du carnet qui ne quittait pas le fond de mon sac). Ma future héroïne était la vedette d'un programme à forte audience, une jeune femme de vingt-cinq ans, fabriquée de toutes pièces, adulée et surexposée. Un personnage situé à égale distance entre la Loana de *Loft Story* et le Truman Burbank de *The Truman Show*.

Tandis que je parlais et tentais d'expliquer mon projet, je n'ai pas tardé à percevoir sa déception, ou plus exactement, sa contrariété. Je l'ai senti à la manière dont elle a accéléré sa découpe, après les poireaux elle s'attaquait maintenant aux carottes, le visage penché sur la planche, ses gestes étaient rapides, précis, elle m'écoutait avec attention mais ne me regardait pas.

Quand j'ai eu fini d'exposer les grandes lignes de mon idée, elle a attendu un court moment avant de parler.

Je restitue ici l'échange que j'ai eu avec L. Je l'ai noté le soir même, à peine rentrée chez moi. Il m'était impossible de me coucher. Sur un cahier d'écolier, trouvé dans la boîte à fournitures scolaires, j'ai cherché à reconstituer cette conversation dans ses moindres détails, sans doute pour la mettre à distance, la tenir hors de moi. Peut-être pressentais-je que cet échange contenait son propre effet retard et qu'il procéderait par diffusion lente. Je me souviens d'avoir eu peur de l'oublier et qu'il agisse à mon insu.

Dans les premiers mois de notre relation, j'ai continué de noter nos échanges ou les monologues de L. sur ce cahier. Jusqu'au jour où je n'ai plus pu écrire du tout, mais j'y reviendrai.

L. a levé les yeux vers moi, il m'a semblé qu'elle cherchait à contrôler le timbre de sa voix, et plus encore, son débit :

— Je n'imaginais pas une seconde que tu pensais écrire quelque chose comme ça. J'avais lu un article dans *Le Monde des Livres* où tu parlais d'un livre fantôme, plus personnel encore, auquel tu finirais sans doute par venir. Un livre en creux, caché à l'intérieur de celui-là.

Je voyais très bien à quel entretien elle faisait allusion. J'ai feint d'en avoir un souvenir confus.

— Ah bon, j'ai dit ça ?

— Oui. Tu parlais d'une trajectoire qui passait par différents points, et qu'il te serait difficile dorénavant de revenir à la fiction. J'ai lu ton dernier livre avec cette idée-là, qu'il en contenait un autre à venir, plus important et plus dangereux.

J'ai commencé à avoir chaud.

J'ai expliqué à L. que je m'étais trompée. J'avais répondu à cette interview au début du mois d'août, plusieurs semaines avant la sortie du livre. J'étais loin d'imaginer ce qui allait se passer, ce que le livre allait provoquer. Je croyais avoir anticipé ses conséquences, mais j'étais loin du compte. Je n'avais pas la carrure pour ça. Je n'étais pas de taille, c'était tout. Voilà pourquoi maintenant je voulais au contraire revenir à la fiction, raconter une histoire, inventer des personnages, n'avoir aucun compte à rendre au réel.

— C'est donc une question de confort ?

Elle ne dissimulait pas son agacement. J'étais prise de court.

— Une question de confort, oui, en quelque sorte, pour moi et pour les autres. Une position tenable, supportable, qui permette…

— Les gens s'en foutent. Ils ont leur dose de fables et de personnages, ils sont gavés de péripéties, de rebondissements. Les gens en ont assez des intrigues bien huilées, de leurs accroches habiles et de leurs dénouements. Les gens en ont assez des marchands de sable ou de soupe, qui multiplient les histoires comme des petits pains pour leur vendre des livres, des voitures ou des yaourts. Des histoires produites en nombre et déclinables à l'infini. Les lecteurs, tu peux me croire, attendent autre chose de la littérature et ils ont bien raison : ils attendent du Vrai, de l'authentique, ils veulent qu'on leur raconte la vie, tu comprends ? La littérature ne doit pas se tromper de territoire.

J'ai réfléchi un instant avant de lui répondre :

— Que la vie qu'on raconte dans les livres soit vraie ou qu'elle soit fausse, est-ce que c'est si important ?

— Oui, c'est important. Il importe que ça soit vrai.

— Mais qui prétend le savoir ? Les gens, comme tu dis, ont peut-être seulement besoin que ça sonne juste. Comme une note de musique. D'ailleurs, c'est peut-être ça, le mystère de l'écriture : c'est juste ou ça ne l'est pas. Je crois que les gens savent que rien de ce que nous écrivons ne nous est tout à fait étranger. Ils savent qu'il y a toujours un fil, un motif, une faille, qui nous relie au texte. Mais ils acceptent que l'on transpose, que l'on condense, que l'on déplace, que l'on travestisse. Et que l'on invente.

C'était ce que je pensais. Ou ce que je voulais croire. J'étais bien placée pour savoir à quel point *les gens*, ou tout au moins certains lecteurs, aimaient le Vrai, cherchaient à le démêler de la fable, le traquaient de livre en livre. Combien d'entre eux avaient voulu savoir, dans mes précédents romans, ce qui relevait de l'autobiographie ? La part du vécu. Combien d'entre eux m'avaient demandé si j'avais vraiment vécu dans la rue, si j'avais connu une passion fantasque pour un animateur de télévision égocentrique et affabulateur, si j'avais été victime de harcèlement moral ? Combien d'entre eux m'avaient demandé après la lecture de mon dernier roman : « Est-ce que *tout* est vrai ? »

Mais je voulais croire à autre chose : la rencontre avec un livre – la rencontre intime, viscérale, émotionnelle, esthétique avec un livre – se jouait ailleurs.

Je sentais que L. était gagnée par une colère sourde, brutale.

— Et ton dernier roman, alors, c'est juste une histoire comme une autre ? Cela n'a pas d'importance ? Tu imagines que tu en as fait assez pour que la vérité soit dite ? Et maintenant que tu as fait un petit pas de côté et que tu as failli te fouler le pied, tu te sens autorisée à revenir dans ta zone de confort ?

Je sentais son regard indigné sur moi, braqué comme une arme. Je commençais à me sentir coupable de quelque chose qui n'existait pas, dont je n'avais pas écrit la première ligne, cela n'avait aucun sens.

— Mais il n'y a pas de vérité. La vérité n'existe pas. Mon dernier roman n'était qu'une tentative maladroite et inaboutie de m'approcher de quelque chose d'insaisissable. Une façon de raconter l'histoire, à travers un prisme déformant, un prisme de douleur, de regrets, de déni. D'amour aussi. Tu sais très bien tout cela. Dès lors qu'on ellipse, qu'on étire, qu'on resserre, qu'on comble les trous, on est dans la fiction. Je cherchais la vérité, oui, tu as raison. J'ai confronté les sources, les points de vue, les récits. Mais toute écriture de soi est un roman. Le récit est une illusion. Il n'existe pas. Aucun livre ne devrait être autorisé à porter cette mention.

L. ne disait plus rien.

J'ai pensé une seconde lui citer la fameuse phrase de Jules Renard (« dès qu'une vérité dépasse cinq lignes, c'est du roman ») mais je me suis arrêtée. L. n'était pas du genre à se laisser impressionner par une citation sortie de son contexte. Elle a rempli nos verres de vin, puis elle s'est approchée de moi.

— Je ne te parle pas du résultat. Je te parle de l'intention. De l'impulsion. L'écriture doit être une recherche de vérité, sinon elle n'est rien. Si à travers l'écriture tu ne cherches pas à te connaître, à fouiller ce qui t'habite, ce qui te constitue, à rouvrir tes blessures, à gratter, creuser avec les mains, si tu ne mets pas en question ta personne, ton origine, ton milieu, cela n'a pas de sens. Il n'y a d'écriture que l'écriture de soi. Le reste ne compte pas. C'est pour ça que ton livre a rencontré un tel écho. Tu as quitté le territoire du romanesque, tu as quitté l'artifice, le mensonge, les faux-semblants. Tu es revenue au Vrai, et tes lecteurs ne s'y sont pas trompés. Ils attendent de toi que tu persévères, que tu ailles plus loin. Ils veulent ce qui est caché, escamoté. Ils veulent que tu en viennes à dire ce que tu as toujours contourné. Ils veulent savoir de quoi tu es faite, d'où tu viens. Quelle violence a engendré l'écrivain que tu es. Ils ne sont pas dupes. Tu n'as levé qu'un pan du voile et ils le savent très bien. Si c'est pour recommencer à écrire des petites histoires de sans-abri ou de cadres supérieurs déprimés, tu aurais mieux fait de rester dans ta boîte de marketing.

J'étais sidérée.

Dans le conflit, je perds mes moyens, mon souffle est court, mon cerveau n'est plus irrigué, je suis incapable d'énoncer une succession d'arguments cohérents. Je me suis défendue de manière ridicule, rectifiant le détail comme s'il s'agissait de l'essentiel :

— Je travaillais dans l'observation sociale en entreprise, pas dans le marketing. Cela n'a rien à voir.

J'aurais bien expliqué à L. de quoi il s'agissait, afin de faire diversion, mais L. a posé son couteau et s'est éclipsée. Elle s'est absentée quelques minutes, j'ai entendu de l'eau couler dans sa salle de bains.

Quand elle est revenue, il m'a semblé qu'elle avait pleuré.

Mais cela n'avait aucun sens. Pourquoi L. serait-elle à ce point concernée par mon prochain livre ? Elle avait remis un peu de blush sur ses joues et attaché ses cheveux. Elle avait enfilé un gilet par-dessus son chemisier. J'ai parlé doucement, en signe d'apaisement :

— Tu sais, la fiction, l'autofiction, l'autobiographie, pour moi, ce n'est jamais un parti pris, une revendication, ni même une intention. C'est éventuellement un résultat. En fait, je crois que je ne perçois pas les frontières de manière aussi claire. Mes livres de fiction sont tout aussi personnels, intimes, que les autres. On a parfois besoin du travestissement pour explorer la matière. L'important, c'est l'authenticité du geste, je veux dire sa nécessité, son absence de calcul.

Je ne trouvais pas les mots justes. J'étais consciente, face à L., de faire preuve d'une regrettable naïveté. J'étais bouleversée. J'aurais voulu aller plus loin, me défendre. Mais, dans ce face-à-face, quelque chose se jouait qui me privait de mes moyens.

Après un court silence, elle a renchéri :

— Je ne te parle pas de ça. C'est toi qui en parles. Je me fous des codes, des pactes, des étiquettes. Je te parle du geste. Ce qui te colle à ta table. Je te parle de la raison pour laquelle tu te retrouves attachée à ta chaise, comme un chien, pendant des jours et des jours, alors que personne ne t'y oblige.

— Et alors ?

— Eh bien ça, tu ne peux plus l'ignorer.

Je ne savais plus quoi dire.

Je ne savais plus de quoi on parlait, ni où cela avait commencé.

L. a repris la préparation du repas. Je l'observais tandis qu'elle essuyait les légumes qu'elle venait de passer sous l'eau. Je sentais qu'elle faisait un effort pour ralentir ses gestes, retrouver le rythme qui indiquerait qu'elle était apaisée et que tout cela n'avait aucune importance. Je regardais L., la rapidité de ses déplacements au sein d'un espace relativement étroit, sa manière de se mouvoir autour du bar, d'ouvrir les placards, de frôler les objets, les coins, les rebords, cette forme d'empressement sans raison, d'impatience. L. a jeté les légumes dans l'huile brûlante du wok.

Elle a pris le couteau qui lui avait servi à les trancher, elle l'a passé sous l'eau, avec précaution, l'éponge savonneuse affleurant la lame, et puis l'a essuyé, doucement, avec un torchon. Elle l'a rangé dans un tiroir, a sorti un paquet de noix de cajou qu'elle a versées dans un petit bol. Sans me regarder, elle a repris :

— Ton livre caché, moi je sais ce que c'est. Je le sais depuis le début. Je l'ai compris la toute première fois où je t'ai vue. Tu portes ça en toi. Nous portons ça en nous. Toi et moi. Si tu ne l'écris pas, c'est lui qui te rattrapera.

Au lendemain de ce dîner, je n'ai pas eu de nouvelles de L.

Pendant quelques jours, L. a disparu de ma vie, créant ainsi une sorte de discontinuité, de vacance, à laquelle je ne m'étais pas préparée.

L. me manquait. Je crois avoir pensé, même si cela n'avait aucun sens, qu'elle me punissait. J'ai essayé à plusieurs reprises de lui téléphoner, lui ai laissé un ou deux messages, auxquels elle n'a pas répondu.

Le week-end suivant, Louise et Paul sont partis en vacances avec leurs amis respectifs. Paul campait en Bretagne, Louise était invitée dans le Sud. Le soir même, un coursier m'a livré un magnifique bouquet de fleurs accompagné d'un petit mot de L. dont j'ai oublié les termes exacts. Sur le fond, elle s'excusait de s'être emportée, regrettait la véhémence de cette discussion. Je lui ai envoyé un SMS pour la rassurer.

J'étais seule à Paris et j'attendais avec impatience le retour de François qui avait prévu de rentrer deux semaines en France avant de repartir, de nouveau, pour un long séjour aux États-Unis. Je savais combien cette série documentaire était importante pour lui, combien il en avait rêvé. Nous avions évoqué ensemble ces longues périodes où nous allions être séparés. Je l'avais encouragé à partir. François ne remettait jamais en question le temps que je consacrais à l'écriture, ni le mode de vie qui était le mien.

Quand il est revenu, nous nous sommes tout de suite mis en route pour la campagne.

Au cours des années précédentes, alors que s'étaient multipliées pour lui les invitations diverses, dans un mouvement de rétraction inversement proportionnel, François s'était peu à peu replié, sur ses terres en quelque sorte, dans cet endroit qu'il a choisi comme point d'ancrage sur la paroi lisse et glissante du monde.

Le jour où j'ai rencontré François, alors que nous buvions une Margarita, accoudés au bar d'une boîte de nuit de province, il m'avait parlé de cette maison, pas très loin de Paris, qui était en pleins travaux. Il m'avait expliqué à quel point lui devenait nécessaire, vitale même, cette possibilité d'être dans le silence, de s'éloigner. Je lui avais répondu sans ménagement que, pour ma part, je détestais la campagne. Cela n'avait rien à voir avec la nature, je n'avais rien contre, il s'agissait d'autre chose. L'idée de la campagne était pour moi synonyme d'isolement, contenait une notion inhérente de danger. La campagne était associée à la peur et à une certaine idée d'enfermement.

Je n'ai aucun souvenir de cette conversation, c'est François qui m'a raconté bien plus tard à quel point mes propos l'avaient déstabilisé. Nous étions claire-ment entrés dans un processus de séduction et il n'avait jamais vu ça, quelqu'un qui se tirait une balle dans le pied, comme ça, d'entrée de jeu, qui ne respectait pas les codes, qui ne cherchait pas les coïncidences ou les

points communs mais au contraire soulignait les anta-
gonismes et les incompatibilités. Nous avions malgré
tout fini par trouver un terrain d'entente lorsque nous
avions évoqué les chansons que nous écoutions l'un et
l'autre à l'époque de Hit FM (nous en avions listé un
certain nombre et cela nous avait amusés, cette culture
commune des tubes de l'été).

Je pourrais raconter la première fois où je suis venue
à Courseilles, près de trois ans après cette première
conversation, et l'étrange chemin qui m'a finalement
menée vers cet homme (et lui vers moi), comme je l'ai
raconté à L. d'ailleurs, à sa demande, peu de temps
après notre rencontre. L. ne m'a jamais caché qu'elle
trouvait étrange notre association, je crois d'ailleurs que
c'est le mot qu'elle a employé (elle n'a pas dit : « votre
couple », ou « le couple que vous formez » ou « votre
amour »), dans sa bouche il s'agissait explicitement de
la carpe et du lapin. L. m'a toujours semblé intriguée
par la relation que nous entretenions, François et moi,
et affichait à cet égard une certaine perplexité. Elle n'est
pas la seule. Il m'a fallu du temps pour comprendre
et sans doute admettre qu'au-delà de mes propres
préjugés, nous avions beaucoup en commun. Je me
suis d'abord attachée à recenser ce qui nous opposait,
nous distinguait, à me conforter dans l'idée que nos
univers ne possédaient pas d'intersection – ou bien, si
intersection il y avait, elle était fortuite et provisoire.
Plus tard, lorsque j'ai eu accès à sa personne, lorsque
enfin j'ai compris qui était cet homme, ce qui l'animait,
d'où provenaient son énergie et ses failles, lorsque j'ai
été capable de voir derrière le masque, tantôt ouvert
et policé, tantôt arrogant et lointain, qu'il présentait

au monde, j'ai compris quel amour pouvait naître de notre rencontre et j'ai cessé d'avoir peur.

Alors que j'étais à Courseilles, L. a fini par m'appeler. J'étais contente de l'entendre. Elle s'est comportée comme si aucune ombre ne s'était installée entre nous, elle voulait prendre de mes nouvelles, s'assurer que je me reposais vraiment, ces derniers mois avaient été si chargés en émotions, il était normal et même souhaitable que je m'accorde un peu de temps, que je marque une pause. Je suis restée assez longtemps au téléphone avec elle, je m'en souviens car le vent ne soufflait pas dans le bon sens et j'avais dû me déplacer dans le fond du jardin, perchée sur un monticule de terre, c'est-à-dire vers le seul endroit, quand le vent vient du nord, où l'accès au réseau est à peu près constant. Je me souviens que cet appel m'avait touchée, rassurée. L. pensait à moi. Cette fois encore, L. mieux que quiconque paraissait comprendre ce que l'année qui venait de se terminer représentait pour moi, l'énergie qu'elle m'avait demandée, les doutes qui s'étaient creusés, l'ambivalence de mes sentiments, la sensation de plénitude et celle du vide, intimement mêlées. Une fois encore, il m'a semblé que L. seule savait où j'en étais, même à distance. Car L. avait perçu l'étrange coïncidence de ces deux moments : ce dernier livre qui m'avait dépassée, au sens propre et au sens figuré, et se situait maintenant en dehors de moi, et mes enfants qui s'apprêtaient à partir.

L. m'a dit qu'elle serait à Paris tout l'été pour terminer un texte qu'elle devait rendre à la rentrée, un témoignage autour d'un récent fait divers, elle ne pouvait m'en révéler davantage pour l'instant mais c'était pour elle un gros chantier, avec pas mal d'enjeux. Non, rester seule à Paris ne lui faisait pas peur, elle aimait la ville ralentie et livrée aux touristes, elle partirait un peu plus tard. Elle m'a demandé ce que j'avais prévu pour le mois d'août, je me souviens de lui avoir raconté l'histoire de notre fameuse *maison-des-vacances*, ainsi nommée par les enfants quand ils étaient petits, ce terme générique désignant non pas le lieu mais le moment, cet incontournable rendez-vous renouvelé au fil des ans. Chaque été, avec les mêmes amis, rencontrés lorsque j'avais une vingtaine d'années, nous louons pour deux ou trois semaines une maison, grande en effet, jamais deux fois la même et jamais deux fois au même endroit. Les premiers étés où nous sommes partis ensemble, nous n'avions pas d'enfant. Aujourd'hui ils ont l'âge que nous avions lorsque nous passions la nuit à faire la tournée des bars dans une petite station balnéaire de la côte atlantique espagnole. Aujourd'hui, *la maison-des-vacances* abrite entre dix-huit et vingt-cinq personnes selon les années, enfants compris, la géométrie du groupe s'articulant toujours autour du même noyau dur, auquel se sont greffées au fil du temps quelques personnalités connexes, adoubées par la communauté.

Rares sont les amis dont nous pouvons nous dire qu'ils ont changé notre vie, avec cette certitude étrange que, sans eux, notre vie tout simplement n'aurait pas été la même, avec l'intime conviction que l'incidence de ce lien, son influence, ne se limite pas à quelques dîners, soirées ou vacances, mais que ce lien a irradié, rayonné, bien au-delà, qu'il a agi sur les choix les plus importants que nous avons faits, qu'il a profondément modifié notre manière d'être et contribué à affirmer notre mode de vie. Mes amis de *la maison-des-vacances* sont de ceux-là : fondamentaux. Malheureusement pour moi (mais heureusement pour eux, semble-t-il), ils ont quitté Paris il y a longtemps.

À vrai dire, la plupart de mes amis ont quitté Paris. Ils vivent aujourd'hui à Nantes, à Angers, à Valence, à Rocbaron, à Caen, à Évecquemont, à Montpellier.

Juchée sur un monticule de terre au fond du jardin de Courseilles, tandis que l'air commençait à se rafraî-chir (rentrer chercher un pull revenait à perdre le réseau et donc interrompre la conversation), j'ignore comment j'en suis venue à parler à L. de cette vague de départs qui m'avait laissée comme orpheline, quelques années plus tôt, avant que je me sente capable de me lier avec de nouvelles personnes. J'ai raconté à L. comment, les uns après les autres, mes amis avaient plié enfants et bagages, comme si la peste s'était emparée de la ville, et ce sentiment absurde de perte, voire d'abandon, que j'avais ressenti, quand, en moins de cinq ans, ils étaient tous partis.

L. m'a dit qu'elle comprenait. Elle connaissait ce sentiment, l'avait elle-même éprouvé. Ses amis n'étaient pas partis pour la province, ils étaient partis tout court, après la mort de son mari. Elle m'a promis qu'elle me raconterait, un jour. Elle m'a souhaité de bonnes vacances, elle penserait à moi.

Au mois d'août, François s'est envolé vers le Wyo-ming et j'ai pris le train avec Louise et Paul pour *la maison-des-vacances*.

Pour la première fois depuis longtemps, j'ai eu l'impression que les choses reprenaient leur forme et leurs proportions normales, comme si tout cela – ce roman paru quelques mois plus tôt, sa résonance ondulatoire –, cette succession de cercles concentriques qui s'était propagée dans un rayon impossible à mesurer et avait altéré profondément ma relation avec certaines personnes de ma famille – comme si tout cela n'avait jamais existé.

Là, au milieu de ceux dont le regard n'avait pas changé, ne s'était pas troublé, ne s'était couvert d'aucun voile, ceux qui étaient restés loin de cette vaine agitation mais si proches de moi, il m'a semblé que mon corps se relâchait.

Nous avons ri, dormi, bu, dansé, nous avons parlé et marché pendant des heures. Je me suis dit qu'un jour je les écrirai, eux, mes amis dispersés ici ou là, ceux de l'enfance et ceux de l'âge adulte, et ces vingt-cinq ou quarante années qui nous ont vus grandir, devenir parents, changer de vies, de métiers, de maisons, parfois d'amours.

Durant cette période, je n'ai pas eu de nouvelles de L. Je ne crois pas avoir parlé d'elle à mes amis.

Trois semaines plus tard, nous sommes rentrés par le train, Louise, Paul et moi, nous étions gais, nous occupions un carré Famille dans le TGV, nous avions des mines reposées. Soudain je me suis sentie vivante, incroyablement, j'étais avec mes enfants dans un train qui nous ramenait des Landes, j'avais préparé les sandwiches qu'ils aimaient, avec ou sans beurre, avec ou sans salade, nous avions passé des vacances merveilleuses, je regardais la campagne défiler à toute vitesse par la vitre, mes enfants allaient partir et commencer à vivre leur propre vie, j'étais fière d'eux, fière du genre de personnes qu'ils étaient devenus, l'un et l'autre, j'ai pensé qu'au-delà des angoisses et des blessures familiales, je leur avais transmis quelque chose qui ressemblait malgré tout à la joie.

Dans le bus, alors que nous étions tous les trois coincés dans la foule compacte des heures de pointe, soudain, j'ai été émue aux larmes. Quelque chose s'achevait et quelque chose d'autre allait commencer, j'avais une chance incroyable, depuis le début, depuis tout ce temps, la chance au fond ne m'avait pas quittée. L'année s'annonçait douce et intense, j'allais me remettre à écrire et j'irais voir mes enfants, souvent, là où ils seraient. J'allais explorer une vie nouvelle dans une configuration nouvelle, à laquelle je saurais m'adapter, il fallait tenir la nostalgie à distance et s'arrimer au présent. Il n'y avait pas de quoi avoir peur.

Delphine,

C'est pesant. Être quelqu'un de ta famille, porter le même nom que le tien, aujourd'hui, c'est très pesant. Ce nom, tu te l'es approprié, tu l'as sali, tu as chié dessus. Voilà ce que tu nous infliges, à nous tous, et cette question exaspérante dont on nous rebat les oreilles : « Vous êtes de la famille de l'auteur ? » Oui, je suis de la famille de l'auteur et ça m'emmerde. Moi et d'autres, crois-moi, ça nous fait carrément chier. Est-il possible aujourd'hui d'exister en dehors de cette question, d'avoir une autre identité que celle-là, être de la famille de l'auteur ? Ce n'est pas un cadeau.

Tu sembles oublier que tu es malade. Oui, malade. Tu es une grande malade. Et en plus, c'est contagieux. Tu crois que tu t'en es sortie, mais tu oublies les séquelles. Et puis tous les médecins te le diront : ça se déplace, ces choses-là, ça ne disparaît jamais. C'est génétique, c'est en toi.

J'ai entendu dire que tu te débarrassais de tes enfants. La mère parfaite se révèle enfin sous son vrai jour ! Bien joué. Le champ est libre, n'est-ce pas, tu vas pouvoir t'éclater,

dépenser tout ton blé, jouer les cougars dans
les soirées VIP. Moi je sais que tu es une
mauvaise mère qui saisit la première occasion
pour expédier ses mômes le plus loin possible,
sous prétexte qu'ils ont choisi de faire des
études.

Tes enfants ont pour mère une affabulatrice
surmédiatisée.

Je les plains.

Je suis restée debout, la lettre à la main.

J'ai éprouvé d'abord une forme de gêne, à l'inspiration, à peine identifiable, et puis une boule a commencé d'enfler dans mon thorax, sensation déjà vécue, incontrôlable. Mes doigts tremblaient un peu. Je n'avais pas pris le temps de défaire ma valise, ni de ranger mes affaires, j'avais posé sur la table le paquet de lettres ramassé dans la boîte, je m'étais préparé un thé et j'avais commencé par séparer les prospectus du courrier, puis à ouvrir les enveloppes, une par une, lorsque j'étais tombée sur celle-ci, datée de la veille. Louise et Paul étaient dans leurs chambres respectives, ils pouvaient en sortir d'un moment à l'autre, il était hors de question que je me mette à pleurer. J'ai pensé à appeler François mais je me suis dit qu'avec le décalage horaire, je n'avais aucune chance de le joindre.

J'ai replié la lettre. J'ai inspiré profondément et suis passée à l'enveloppe suivante. Juste à ce moment-là, mon portable a sonné. C'était L. Elle se souvenait que je devais rentrer de vacances ces jours-ci et voulait prendre de mes nouvelles. L'espace d'un instant, je me suis demandé si L. ne m'avait pas vue entrer dans l'appartement et, par un étrange réflexe, j'ai regardé par la fenêtre. Rien ne bougeait : la plupart des rideaux étaient tirés, les stores baissés, un peu plus bas, une fenêtre ouverte laissait voir un couple en train de fumer, assis devant une table basse.

Quelques secondes ont suffi pour que L. se rende compte que je n'étais pas tout à fait dans mon état normal. Plus que tout, ma voix trahit mon humeur, ce n'est pas faute d'avoir essayé d'apprendre à la moduler, à la maîtriser, il n'y a rien à faire, ma voix trahit qui je suis, *émotive* malgré l'augmentation constante de mon vocabulaire. L. m'a aussitôt proposé qu'on boive un verre, elle avait terminé le matin même le manuscrit sur lequel elle travaillait, elle aussi avait besoin de décompresser. J'ai accepté de la retrouver un peu plus tard, le temps de me poser et de passer au supermarché pour remplir le réfrigérateur. J'ai mis la lettre dans mon sac avec l'intention de la lui montrer.

Au fond du café, L. a déplié le papier sous mes yeux. Je l'ai observée, tandis que son regard glissait le long des lignes, ses cheveux n'étaient pas attachés, ses paupières étaient couvertes d'un gris métallique qui faisait ressortir la pâleur de son teint, ses lèvres étaient légèrement roses, elle était très belle. Elle a pris le temps de lire, j'ai vu son visage se transformer sous l'effet de l'indignation.

— Tu sais qui c'est ?

— Non.

— Tu crois que c'est quelqu'un de ta famille ?

— Je ne sais pas.

Tandis que L. relisait la lettre, visiblement ébranlée, je lui ai parlé de celle que j'avais reçue quelques semaines auparavant. Dans mon souvenir elle était moins virulente. L. m'a semblé songeuse, pendant quelques secondes, puis elle m'a regardée de nouveau.

— Tu n'as jamais envisagé d'écrire un livre sur *l'après* ? Un livre qui raconterait la parution de ton dernier roman, ses conséquences, ce qu'il a provoqué, précipité, ce qu'il a révélé. Cette manière dont il opère, à retardement.

Oui, j'y avais pensé. L'idée m'avait traversé l'esprit. Raconter la réception du livre, les soutiens inattendus, les lettres bouleversantes. Raconter l'effort que certains avaient fait pour accepter le texte, leur volonté jamais démentie d'y arriver. Le respect de la littérature. Raconter les confessions tardives, murmurées une fois le livre imprimé, les souvenirs ressurgis. Les stratégies de défense, les procès silencieux. Oui, il était tentant d'écrire cela : la perturbation n'avait pas seulement agité les zones identifiées comme *à risque*. Les zones *à risque* avaient circonscrit le point d'impact, l'avaient assimilé, s'en étaient accommodées. Un séisme plus dévastateur sourdait dans d'autres territoires, ceux que j'avais effleurés, contournés, ceux que j'avais volontairement exclus du champ de la narration.

Tout auteur qui a pratiqué l'écriture de soi (ou écrit sur sa famille) a sans doute eu, un jour, la tentation d'écrire sur *l'après*. Raconter les blessures, l'amertume, les procès d'intention, les ruptures. Certains l'ont fait. Sans doute à cause des effets retard. Car le livre n'est rien d'autre qu'une sorte de matériau à diffusion lente, radioactif, qui continue d'émettre, longtemps. Et nous finissons toujours par être considérés pour ce que nous sommes, des bombes humaines, dont le pouvoir est terrifiant, car nul ne sait quel usage nous en ferons. Voilà exactement ce à quoi je pensais, gardant le silence pourtant.

Comme je ne répondais pas, L. a répété sa question sous une autre forme :

— Peut-être serait-ce une manière de répondre à cette personne ? Publier ses lettres, telles quelles, sans en changer une virgule, et lui faire comprendre que tu te fous bien de savoir si c'est compliqué pour lui, ou elle, de porter un nom que tu n'as pas choisi, de lui dire qu'il y a mille façons de porter ce nom et qu'il, ou elle, n'a qu'à en inventer une autre...

— Mais je ne m'en fous pas.

— Si, tu t'en fous. Tu *dois* t'en foutre ! Tu devrais écrire tout ça, ce que tu m'as raconté depuis qu'on se connaît, la manière dont le rapport avec certains s'altère, s'abîme, malgré toi, ceux qui ne se soucient plus jamais de savoir comment tu vas, ceux qui se plaisent à te considérer désormais comme une *célébrité* – comme si cela avait un sens, pour un écrivain quel qu'il soit, dans le monde dans lequel nous vivons –, ceux qui s'intéressent davantage au nombre de zéros qu'il y avait sur ton chèque qu'au tournant que cela représente dans ta trajectoire littéraire, ceux qui crè- veraient plutôt que te poser directement la question, ceux qui se persuadent que tu as changé, que tu es plus distante, plus lointaine, moins accessible, moins disponible, ceux qui ne t'invitent plus parce qu'ils ont décrété une bonne fois pour toutes que tu étais débordée, ceux qui veulent soudain t'inviter tous les dimanches, ceux qui imaginent que tu passes tes soirées dans des cocktails ou des dîners mondains, ceux qui imaginent que tu n'élèves pas tes enfants, ceux qui se demandent si tu ne bois pas en cachette ou si tu n'as pas fait un lifting des paupières. N'est-ce pas ce que tu m'as raconté, Delphine, l'autre jour, en rigolant ? Maintenant lis cette lettre, relis-la bien. Ça ne rigole pas du tout, il s'agit de haine, il s'agit de te nuire.

À mesure qu'elle parlait, j'avais senti grandir la colère et l'indignation de L., et cela me faisait un bien fou, que quelqu'un se range de cette manière à mes côtés, tout entière, sans condition.

Oui, tout cela pouvait s'écrire, bien sûr, mais cela ne servirait à rien. J'étais responsable de ce qui se passait, je ne l'avais pas voulu mais je l'avais provoqué, je devais l'assumer ou tout au moins composer avec, m'en accommoder à mon tour. Et puis, rien ne pouvait arrêter le fantasme des autres à notre endroit. J'en savais quelque chose. Écrire un livre sur l'*après* creuserait le fossé ou l'incompréhension. Il me semblait que j'avais mieux à faire. J'ai rappelé à L. que je réfléchissais depuis quelques mois à une autre idée, une *vraie fiction*, j'avais continué à prendre des notes pendant les vacances, mon projet prenait forme, l'intrigue s'était précisée.

L. m'a interrompue.

— L'intrigue ? Tu dis ça sérieusement ? Tu n'as pas besoin d'intrigue, Delphine, ni de rebondissements. Tu es au-dessus de ça, maintenant, il faudra bien que tu finisses par t'en rendre compte.

Elle parlait cette fois très doucement. Il n'y avait aucune agressivité dans sa voix. L. s'attachait à me laisser percevoir son incrédulité face à ce qu'elle venait d'entendre. Avais-je vraiment élaboré, imaginé une intrigue ? Elle a repris :

— Tu n'as pas besoin d'inventer quoi que ce soit. Ta vie, ta personne, ton regard sur le monde doivent être ton seul matériau. L'intrigue est un piège, un traquenard, tu crois sans doute qu'elle t'offre un abri, ou un pilier, mais c'est faux. L'intrigue ne te protège de rien, elle aura vite fait de se dérober sous tes pieds ou de s'effondrer sur ta tête. Que cela soit clair, l'intrigue est un vulgaire trompe-l'œil, elle n'offre aucun tremplin, aucun appui. Tu n'as plus besoin de ça. Tu es ailleurs, maintenant, tu comprends ? Tu sous-estimes tes lecteurs. Tes lecteurs n'attendent pas qu'on leur raconte des histoires pour qu'ils s'endorment en paix ou pour les consoler. Ils se moquent des personnages interchangeables, transposables d'un livre à l'autre, ils se moquent des situations plus ou moins plausibles tricotées avec agilité mais qu'ils ont lues déjà vingt-cinq fois. Ils s'en contrefoutent. Tu leur as prouvé que tu savais faire autre chose, que tu pouvais t'emparer du réel, en découdre avec lui, ils ont compris que tu cherchais une autre vérité et que tu n'avais plus peur.

Nous n'étions plus dans la tension que j'avais ressentie dans sa cuisine quelques semaines plus tôt. Nous étions deux amies parlant de mon travail, et de ses conséquences, et j'étais touchée que L. se sente si concernée par le sujet.

L. ne se demandait pas si j'étais capable d'écrire quelque chose *après ça*, L. était certaine que j'en étais capable et avait une idée très précise de la tournure que cela devait prendre.

Amusée, je lui ai répondu qu'elle jouait avec les mots et caricaturait mes propos. J'avais dit *intrigue* mais c'était une façon de parler, aucun de mes livres n'avait jamais offert au lecteur une intrigue et sa résolution au sens où elle l'évoquait. Qu'elle me laisse au moins le temps de lui expliquer ce que j'avais imaginé. Elle qui s'intéressait à l'usage que l'on pouvait faire du réel, eh bien justement, elle y trouverait peut-être son compte.

L. a fait signe au serveur de nous remettre deux mojitos, une manière de me signifier qu'elle avait tout son temps, la nuit s'il le fallait, elle s'est renversée sur le dossier de sa chaise, sa posture me disait vas-y, je t'écoute, trinquons au livre que tu refuses d'écrire, et à celui par lequel tu te prétends habitée. J'ai terminé mon verre et commencé.

— L'héroïne… enfin… le personnage principal… est une jeune femme qui… qui vient juste de sortir d'un programme de téléréalité qu'elle a gagné. Dès les premiers jours de diffusion, les spectateurs se sont pris de passion pour elle, les réseaux sociaux se sont enflammés, elle s'est retrouvée à la Une des magazines people et des programmes TV. En l'espace de quelques semaines, alors qu'elle était encore à l'intérieur du jeu – c'est le genre de trucs où ils sont enfermés, tu vois ? – cette fille est devenue une star.

J'attendais un signe d'encouragement de L., mais son visage n'exprimait rien d'autre qu'une extrême vigilance. J'ai repris :

— En fait, ce n'est pas tellement le jeu qui m'intéresse, ni même l'enfermement, c'est plutôt l'après, quand elle sort, je veux dire ce moment où elle va devoir se confronter à cette image d'elle, qui n'a rien à voir avec ce qu'elle est.

L., totalement immobile, ne me quittait pas des yeux. Elle ne laissait rien paraître. Elle m'écoutait avec une attention un peu appuyée. Cette fois encore, il me semblait que les mots m'échappaient et je ne parvenais pas à exprimer mon idée comme je l'aurais souhaité. Cette fois encore, il me semblait redevenir symboliquement la petite fille rougissante face à sa classe, dont l'unique préoccupation était de ne pas se mettre à pleurer. Mais j'ai continué :

— Pendant plusieurs semaines, le moindre de ses gestes, la plus futile de ses paroles, ont fait l'objet de commentaires. Une voix omnisciente et toute-puissante n'a cessé de décrypter ses réactions. Peu à peu, cette voix a tracé les lignes de ce qui apparaît dorénavant, aux yeux de tous, comme sa personnalité. C'est-à-dire une fiction qui n'a plus grand-chose à voir avec elle. Lorsqu'elle sort du jeu, elle incarne un personnage dont elle ignore les contours, une sorte de décalque aux dimensions copiées, qui continue de se nourrir d'elle, la dévore, telle une sangsue invisible et insatiable. La presse est allée enquêter sur les lieux de son enfance, sa vie a été réinventée pour émouvoir les spectateurs et repose sur le témoignage de gens que, pour la plupart, elle n'a pas connus. En fait, la jeune femme découvre ce portrait d'elle en guerrière, alors qu'elle ne s'est sans doute jamais sentie aussi vulnérable.

L. ne dissimulait pas une légère moue, mais m'encourageait à poursuivre. En vertu de je ne sais quelle forme d'orgueil qui consiste à ne pas se considérer vaincu tant que l'on n'est pas à terre, j'ai repris :

— Bon et puis, il y a aussi un autre personnage, un garçon qui est monteur et qui a travaillé sur l'émission pendant toute sa durée de diffusion. En fait, il a largement participé, par le choix des images et des séquences, à fabriquer ce qu'elle découvre. Ce garçon cherche à entrer en contact avec elle, il veut la revoir.

Je commençais bizarrement à avoir du mal à feindre un quelconque enthousiasme pour mon propos. Soudain, tout cela était grotesque.

— En fait (et pourquoi répétais-je *en fait* toutes les quatre phrases ?), lui-même ne sait plus très bien qui elle est. Il est dépendant d'une femme fictive, une femme qu'il a contribué à créer, qui n'existe pas.

L. n'avait pas bougé. Mon idée m'apparaissait maintenant sous une féroce lumière : tout cela était tellement prévisible, tellement… artificiel. Tout cela, au moment même où je l'énonçais, me semblait tellement vain.

Le serveur s'est glissé entre nous pour poser les verres sur la table.

L. a sorti un paquet de mouchoirs de son sac. Elle gagnait du temps.

Elle a aspiré une bonne gorgée du cocktail à la paille, fait danser machinalement les feuilles de menthe dans son verre, elle a hésité encore avant de se lancer.

— On a réfléchi, sur tout ça, il y a longtemps, bien avant que tu écrives des livres, Delphine. On a lu Roland Barthes et Gérard Genette, René Girard et Georges Poulet, on a fait des fiches sur du papier bristol et souligné les notions clés avec des stylos quatre couleurs, on a appris des concepts et des mots nouveaux comme si on découvrait l'Amérique, on a renouvelé nos idoles, on a passé des heures à tenter de définir l'autobiographie, la confession, la fiction, le vrai mensonge et le « mentir vrai ».

Je voyais bien de quoi elle parlait, mais je ne saisissais pas le sens du *on*. L. avait peut-être été étudiante en Lettres à la même époque que moi. Sans doute avait-elle alors étudié le structuralisme, le nouveau roman et la nouvelle critique, et ce *on* désignait une génération, la nôtre, nourrie des mêmes penseurs.

Elle a repris :

— On a travaillé sur l'évolution des formes narratives, sur la volonté de certains auteurs d'atteindre le vital, le moteur de la vraie vie.

J'ai acquiescé.

L. a continué. Le ton de sa voix était devenu soudain plus intime.

— Les égarements du cœur et de l'esprit, la couleur changeante des yeux d'Emma Bovary, le ravissement de Lol V. Stein, Nadja, tout cela au fond dessinait une forme de trajectoire, nous montrait un chemin, nous donnait à comprendre cette quête dont vous, les écrivains, êtes aujourd'hui dépositaires.

Cette fois, les allusions de L. étaient très claires. Crébillon, Flaubert, Duras, Breton, il s'agissait des œuvres qui figuraient au programme de khâgne l'année où je préparais le concours de l'École normale supérieure. Et ce programme changeait chaque année.

L. était en train de me dire qu'elle avait été en classe préparatoire la même année que moi. L. signifiait ainsi une forme d'ancrage commun. Elle a poursuivi sur sa lancée mais je ne l'écoutais plus. Mon esprit tentait de se représenter la jeune femme de dix-huit ans qu'elle avait été. À partir de la femme qui se tenait assise en face de moi – si assurée, si maîtresse d'elle-même –, j'essayais de tirer un trait, un trait solide qui remontait le temps, mais au bout, il n'y avait rien, aucun visage.

J'ai fini par l'interrompre.

— Mais dans quel lycée étais-tu ?

Elle a souri.

Elle a laissé planer encore quelques secondes de silence.

— Tu ne te souviens pas de moi ?

Non, je ne m'en souvenais pas. Je tentais maintenant de convoquer les visages des filles de ma classe, plus ou moins enfouis, je passais en revue ces lointaines images aussi vite que possible, mais il m'en restait peu et aucune ne ressemblait à L.

— Non, je suis désolée. Mais pourquoi tu ne m'as rien dit ?

— Parce que j'ai bien vu que tu ne me reconnaissais pas. Que tu n'avais pas le moindre souvenir de moi. Ça m'a rendue triste. Tu sais, il y a une chose que j'ai apprise. Une chose injuste qui sépare le monde en deux : dans la vie, il y a ceux dont on se souvient et puis ceux qu'on oublie. Ceux qui laissent une empreinte, où qu'ils aillent, et ceux qui passent inaperçus, qui ne laissent aucune trace. Ils n'impriment pas la pellicule. Ça s'efface derrière eux. Je suis sûre que tu reçois des lettres de gens qui ont été avec toi en maternelle, au collège, en classe de neige, des gens qui avaient enregistré ton nom et ton visage, indélébiles, dans un coin de leur cerveau. Des gens qui se souviennent de toi. Tu appartiens à la première catégorie, j'appartiens à la seconde. C'est comme ça, on n'y peut rien. Tu vois, moi je me souviens très bien de toi. Tes jupes longues, tes cheveux bizarres, et ce blouson en cuir noir que tu as porté toute l'année.

J'ai protesté :

— Mais non, ce n'est pas si simple, nous appartenons tous aux deux catégories.

Pour justifier mes propos, j'ai raconté à L. ma rencontre avec Agnès Desarthe. Se souvenait-elle qu'Agnès Desarthe était en classe de khâgne avec nous ? Bien sûr, L. s'en souvenait très bien.

Je devais avoir une trentaine d'années lorsque Agnès a publié son deuxième roman. Un soir au Salon du Livre, elle était en dédicace sur le stand de son éditeur. À l'époque, je n'avais aucune intention de publier quoi que ce soit, je travaillais en entreprise et n'imaginais pas que ma vie puisse un jour prendre une autre direction que celle que je m'efforçais de tracer et de stabiliser, une vie dont je ne cessais de consolider les bases, afin de me protéger de moi-même et de tout ce qui débordait de ma personne. J'écrivais pourtant, mais dans les limites de ce qui me paraissait acceptable, vivable, c'est-à-dire une sorte de journal intime destiné à moi seule. L'idée d'écrire autrement, d'écrire pour être lue, représentait à l'époque un trop grand danger. Je n'étais pas assez solide et je le savais. Je ne disposais pas de la structure psychique capable de supporter ce genre d'échafaudage.

J'étais venue voir Agnès comme je l'aurais sans doute fait si elle était devenue chanteuse ou danseuse, avec en plus l'admiration que l'on peut avoir pour quelqu'un qui a accompli ce qui nous semble inaccessible. Agnès ne m'avait pas reconnue. Elle ne se souvenait pas de moi, ni de mon nom, ni de mon visage. Moi je me souvenais d'elle, et de son nom de jeune fille, de ce que l'on savait d'elle et de sa famille, je me souvenais du genre de fille qu'elle était, j'aurais pu lui rappeler le nom des élèves avec lesquels elle s'était liée, Nathalie Azoulai et Hadrien Laroche (tous les deux ont également publié des romans depuis), je les revoyais comme si j'y étais, ainsi que Nathalie Mesuret, dont la peau si claire et le rouge à lèvres vermillon me fascinaient. Ils constituaient l'élite de la classe (les *fraîcheurs*, diraient mes enfants aujourd'hui), ils étaient beaux et souriants, ils étaient là comme chez eux, au bon endroit, ils avaient toutes les raisons objectives et statistiques d'être là, c'était quelque chose dans leur comportement qui semblait ne laisser aucune place au doute, leurs parents étaient fiers d'eux, les soutenaient dans l'effort, ils apparte-naient à ce monde parisien cultivé et éclairé que je commençais de découvrir – au moment où j'écris cela, j'ai bien conscience qu'il s'agissait d'une pure projection de ma part, mais c'est ainsi, dans leur aisance, qu'ils m'apparaissaient : légitimes.

Je me souvenais d'Agnès Desarthe, mais elle avait peine à me reconnaître. Voilà ce que je voulais dire à L. : nous étions tous le naufragé, le disparu de quelqu'un d'autre, cela ne signifiait rien, cela n'avait pas de sens.

J'ai raconté à L. que j'avais gardé la photo de classe (d'ailleurs, ce soir-là, au Salon du Livre, Agnès m'avait demandé si j'acceptais de lui en faire une copie, que je lui ai envoyée quelques semaines plus tard par la poste). L. n'en revenait pas.

— Tu as encore cette photo ?

— Bien sûr. Je garde toutes les photos qui me tombent sous la main, je suis une maniaque de la photo, je ne perds rien, je ne jette rien. Je te la montrerai, si tu veux. Tu pourras vérifier que tu as bel et bien imprimé la pellicule !

L. a réfléchi un instant avant de me répondre :

— Je crois que je n'y suis pas. J'en suis même quasiment sûre. J'étais malade ce jour-là.

L. m'a semblé triste, et je me suis sentie coupable. Nous avions été en classe ensemble pendant une année entière et je ne l'avais pas reconnue. Rien de familier en elle ne m'avait interpellée, intriguée, et maintenant encore, il m'était impossible de me rappeler une silhouette qui aurait pu être la sienne. Certes, elle avait changé de nom et portait aujourd'hui celui de son mari (bien qu'il fût mort depuis des années), mais à aucun moment son visage n'avait éveillé en moi quelque réminiscence ou impression de déjà-vu.

Nous avons siroté notre mojito en silence pendant quelques minutes. D'autres images me revenaient, lointaines, de cette année fragile. C'était étrange de convoquer ces souvenirs, auxquels je n'avais pas pensé depuis si longtemps.

L. s'est approchée de moi, soudain plus sérieuse.

— Ton idée n'est pas mauvaise, Delphine. Mais tes personnages n'ont pas d'âme. On ne peut plus écrire ce genre de choses, aujourd'hui. Pas sous cette forme. Le lecteur s'en fout. Tu dois trouver quelque chose de plus impliquant, de plus personnel, quelque chose qui vient de toi, de ton histoire. Tes personnages doivent avoir un lien avec la vie. Ils doivent exister en dehors du papier, voilà ce que le lecteur demande, que ça existe, que ça palpite. *Pour de vrai*, comme disent les enfants. Tu ne peux pas être à ce point dans la construction, dans l'artifice, dans l'imposture. Sinon tes personnages seront comme des mouchoirs en papier, on les jettera après usage dans la première poubelle venue. Et on les oubliera. Car il ne reste rien des personnages de fiction, s'ils n'ont aucun lien avec le réel.

J'étais troublée mais ne pouvais pas adhérer à son discours. Le personnage n'avait-il pas le droit de surgir de nulle part, sans aucun ancrage, d'être une pure invention ? Devait-il rendre des comptes ? Non. Je ne le croyais pas. Car le lecteur savait à quoi s'en tenir. Le lecteur était toujours partant pour céder à l'illusion et tenir la fiction pour de la réalité. Le lecteur était capable de ça : y croire tout en sachant que cela n'existait pas. Y croire comme si c'était vrai, tout en étant conscient que c'était fabriqué. Le lecteur était capable de pleurer la mort ou la chute d'un personnage qui n'existait pas. Et c'était le contraire de l'imposture.

Chaque lecteur pouvait en témoigner. L. se trompait. Elle ne voulait entendre que la moitié de l'histoire. Parfois même, la fiction était tellement puissante qu'elle avait des prolongements dans le réel. Quand j'étais allée à Londres avec Louise et Paul, nous avions visité la maison de Sherlock Holmes. Des touristes venus du monde entier venaient visiter cette maison. Mais Sherlock Holmes n'a jamais existé. On vient pourtant voir sa machine à écrire, sa loupe, et sa casquette de tweed, ses meubles, son intérieur, dans une mise en scène fabriquée d'après les romans de Conan Doyle. Ces gens le savent. Et pourtant ils font la queue et payent pour visiter une maison qui n'est que la reconstitution minutieuse d'une fiction.

L. a admis que c'était vrai. Et charmant.

Mais elle, ce qui la passionnait, ce qui l'empêchait de dormir quand elle lisait un livre, ce n'était pas seulement que ça sonne juste. C'était de savoir que cela avait eu lieu. Quelque chose s'était produit et l'auteur avait passé ensuite des semaines, des mois, des années, pour transformer ce matériau en littérature.

J'ai terminé mon mojito d'un trait.

L. m'a souri.

Elle avait l'air de quelqu'un qui ne s'inquiétait pas, qui savait que son heure viendrait. Quelqu'un qui ne doutait pas que le temps jouerait en sa faveur, lui donnerait raison.

À la naissance de Louise et Paul, j'ai interrompu le journal intime que je tenais depuis des années.

Quelques mois plus tard, l'écriture ainsi chassée par la porte est revenue par la fenêtre, et j'ai commencé l'écriture d'un roman. Je ne sais pas comment ce désir s'est imposé et je suis incapable aujourd'hui de dire quel incident, quel événement, quelle rencontre, m'a autorisée à passer à l'acte. Durant des années, une écriture intime, sans filtre, presque quotidienne, m'avait aidée à me connaître, à me construire. Elle n'avait rien à voir avec la littérature. Et maintenant que j'apprenais à vivre sans elle, il m'apparaissait que je pouvais écrire autre chose, sans vraiment savoir quoi, ni quelle forme cela pouvait prendre.

Alors, dès que j'ai eu deux heures devant moi, j'ai écrit cette histoire.

Un jour, j'ai envoyé par la poste le manuscrit inspiré des quelques mois que j'avais passés à l'hôpital au moment d'entrer dans l'âge adulte. Un roman autobiographique, écrit à la troisième personne, au sein duquel je revendiquais une part de fiction.

Un éditeur parisien me reçut dans son bureau, visiblement contrarié : le texte, selon lui, manquait d'effets de réel.

Savais-je d'ailleurs seulement ce qu'était un *effet de réel* ?

Avant que j'aie eu le temps de répondre, il se permettait de me le rappeler : Roland Barthes l'avait défini, il s'agissait d'un élément qui indiquait clairement au lecteur que le texte s'attachait à décrire le monde réel, un élément qui avait pour fonction d'affirmer l'étroite relation entre le texte et la réalité.

Eh bien, poursuivit-il, cela manquait. Il ne fallait pas se voiler la face, la dimension autobiographique de ces pages était évidente, alors pourquoi se cacher derrière son petit doigt ? Ce livre était un témoignage, il fallait rajouter quelques détails qui ne tromperaient pas, rassurer le lecteur sur la marchandise, assumer cette histoire pleinement, à la première personne, et aller chez Jean-Luc Delarue pour en parler. En outre, l'anorexie devenait à la mode. La voix tremblante et le kleenex à portée de main, je lui ai répondu que s'il pensait que le texte n'était rien d'autre que ça, ne présentait pas d'autre intérêt, il ne fallait pas le publier. J'ai ajouté (ma voix montait malgré moi peu à peu dans les aigus) qu'une de mes meilleures amies travaillait depuis dix ans avec Jean-Luc Delarue. Et s'il ne s'agissait que de ça, témoigner sur un plateau de télévision, je n'avais pas besoin d'écrire un livre. Je me tenais au bord des larmes, juste au bord. Je n'avais jamais mis les pieds dans une maison d'édition, j'avais pris un après-midi de congé à mon travail pour me rendre à ce rendez-vous, j'avais dû réfléchir pendant deux ou trois jours à la tenue qu'il convenait de porter dans ce genre de circonstances, peut-être même avais-je acheté une jupe ou un chemisier pour l'occasion. Il m'est venu une seconde à l'idée que je pourrais partir en courant mais non. J'étais trop bien élevée.

En haut de l'escalier, nous nous sommes salués avec circonspection.

Je n'avais rien contre les effets de réel, j'adorais les effets de réel, j'étais une passionnée d'effets de réel, mais l'éditeur parlait d'autre chose. Il voulait que j'inscrive le texte dans le Vrai. Il voulait que je dise au lecteur attention Madame, Monsieur, tout ce que je vous raconte est authentique, voilà un livre qui sent le Vécu, un livre cent pour cent autobiographique, voilà de la Vraie Vérité, voilà la Vie à l'état brut, garantie sans additifs, du réel qui n'a subi aucune transformation, surtout pas celle de la littérature.

Voilà à quoi je pensais, tandis que je marchais pour rentrer chez moi, légèrement ivre, après avoir quitté L. devant le bar où nous avions bu un troisième verre. Nous avions bien ri, elle et moi, au fond de la salle, car finalement la conversation avait dévié sur nos passions adolescentes, avant Barthes et toute la clique, à l'époque où nous accrochions des posters dans notre chambre.

J'avais raconté à L. les deux années durant lesquelles, vers l'âge de seize ans, j'avais contracté puis développé une cristallisation spectaculaire sur la personne d'Ivan Lendl, un joueur de tennis tchécoslovaque au physique ingrat dont je percevais la beauté obscure et saisissante, au point que je m'étais abonnée à *Tennis Magazine* (moi qui n'avais jamais touché une raquette de ma vie) et avais passé des heures devant les retransmissions télévisées du tournoi de Roland-Garros puis de Wimbledon au lieu de réviser mon bac. L. était sidérée. Elle

aussi l'avait adoré ! C'était bien la première fois que je
rencontrais quelqu'un qui avait aimé Ivan Lendl, l'un
des joueurs les plus détestés de l'histoire du tennis, sans
doute à cause de son visage austère que rien ne pouvait
dérider, et de son jeu de fond de court, méthodique
et rébarbatif. Selon toute vraisemblance, c'est d'ailleurs
pour ces raisons, parce qu'il était si grand, maigre et
incompris, que je l'ai tant aimé. À la même époque,
oui, exactement, L. avait suivi tous les matchs d'Ivan
Lendl, elle s'en souvenait parfaitement, notamment de
cette fameuse finale de Roland-Garros jouée contre
John McEnroe, que Lendl avait gagnée à l'issue d'un
combat d'une rare intensité dramatique. Les images
l'avaient alors montré victorieux, défiguré par l'épuisement, et pour la première fois le monde entier avait
découvert son sourire. L. était incollable, se souvenait
de tous les détails de la vie et de la carrière d'Ivan
Lendl que j'avais pour ma part en partie oubliés. C'était
incroyable, plus de vingt ans après, de nous imaginer
toutes les deux hypnotisées devant nos postes de télévision, elle en banlieue parisienne et moi dans un village
de Normandie, souhaitant l'une et l'autre avec la même
ardeur le sacre de l'homme de l'Est. L. savait aussi ce
qu'Ivan Lendl était devenu, elle avait suivi tout cela de
très près, sa carrière comme sa vie privée. Ivan Lendl
était marié et père de quatre enfants, vivait aux États-
Unis, entraînait de jeunes joueurs de tennis et s'était
fait refaire les dents. L. déplorait ce dernier point, la
disparition du sourire tchécoslovaque (dents rangées
de manière inégale dont on devinait le chevauchement)
au profit d'un sourire américain (dents fausses parfaitement alignées, d'un blanc éclatant), selon elle, il y

avait perdu tout son charme, je n'avais qu'à vérifier sur Internet si je ne la croyais pas.

C'était une drôle de coïncidence. Un point commun parmi d'autres, qui nous rapprochait.

Mais une autre chose m'était revenue en mémoire.

Lorsque je suis rentrée à Paris pour entamer mes études, je me suis inscrite dans une agence qui recrutait des hôtesses d'accueil pour divers salons ou manifestations événementielles. Mais assez vite, il s'est avéré que je ne correspondais pas au profil, quelque chose me manquait, faisait défaut, et chaque semaine, alors que d'autres filles étaient envoyées au palais des Congrès ou au Salon de l'Automobile, l'agence me proposait, à moi comme à d'autres, des missions en hypermarché dans des banlieues lointaines plus ou moins accessibles par le RER. Devant les rayons ou en tête de gondole, j'ai donc été démonstratrice pour des marques de parfumerie, de steaks hachés ou de lessive, j'ai fait goûter des crêpes déshydratées, des biscuits apéritif et des échantillons de fromage à pâte molle découpés par mes soins, j'ai distribué des prospectus en patins à roulettes, porté des tabliers en dentelle à connotation champêtre, des foulards ou des tee-shirts promotionnels, j'ai répété, jusqu'à en rêver la nuit, des slogans joyeux à la veille de la fête des mères ou du week-end de Pâques. Au bout de plusieurs mois d'assiduité, si nous étions bien notées lors des contrôles impromptus, nous pouvions espérer être placées dans un magasin de proche banlieue, voire dans Paris intra-muros.

Ainsi, l'année de ma khâgne, me suis-je vu attribuer, pour une mission de deux jours, le magasin du Bon

Marché. C'était un signe de reconnaissance inespéré, une promotion inouïe. Pas de RER à l'aube, pas de cafétéria aux murs orange et aux néons intermittents. Je devais me poster en haut d'un escalator et distribuer toute la journée des bons de réduction pour une nouvelle gamme de produits capillaires qu'une marque de cosmétique tentait de lancer dans les Grands Magasins. Je portais un costume fourni par l'agence, dont le tissu froissé ne parvenait pas à faire oublier la coupe approximative. Mais le ridicule provenait surtout du foulard en viscose que nous devions nouer autour de notre cou, une pathétique imitation du carré Hermès, sur lequel le logo de la marque faisait figure de motif. Il n'était pas loin de 17 heures et je sentais mes pieds gonfler (une amie m'avait prêté une paire d'escarpins un peu trop petits) lorsque je les ai vus qui montaient, en grappe, immobiles au milieu de l'escalator. Voilà ce que je n'avais pas prévu : la forte probabilité de rencontrer, un samedi, au cœur du septième arrondissement, des élèves de mon lycée. Je ne revois plus vraiment leurs visages, et j'ignore leur nom, je ne sais plus s'il s'agissait d'élèves de ma classe ou de l'autre khâgne. Ils sont passés devant moi en se poussant du coude, ils étaient assez nombreux, certains se sont arrêtés, sont revenus sur leurs pas, j'ai entendu des rires, les filles pouffaient et les garçons lançaient des blagues, l'un d'eux, sans me regarder, a attrapé le bon de réduction que je distribuais. À voix haute il s'est mis à ironiser sur son contenu, les filles ont ri de plus belle. Belles elles étaient, je m'en souviens, et moi, fagotée comme l'as de pique dans un tailleur de seconde zone qui n'était pas sans évoquer une panoplie d'hôtesse de l'air. J'ai fait mine de ne pas remarquer qu'ils étaient restés juste derrière moi, gloussant de m'entendre répéter sans cesse les mêmes phrases, bonjour-madame-tenez-n'hésitez-pas-voici-un-bon-de-réduction-pour-nos-shampoings-nos-après-shampoings-nos-masques-nourrissants-une-nouvelle-gamme-exceptionnelle-de-produits-de-soin-pour-les-cheveux-n'attendez-pas-allez-vite-jeter-un-œil-à-nos-promotions-de-lancement, juste là, oui, premier rayon à droite. Une femme m'a demandé si elle pouvait en avoir deux, je lui ai tendu un autre bon. Elle voulait savoir si les produits étaient antipelliculaires, il m'a semblé que les rires enflaient derrière moi, et puis soudain j'ai entendu cette voix de fille, qui venait de leur groupe, une voix chargée d'indignation et de mépris :

— Mais vous êtes vraiment trop cons. C'est ça, l'élite de la nation, des petits merdeux qui n'ont jamais fait autre chose que leur lit, qui se foutent de la gueule d'une fille qui passe son samedi à bosser. Mais vous vous êtes vus ?

J'ai continué à tendre mes coupons, en haut de l'escalator, tel un automate dont rien ne pouvait perturber le geste, je respirais avec peine, tout mon corps était tendu vers eux, je guettais leur départ, sans les regarder, je voulais qu'ils s'en aillent, tous, qu'ils disparaissent. J'ai entendu les voix s'éloigner, j'ai attendu encore un peu avant de me retourner. Je les ai vus de dos, ils se poussaient du coude, je n'ai pas réussi à identifier la fille qui avait mis fin à mon supplice.

Oui, ce soir-là, tandis que je sortais du café et marchais seule dans la rue, revivant cette scène à laquelle je n'avais pas pensé depuis des années, c'est la voix de L. que j'ai entendue.

Dans cette superposition, et son évidence, j'ai eu la certitude que L. était cette jeune fille qui avait éloigné le groupe et que je n'avais pu voir.

Dans le courant du mois de septembre, je suis repartie pour aider mes enfants à s'installer. Paul avait obtenu une chambre à l'internat de son école et Louise avait trouvé une colocation avec deux amis partis pour suivre la même formation qu'elle. Les allers-retours chez Ikea et Castorama, les quelques jours passés à Tournai, puis à Lyon, ont occupé les premières semaines de rentrée sans que la question de l'écriture puisse ressurgir. J'étais heureuse de profiter de ces moments avec mes enfants. De retarder le moment de la séparation.

Je n'avais pas la disponibilité d'esprit pour m'y mettre, voilà ce que j'avais expliqué à L. qui s'enquérait de l'avancement de mon projet, un soir au téléphone. De sa voix feutrée, sans rien affirmer, elle m'avait demandé si tout cela (les allées et venues, l'emménagement de mes enfants, les papiers à remplir, les achats à faire) ne m'offrait pas un alibi convenable pour ne pas voir l'incapacité dans laquelle je me trouvais de m'asseoir et d'écrire, incapacité liée au projet lui-même et non aux circonstances. N'avais-je pas su trouver, à une autre époque, l'espace et le temps nécessaires, alors que je travaillais quatre jours par semaine dans une banlieue lointaine ? Selon elle, je refusais d'admettre que mon idée n'était pas la bonne et que je m'étais engagée depuis plusieurs mois sur un terrain qui n'était pas le mien, qui allait même à l'encontre de l'évolution de mon travail. N'était-ce pas cette discontinuité, à laquelle je m'accrochais en vain, qui m'empêchait d'écrire ? Elle me livrait cette piste pour que j'y réfléchisse. Une interrogation qui lui semblait essentielle, dont elle se permettait de me faire part, maintenant que nous étions amies. Elle n'avait aucune certitude, juste une intuition.

Je n'avais pas trouvé d'arguments pour la contredire.

Oui, en des temps plus contraints, j'avais trouvé celui d'écrire.

Mais je n'étais plus si jeune et je n'avais plus la ressource, voilà tout.

À L. qui s'intéressait de très près à la manière dont je travaillais (comme personne avant elle), j'avais montré mes carnets en cours, trois ou quatre de la même taille, à la couverture lisse et douce, que François m'avait offerts au sortir de l'exposition Edward Hopper. Chaque couverture était une reproduction d'un des tableaux du peintre.

Je prends des notes sur des petits carnets. Je les aime fins et légers, à couverture souple, avec des lignes. Je les garde au fond de mon sac, où que j'aille, les emporte en voyage, en vacances, et j'en dépose toujours un, le soir venu, sur ma table de nuit. J'y note des idées ou des phrases pour mon travail en cours, mais aussi d'autres mots, des titres de futurs livres, des commencements d'histoires. Parfois je décide de m'organiser : pendant quelques semaines, tel carnet accueille les idées relatives au livre en cours, tandis que tel autre est réservé aux chantiers ajournés. Il m'est arrivé, dans des périodes d'ébullition, d'avoir cinq ou six carnets *entamés*, chacun correspondant à un projet différent ; je finis toujours par tout mélanger.

À mon éditrice, je laissais croire que tout allait bien, j'usais de formules un peu vagues pour différer le mensonge : j'effectuais quelques recherches complémentaires, je préparais le terrain, je consolidais les fondations...

Il n'y avait aucune raison de s'inquiéter.

J'étais *sur le point de m'y remettre.*

En réalité, je tergiversais, m'éparpillais, repoussais de jour en jour et de semaine en semaine le moment où il me faudrait admettre que quelque chose était cassé, perdu, ne fonctionnait plus.

En réalité, dès que j'allumais l'ordinateur, dès que je commençais à réfléchir, la voix de la censure s'élevait. Un genre de surmoi sarcastique et sans indulgence avait pris possession de mon esprit. Il gloussait, se gaussait, ricanait. Il traquait, avant même qu'elle soit formulée, la faible phrase qui, sortie de son contexte, provoquerait l'hilarité. Sur mon front, un troisième œil s'était greffé au-dessus des deux autres. Quoi que je m'apprête à écrire, il me voyait venir avec mes gros sabots. Le troisième œil m'attendait au tournant, démolissait toute tentative de début, démasquait l'imposture.

Je venais de comprendre quelque chose de terrifiant et vertigineux : j'étais dorénavant mon pire ennemi. Mon propre tyran.

glousser - chuckle

Parfois, une pensée sombre, insoutenable, m'envahissait : L. avait raison. L. me mettait en garde parce qu'elle voyait venir le désastre vers lequel j'avançais.

Je faisais fausse route.

L. tentait de m'avertir et je faisais la sourde oreille.

Louise et Paul ont commencé leur année scolaire, et je me suis retrouvée seule chez moi. Je n'avais pas imaginé cela et, d'une certaine manière, je n'y étais pas préparée. Je veux dire qu'il était impossible de pressentir ce silence, et l'immobilité suspecte dans laquelle s'était soudain figé l'appartement.

Pourtant j'avais essayé, avant leur départ, d'anticiper ma présence solitaire dans l'espace déserté. J'avais essayé de me représenter le vide, et cette nouvelle vie qui allait avec. Mais j'étais loin du compte. Maintenant ce n'était plus une idée qu'il fallait envisager mais une réalité à laquelle il fallait se soumettre. J'errais de pièce en pièce, à la recherche de quelque chose qui avait disparu. Une période de ma vie venait de se terminer, cela s'était fait de manière naturelle et joyeuse, sans heurts, cela était dans l'ordre des choses, et pourtant cela me trouait le ventre. Dans les chambres vides, les lits étaient faits, les livres bien alignés, les placards fermés. Un ou deux objets étaient déplacés, un vêtement était resté accroché au dos d'une chaise, j'observais ce faux désordre, semblable à ceux que l'on découvre dans les catalogues pour meubles ou les magazines de décoration, qui ne ressemble qu'à ce qu'il est : un simulacre ridicule, une représentation factice de la vie. J'avais envie de pleurer.

L. me téléphonait régulièrement, s'inquiétait de mon moral.

L. semblait prendre tout cela très à cœur, compatissait, et m'est apparue peu à peu comme la seule personne capable de comprendre ce que je ressentais : cet appartement chargé de souvenirs qu'il me fallait maintenant occuper seule, ce temps domestique dont je ne savais que faire.

Pourtant, j'avais un livre à écrire et le moment était venu de m'y atteler.

Chaque jour, j'allumais l'ordinateur, j'ajustais mon fauteuil. L'écran à hauteur des yeux, j'ouvrais le fichier Word sur lequel je commençais et recommençais depuis plusieurs semaines un début qui n'excédait jamais deux pages. Je cherchais un titre. Parfois un titre suscitait l'envie. Mais il ne se produisait rien d'autre que ce bref engouement, auquel succédait un engourdissement général, une impérieuse fatigue qui toujours finissait par m'obliger à quitter ma table de travail, de peur de tomber de ma chaise ou de m'endormir comme ça, d'un seul coup, la tête sur le clavier (l'image de Paul âgé de huit ou dix mois me revenait alors : un jour où nous étions rentrés tard du square et avions dépassé l'heure de la sieste, assis sur sa chaise haute, il s'était écroulé le nez dans son assiette de purée).

Ou bien revenait au loin ce ricanement moqueur.

Chaque jour pourtant, je recréais les conditions du rituel, comme si rien ne m'entravait, rien ne me terrorisait.

Il arrive un moment où plus rien ne fait obstacle, où l'espace nécessaire a été libéré, où tout a été mis en place, ordonné, classé, recopié. Le silence est bel et bien revenu, le coussin est posé au bon endroit sur la chaise, le clavier de l'ordinateur n'attend plus que les doigts qui le frapperont.

Il arrive un moment où il faudrait s'y plonger, retrouver la cadence, l'élan, la détermination. Mais cela ne vient pas.

Il arrive un moment où l'on se dit que c'est une question de discipline, qu'il n'y a qu'à se mettre un bon coup de pied au cul, alors on joue le jeu, on allume la bête à heure fixe et de bon matin, on s'assoit à sa table, on est là, on y est, on s'y tient. Mais rien ne se produit.

Il arrive un moment où l'on se dit que cela ne devrait pas se passer comme ça, que ce n'était pas si doulou-reux, ou que si ça l'était, cette douleur comportait une part de jouissance, mais là non, ce n'est qu'une défaite. Mon regard vide face à l'ordinateur.

Un peu plus tard est venu le temps sans excuses, sans prétextes. Tout était prêt mais rien ne pouvait s'écrire. J'avais peur. Je n'y arrivais plus.

Les personnages que j'avais décrits à L. s'étaient vidés de leur substance, ils s'étaient éloignés sans que je m'en rende compte et j'avais fini par les perdre de vue. L'idée du roman dans son ensemble s'était dégonflée, était retombée comme un soufflet.

Ça sonnait faux.

L'histoire, la situation, l'idée même du livre, l'idée même d'idée.

Plus rien n'avait de sens.

Un soir du mois d'octobre, j'ai annoncé à mon éditrice que je renonçais au projet dont je lui avais parlé. Cela ne fonctionnait pas, quelque chose tournait à vide. Elle m'a demandé de lui envoyer ce que j'avais écrit, même en chantier, à l'état brut, elle saurait lire entre les lignes, même le tout début, même quelques pages. J'ai répondu que je n'avais rien écrit, pas une ligne, j'ai raccroché.

J'étais incapable d'expliquer la sensation d'impasse dans laquelle je me trouvais, le dégoût que tout cela m'inspirait, ce sentiment d'avoir tout perdu.

À aucun moment je n'ai envisagé que les échanges que j'avais eus avec L. puissent avoir un lien avec mon renoncement. Jusqu'ici aucun point de vue, aucun discours, aucune exhortation n'avait eu d'incidence sur la nature de mon travail. Les livres s'imposaient à moi, cela ne se discutait pas, ne se négociait pas, ce n'était pas un choix, c'était un chemin et il n'y en avait pas d'autre.

Comment aurais-je pu imaginer qu'une ou deux conversations puissent suffire à me couper le souffle ?

La nuit, je gardais les yeux grands ouverts. Je ne voyais rien : aucun scintillement, aucune étincelle.

Un matin très tôt, alors que je rentrais chez moi après avoir dormi chez François, j'ai rencontré L. au coin de ma rue. Non pas devant ma porte, mais à quelques centaines de mètres de chez moi. Il n'y avait aucune raison qu'elle se trouve là. Ma rue est étroite et n'accueille aucun commerce, le jour pointait à peine et les cafés alentour étaient encore fermés. Je marchais tête baissée, assez vite à cause du froid. Pourtant, mon regard a été attiré par une silhouette longue et blanche, sur le trottoir d'en face, sans doute à cause de cette immobilité dans laquelle elle avait l'air figée. L. était enveloppée dans un long manteau, le col relevé. Elle ne bougeait pas, elle paraissait ne venir de nulle part, ni même attendre quelqu'un. Au bout de quelques secondes, il m'a semblé qu'elle observait par intermittence l'entrée de mon immeuble. Lorsqu'elle m'a vue, son visage s'est illuminé. Il n'y avait aucune gêne ni aucune surprise dans son regard, comme s'il était tout à fait normal qu'elle se trouve là, en plein hiver, à 7 heures du matin. Elle avait eu envie de me voir et elle avait trouvé porte close. Voilà ce qu'elle m'a dit. Elle n'a pas cherché à inventer quoi que ce soit, et cette simplicité m'avait émue, car dans cet aveu L. avait eu une expression enfantine que je ne lui connaissais pas.

Elle m'a emboîté le pas, elle est entrée derrière moi dans l'appartement. J'avais baissé le chauffage avant de partir, les températures étaient descendues dans la nuit. Je lui ai proposé un châle qu'elle a refusé. Elle a enlevé son manteau, elle ne portait pas de pull mais une sorte de blouse en satin dont le tissu, très fluide, épousait la forme de son ventre, de ses épaules, de ses bras. C'était plutôt le genre de vêtement que l'on porte pour une soirée ou un dîner un peu habillé. Je me suis demandé d'où elle venait et si elle avait dormi. J'ai mis la cafetière italienne sur le feu, nous nous sommes assises sur le canapé. J'étais frigorifiée. À côté de moi, L. semblait réchauffée par une combustion interne qui la protégeait du froid. Son corps avait quelque chose d'étrangement lascif. Détendu.

Nous sommes restées quelques minutes dans le silence et puis elle s'est approchée de moi. Sa voix m'a paru légèrement cassée, comme après une nuit à chanter ou à fumer des cigarettes.

— Est-ce qu'il t'est déjà arrivé de ne pas pouvoir rentrer chez toi ?

— Oui, bien sûr. Mais pas depuis longtemps.

— Cette nuit, j'ai fait l'amour avec un homme dans une chambre d'hôtel. Vers 5 ou 6 heures du matin, je me suis rhabillée, j'ai pris un taxi qui m'a déposée au pied de mon immeuble. Une fois en bas, je n'ai pas pu monter, je n'avais pas envie de dormir, ni même de m'allonger. Comme si quelque chose en moi refusait de capituler. Tu connais cette sensation ? Alors j'ai marché au hasard. Jusqu'ici.

La cafetière s'est mise à siffler, je me suis levée pour arrêter le feu. Avec n'importe laquelle de mes amies, j'aurais servi le café et serais revenue aussitôt sur le canapé, je n'aurais pas attendu une seconde de plus pour entamer en riant un interrogatoire serré : qui était cet homme, depuis quand le voyait-elle, où, allait-elle le revoir ?

Mais j'ai posé la tasse et le sucre devant elle et je suis restée debout.

J'étais incapable de lui poser la moindre question.

Je regardais L., je percevais cette fièvre qui palpitait sous sa peau, oui, de là où j'étais, je percevais cela très nettement, l'accélération du sang dans ses veines

Je suis demeurée ainsi, loin d'elle, le dos appuyé sur mon lave-vaisselle. Pour la première fois j'ai pensé que L. abritait quelque chose qui m'échappait, que je ne comprenais pas. Pour la première fois, je crois que j'ai eu peur sans savoir pourquoi, sans que cette peur puisse être représentée par une forme ou une image.

L. a bu son café, elle s'est levée. Elle m'a remerciée.

Il faisait jour et elle se sentait prête maintenant pour rentrer, elle était épuisée.

J'aimerais parvenir à rendre compte de la personnalité de L. sous tous ses aspects, aussi contradictoires fussent-ils.

L. se donnait à voir sous des jours différents, tantôt grave et sous contrôle, tantôt facétieuse et imprévisible. C'est sans doute ce qui rend si complexe la représentation de sa personne, ces failles brusques dans la maîtrise d'elle-même, ce mélange d'autorité et de sérieux, que venait soudain contredire un accès d'humeur ou de fantaisie, dont la violence m'évoquait ces appels d'air inattendus, lorsque les fenêtres s'ouvrent en fracas sous la pression du vent.

L. continuait de m'impressionner par sa capacité à capter les états d'âme de l'autre, en un instant, et à s'y adapter. Elle savait déjouer la contrariété d'un serveur de café ou la fatigue d'une vendeuse de boulangerie, comme si elle avait perçu leur humeur au moment même de franchir le seuil de leur porte. Elle avait toujours un temps d'avance. Dans un lieu public, elle était capable d'entamer une conversation avec n'importe qui et, en moins de trois minutes, recueillait les soupirs, suscitait les confidences. L. se montrait indulgente et tolérante, donnait le sentiment de pouvoir tout entendre sans porter de jugement.

L. savait trouver les mots de la consolation et de l'apaisement.

L. faisait partie de ces gens vers lesquels, d'instinct, on se tourne dans la rue pour obtenir un itinéraire ou un renseignement.

Mais parfois la surface lisse se déchirait d'un coup et L. révélait d'elle-même une facette surprenante. De temps à autre, dans une volonté évidente de démentir ses propres constantes, L. entrait dans une colère ahurissante, disproportionnée, par exemple parce que, la croisant sur le trottoir, quelqu'un n'avait pas dévié sa trajectoire (elle estimait que deux personnes arrivant l'une en face de l'autre devaient toutes deux se décaler d'un pas, ou en tout cas en esquisser le mouvement, en signe de respect ou de bonne volonté). Parmi les épisodes du métro, je me souviens d'un jour où pendant plus de cinq minutes, alors qu'une femme hurlait dans le micro de son portable, L. avait fait les réponses à voix haute, impassible, sans que cette femme s'en rende compte, provoquant l'hilarité des voyageurs qui nous entouraient.

Une autre fois, alors que je la rejoignais place Martin-Nadaud, je l'ai trouvée rouge de rage en train d'agonir d'insultes un type qui criait plus fort qu'elle mais dont le vocabulaire, à côté du sien, semblait très limité. De sa voix basse, ferme, définitive, L. avait pris le dessus. Lorsque enfin elle a consenti à s'éloigner, elle m'a expliqué que le type s'était montré agressif et vulgaire envers deux très jeunes filles qui passaient en short devant lui.

L. avait des sujets de conversation très variés. Les incivilités parisiennes, les petits chefs, les inquisiteurs et les bourreaux de toute sorte, les différentes formes de somatisation et leur lien avec notre époque, la téléportation humaine figuraient parmi ses thèmes de prédilection. Si nous partions du principe que nous n'étions rien d'autre qu'un ensemble d'atomes reliés les uns aux autres, aucune loi fondamentale de la physique ne nous empêchait de vivre ensemble en respectant notre périmètre respectif. Aucune loi fondamentale de la physique ne nous empêcherait non plus, d'ici quelques centaines ou milliers d'années, de nous téléporter d'un point A vers un point B tout comme nous étions capables, dès à présent, d'envoyer une photo ou un morceau de musique de manière quasi instantanée à l'autre bout du monde.

Entre autres lubies, L. pensait que les gauchers étaient des êtres différents, qu'ils se reconnaissaient instantanément entre eux, étaient reliés les uns aux autres et formaient une caste invisible, longtemps rejetée, dont la suprématie discrète n'avait plus besoin d'être prouvée.

Je ne tardais pas à découvrir que L. avait aussi des phobies : un jour que nous déjeunions toutes les deux dans une brasserie de mon quartier, j'ai vu une souris longer la courbe du bar, juste derrière elle. Ce n'est pas rare d'apercevoir des souris dans les restaurants parisiens, y compris les plus chic, mais je dois dire qu'en plein service du midi, ce n'est pas si fréquent.

D'autant que l'animal trottinait avec désinvolture. Le spectacle valait la peine d'interrompre notre échange.

L. s'est figée, incapable de se retourner.

— Une vraie souris ? Tu plaisantes ?

J'ai fait non de la tête, amusée.

Et puis j'ai compris que L. n'en rajoutait pas du tout, elle était livide, une fine pellicule de sueur était apparue sur son front. C'était la première fois que je la voyais si pâle.

J'ai tenté de la rassurer : la souris avait disparu, il n'y avait pas lieu de s'inquiéter, ni aucune raison qu'elle revienne. L. n'a rien voulu savoir. Elle n'a pas avalé une bouchée supplémentaire de la salade qu'elle venait de commencer, elle a demandé l'addition et nous sommes sorties.

Plus tard, j'ai découvert que L. ne supportait aucun rongeur et elle m'a avoué n'avoir pas pu aller au bout de la nouvelle que j'avais écrite où il était question de souris blanches.

Peu à peu, j'ai appris, au détour de diverses conversations, que L. avait lu *tout* ce que j'avais écrit et publié, mes romans, mes nouvelles, mes participations à des ouvrages collectifs, *tout*, à l'exception de ce texte qu'elle n'avait pu terminer.

Par ailleurs, L. reconnaissait cultiver quelques manies et s'intéressait de très près à celles des autres. Elle avait une théorie sur la question. Nul être ne pouvait survivre dans notre société sans développer un certain nombre de rituels dont il n'avait pas toujours conscience. L. constatait par exemple que nous avions tous des périodes alimentaires. Est-ce que je voyais de quoi elle parlait ?

Si j'y réfléchissais, ne faisais-je pas le constat qu'au fil du temps mon alimentation avait évolué et connu différentes phases, différentes périodes, correspondant à des âges et des influences différents, voyant disparaître certains aliments tandis que d'autres au contraire, délaissés jusque-là, m'étaient devenus soudain indispensables ? Elle m'invitait, par exemple, à réfléchir à mon petit déjeuner. Était-il toujours le même ? Je reconnaissais en effet en avoir modifié la composition habituelle à plusieurs reprises. J'avais eu une période tartines + yaourt, une période céréales + tartines, une période céréales + yaourt, une période brioche tout court... À vingt ans je buvais du thé, à trente du café, à quarante de l'eau chaude. Cela la fit sourire. L. m'avoua avoir traversé, alors qu'elle entrait tout juste dans l'âge adulte, des phases dites chromatiques : une période orange, durant laquelle elle ne s'était nourrie que d'aliments de cette couleur (oranges, abricots, carottes, mimolette, potiron, melon, crevettes cuites), et puis un peu plus tard, une période verte (épinards, haricots, concombres, brocolis...) à laquelle elle avait mis fin quand elle s'était mariée.

De même, L. constatait qu'un certain nombre de gestes de notre vie quotidienne s'effectuaient dans un ordre immuable sans que cela fasse l'objet d'une décision ou d'une réflexion. Ces séquences, selon elle, relevaient de stratégies que nous mettions en œuvre de façon plus ou moins consciente pour survivre. Nos tics de langage, loin d'être fortuits, révélaient mieux que n'importe quel discours la manière dont nous étions en mesure, à un instant T., de nous adapter aux contraintes majeures de notre environnement (ou de leur résister). Selon L., les expressions courantes que nous adoptions collectivement traduisaient, mieux que toute analyse approfondie de notre vie ou de notre emploi du temps, nos désarrois les plus intenses. Ainsi, à une époque où plus rien ne semblait fonctionner, où la société dans son ensemble semblait figée, en suspens, les gens répétaient *ça marche* à tout bout de champ. De même, les soirées, les films, les gens n'étaient plus *très* – très sympa, très chiants, très rapides, très lents –, ils étaient devenus *trop* – trop sympa, trop chiants, trop rapides, trop lents –, peut-être parce que ce genre de vie, en effet, nous submergeait.

À propos de stratégie, L. en avait une, très efficace, pour garantir son espace vital ou la confidentialité de ses conversations. Lorsqu'elle arrivait dans un café à l'heure du déjeuner, elle demandait toujours une table pour trois alors que nous n'étions que deux. Ce stratagème lui permettait de bénéficier d'une grande table (ou de la réunion de deux guéridons) alors qu'autour de nous tout le monde était au coude à coude. Au bout d'une vingtaine de minutes, elle prenait un air las et déclarait au serveur que nous allions devoir commander sans attendre la troisième personne, dont nous conservions néanmoins la place, au cas où. Vers la fin du repas, tandis que l'endroit s'était considérablement vidé, L. s'excusait auprès du serveur : elle était désolée, la personne nous avait posé un lapin.

Je dois dire qu'avec elle, je ne m'ennuyais jamais.

L. se posait toutes sortes de questions à voix haute ou plutôt exprimait à voix haute les questions que probablement beaucoup de femmes se posent (moi en tout cas) : Jusqu'à quel âge pouvait-on porter un jean *slim* ? Une minijupe ? Un décolleté ? Était-on capable de s'apercevoir soi-même qu'il était trop tard, que cela confinait au ridicule, ou fallait-il demander à quelqu'un de proche (pendant qu'il en était encore temps) de nous alerter le moment venu ? Était-il *déjà* trop tard et avions-nous dépassé la ligne rouge sans nous en rendre compte ?

Je n'en revenais pas : L. qui m'avait semblé si sûre d'elle quand je l'avais rencontrée, si assurée dans ses choix, si consciente de son aura, exprimait – avec davantage d'humour – des préoccupations semblables aux miennes.

Cela est vite devenu l'un de nos sujets favoris : l'effort d'acclimatation qui nous était nécessaire pour nous voir telles que nous étions – une mise au point, au sens photographique du terme, à laquelle il nous fallait régulièrement consentir pour nous situer dans l'échelle des âges, savoir à quoi nous en tenir.

La découverte d'une nouvelle ride, d'une étape supplémentaire dans l'affaissement général, les cernes irréductibles, tout cela pouvait se partager, faisait désormais l'objet d'une analyse critique… et comique.

L. m'a confié ne pas pouvoir croiser quelqu'un de plus de trente ans sans s'interroger d'abord sur son âge. Depuis quelques années, l'âge était la première question qu'elle se posait au sujet de toute personne qu'elle croisait ou rencontrait, homme ou femme, comme s'il s'agissait d'une donnée première, incontournable, pour évaluer le rapport de forces, de séduction, de complicité. Pour ma part, j'avais remarqué, avançant en âge, que les gens jeunes me paraissaient souvent plus jeunes qu'ils n'étaient. C'était justement, selon elle, un signe de l'âge, ne plus être capable de faire la différence entre une personne de vingt ans et une personne de trente, tandis qu'entre eux ils étaient parfaitement capables de se reconnaître ou de se distinguer.

Ce qui me fascinait chez L., c'est qu'aucun de ces questionnements intérieurs ne transparaissait dans sa manière d'être. Rien dans son apparence ni dans son comportement ne trahissait quelque inquiétude ou incertitude au sujet d'elle-même. Il me semblait au contraire que sa manière de s'habiller, de se mouvoir, de rire, était la preuve flamboyante qu'elle assumait pleinement la femme qu'elle était.

C'était sans doute tout cela, la puissance d'attraction que L. exerçait sur moi : je l'admirais pour sa lucidité à l'égard du monde et à l'égard d'elle-même, mais aussi pour sa capacité à *donner le change*, à jouer le jeu.

Un soir, alors que nous marchions côte à côte sur le terre-plein du boulevard Richard-Lenoir, L. m'a raconté avoir vu, au début des années quatre-vingt-dix, un film de Pascale Bailly qui s'intitulait *Comment font les gens*. Le titre, à lui seul, lui avait semblé résumer son état d'esprit, ce questionnement permanent, à propos des autres, dont elle ne pouvait s'affranchir : comment faisaient-ils, oui, à quel rythme, avec quelle énergie, en vertu de quelles croyances ? Comment *les gens* parvenaient-ils à tenir debout ? Car à l'époque, lorsqu'elle les observait, les gens lui semblaient s'en sortir beaucoup mieux qu'elle.

Avais-je vu ce film ? Comme je ne répondais pas, L. a poursuivi sur sa lancée, en me parlant d'un autre long-métrage, qui datait plus ou moins de la même époque, réalisé par Laurence Ferreira Barbosa et dont le titre, *Les gens normaux n'ont rien d'exceptionnel*, n'avait rien à envier au premier. Le scénario se passait pour l'essentiel au sein d'un hôpital psychiatrique et elle l'avait adoré.

Je me suis arrêtée de marcher.

Je suis restée sans voix pendant quelques secondes, je scrutais son visage en quête d'un indice.

L. me regardait, interloquée. La nuit venait de tomber, les lumières s'allumaient aux fenêtres, le vent soulevait les feuilles mortes par rafales, dans un bruit de papier froissé.

Je crois avoir ressenti à ce moment-là une sorte de vertige dont je ne saurais dire s'il s'apparentait au plaisir ou à l'effroi.

Ce n'était pas la première fois.

Oui, j'avais vu ces deux films et, pour des raisons assez intimes, ils faisaient partie de mon panthéon personnel. Que L. me parle précisément de ces deux-là, restés l'un et l'autre plutôt confidentiels, qu'elle les associe, c'était une coïncidence troublante, sidérante même, au point qu'il m'est venu à l'esprit qu'elle avait lu ou entendu quelque part le souvenir précieux que j'en gardais. Mais nous n'avions aucune connaissance commune et je ne me rappelais pas en avoir jamais parlé dans la presse.

Oui, moi aussi, je m'étais souvent demandé : comment font les gens ? Et à vrai dire, si ces questions s'étaient modifiées, elles n'avaient jamais cessé : comment font les gens, pour écrire, aimer, dormir d'une seule traite, varier les menus de leurs enfants, les laisser grandir, les laisser partir sans s'accrocher à eux, aller une fois par an chez le dentiste, faire du sport, rester fidèle, ne pas recommencer à fumer, lire des livres + des bandes dessinées + des magazines + un quotidien, ne pas être totalement dépassé en matière de musique, apprendre à respirer, ne pas s'exposer au soleil sans protection, faire leurs courses une seule fois par semaine sans rien oublier ?

Cette fois, je devais en avoir le cœur net. Je l'ai regardée droit dans les yeux et j'ai demandé à L. pourquoi elle me parlait de ces films. Les avais-je déjà mentionnés ? Elle a paru étonnée. Elle en parlait parce que ces films l'avaient marquée. Et puis parce qu'à vrai dire elle se posait encore ce genre de questions. C'est tout. Voilà pourquoi elle y pensait.

Nous avons repris notre marche en silence.

Éprouvait-elle, elle aussi, ce doute permanent sur sa manière, tantôt hésitante, tantôt excessive, d'évoluer dans le monde ? Cette peur de ne pas être dans le bon rythme, la bonne tonalité ? Ce sentiment de prendre les choses trop à cœur, de ne pas savoir maintenir sa propre distance de sécurité.

Ou bien L. avait-elle adopté mes préoccupations comme elle eût enfilé un déguisement, afin de me tendre le miroir dans lequel je pouvais me reconnaître ?

Quand je me posais ces questions, je finissais toujours par me dire que je n'avais aucune raison de douter de ces similitudes entre nous et de renoncer au réconfort que celles-ci me procuraient.

L. observait les autres.

Dans la rue, dans les parcs, dans le métro.

L n'hésitait pas à se prendre elle-même comme sujet d'étude et en jouait, avec une acuité qui me ravissait.

L. ne se contentait pas d'énoncer les questions, elle proposait des réponses.

L. ne manquait pas d'autodérision.

L. avait des théories sur tout : l'adéquation entre le vêtement et l'âge, la renaissance prochaine de la presse, le retour des légumes anciens, la meilleure façon d'arrêter le hoquet, la télépathie, la correction du teint, l'avènement des robots domestiques, l'évolution de la langue et le rôle des dictionnaires, l'incidence des sites de rencontre sur les rapports amoureux.

Un matin, alors que je m'apprêtais à quitter mon appartement, j'ai entendu la voix de Gilles Deleuze à la radio. Je reproduis ici les phrases que j'ai notées de mémoire, quelques secondes après la diffusion de cette courte archive sonore :

Si tu ne saisis pas le petit grain de la folie chez quelqu'un, tu ne peux pas l'aimer. Si tu ne saisis pas son point de démence, tu passes à côté. Le point de démence de quelqu'un, c'est la source de son charme.

J'ai aussitôt pensé à L.

J'ai pensé que L. avait perçu mon point de démence, et réciproquement.

Peut-être était-ce d'ailleurs cela, une rencontre, qu'elle soit amoureuse ou amicale, deux démences qui se reconnaissent et se captivent.

Les jours où elle était sûre de ne pas croiser François, L. venait chez moi dîner ou boire un thé.

L'automne se prolongeait et puisque je n'écrivais pas, je me contentais de vivre. J'avais cessé de m'enchaîner à l'ordinateur à heure fixe, j'avais décrété une sorte de trêve, le temps de rencontrer un autre livre, de me laisser prendre. Je pensais souvent à ces mots que j'avais lus quelque part sans me rappeler où : les histoires gisent dans le sol, comme des fossiles. Elles sont les reliques issues d'un monde préexistant. Et le travail de l'écrivain consiste à utiliser les outils de sa boîte pour les dégager avec précaution et les extraire, aussi intacts que possible.

Voilà pourquoi je marchais en regardant mes pieds, guettant sans doute sous les pavés le petit morceau de pierre qui me donnerait la force de creuser.

Quand l'hiver a commencé, il m'est devenu difficile de m'approcher du clavier.

Pas seulement d'ouvrir un fichier Word, mais aussi – de manière progressive, insidieuse – de répondre à des mails, de rédiger des courriers. Je ne sais pas dater la toute première fois où j'ai ressenti, à peine assise face à la machine, cette horrible brûlure de l'œsophage. Je sais que cela s'est reproduit, de plus en plus fort : une décharge d'acidité qui me coupait le souffle.

J'ai acheté des pansements gastriques à la pharmacie.

Pour continuer d'utiliser l'ordinateur, il me fallait ruser avec mon corps, lui signifier de la manière la plus claire possible que je n'allais rien tenter, rien qui ait quelque chose à voir, de près ou de loin, avec l'écriture. J'adoptais une position nonchalante, provisoire, je n'approchais plus le curseur de l'icône Word située en bas de mon écran. Seuls ces stratagèmes me permettaient de me tenir face à la machine.

Heureusement, il y avait les carnets. Les carnets où je continuais de noter et d'assembler des mots, des minuscules débuts, des bouts de phrases arrachées au silence, des silhouettes dessinées à grands traits. Les carnets étaient dans mon sac. Voilà l'idée à laquelle je m'accrochais : le fossile était pris dans les pages, dans la fibre du papier, le fossile attendait son heure. Un titre, une association, quelques notes prises sur le vif qui feraient sens, le moment venu, et me porteraient par leur écho. Une mine, un trésor, dans lequel il me suffirait de piocher, quand je serais prête. Voilà ce que j'avais expliqué à L., un jour qu'elle s'inquiétait de savoir ce que je fabriquais.

J'étais avec elle le jour où mon sac a été ouvert dans le métro. J'ai oublié la raison qui nous avait conduites à prendre la ligne 4, aux heures de pointe, et je n'en retrouve pas trace. Nous étions serrées l'une contre l'autre, englouties par la masse compacte des corps, ballottées l'une et l'autre, et l'une contre l'autre, au

rythme de la rame. Je n'ai évidemment rien senti.
Nous nous sommes séparées à la correspondance et
j'ai ensuite pris la ligne 3, tout aussi chargée, pour
rentrer chez moi. C'est seulement plus tard dans la
soirée, alors que je cherchais un paquet de mouchoirs
en papier, que je me suis rendu compte que mon sac
avait été ouvert au cutter, de haut en bas, sur toute
sa hauteur. J'ai aussitôt pensé aux carnets. Ils n'étaient
plus là. La pochette contenant ma carte de crédit, mon
argent liquide et mes papiers avait également disparu.
Quelqu'un avait pris l'ensemble (la texture des carnets
pouvait les faire passer pour un long portefeuille ou
un porte-cartes) ou bien n'avait pris que l'argent, et les
carnets étaient ensuite tombés par l'ouverture béante.
J'ai fouillé le sac, ma main explorant les recoins dix fois
de suite, dans un geste absurde, désespéré, je répétais
à voix haute c'est pas vrai, c'est pas vrai. Et puis je
me suis mise à pleurer.

Plus tard, j'ai téléphoné à L. pour lui raconter ce
qui m'était arrivé et m'assurer qu'elle n'avait pas eu de
problème. Son sac était intact. En revanche, maintenant
qu'elle y pensait, elle avait vu deux hommes, derrière
nous, dont le comportement lui avait semblé bizarre. Le
genre de types qui profitent de la foule pour se frotter.
    L. m'a donné le numéro du serveur interbancaire
pour la mise en opposition des cartes de crédit.
    L. s'est inquiétée de savoir comment j'allais.
    L. m'a demandé si je voulais qu'elle vienne me voir.

Je me suis couchée aussitôt après avoir raccroché.
Je n'avais plus rien à faire. Je m'étais entendue lui

répondre d'une voix maîtrisée que ce n'était pas si grave. Ce n'était pas si grave, non, mes carnets avaient disparu et j'avais le sentiment d'avoir été amputée des deux bras, mais c'était ridicule, exagéré, disproportionné. C'était bien la preuve, si besoin en était, que quelque chose ne tournait pas rond.

II

DÉPRESSION

À l'intérieur de lui, une voix murmura pour la première fois : qui donc es-tu quand tu écris, Thad ? Qui donc es-tu ?

(Stephen King, *La Part des ténèbres*)

— Je sais que tu regardes des séries avec tes enfants, que vous avez vu les meilleures. Alors s'il te plaît réfléchis deux minutes. Compare. Regarde ce qui s'écrit et ce qui se filme. Tu ne crois pas que vous avez perdu la bataille ? Il y a longtemps que la littérature s'est fait damer le pion en matière de fiction. Je ne te parle pas du cinéma, c'est encore autre chose. Je te parle des coffrets DVD qui sont sur tes étagères. J'ai du mal à croire que cela ne t'a jamais empêchée de dormir. Tu n'as jamais pensé que le roman était mort, en tout cas une certaine forme de roman ? Tu n'as jamais pensé que les scénaristes vous avaient tout simplement coiffés au poteau ? Cloués, même. Ce sont eux, les nouveaux démiurges omniscients et omnipotents. Ils sont capables de créer de toutes pièces des familles sur trois générations, des partis politiques, des villes, des tribus, des mondes en somme. Capables de créer des héros auxquels on s'attache, que l'on croit connaître. Tu vois de quoi je parle ? Ce lien intime qui se tisse entre le personnage et le spectateur, ce sentiment de perte ou de deuil qu'il éprouve quand c'est fini. Ça ne se passe plus avec les livres, ça se joue ailleurs, maintenant. Voilà ce que les scénaristes savent faire. C'est toi qui me parlais du pouvoir de la fiction, de ses prolongements dans le réel. Mais ce n'est plus une affaire de littérature, tout ça. Il vous faudra bien l'admettre. La fiction, c'est terminé pour vous. Les séries offrent au romanesque un territoire autrement plus fécond et un public infiniment plus large. Non, cela n'a rien de triste, crois-moi. C'est au contraire une excellente nouvelle. Réjouissez-vous. Laissez aux scénaristes ce qu'ils savent mieux faire que vous. Les écrivains doivent revenir à ce qui les distingue, retrouver le nerf de la guerre. Et tu sais ce que c'est ? Non ? Mais si, tu le sais très bien. Pourquoi crois-tu que les lecteurs et les critiques se posent la question de l'autobiographie dans l'œuvre littéraire ? Parce que c'est aujourd'hui sa seule raison d'être : rendre compte du réel, dire la vérité. Le reste n'a aucune importance. Voilà ce que le lecteur attend des romanciers : qu'ils mettent leurs tripes sur la table. L'écrivain doit questionner sans relâche sa manière d'être au monde, son éducation, ses valeurs, il doit remettre sans cesse en question la façon dont il pratique la langue qui lui vient de ses parents, celle qui lui a été enseignée à l'école, et celle que parlent ses enfants. Il doit créer une langue qui lui est propre, aux inflexions singulières, une langue qui le relie à son passé, à son histoire. Une langue d'appartenance et d'affranchissement. L'écrivain n'a pas besoin de fabriquer des pantins, aussi agiles et fascinants soient-ils. Il a suffisamment à faire avec lui-même. Il doit se retourner sans cesse sur le terrain heurté qu'il a dû emprunter pour survivre, il doit revenir sans relâche sur le lieu de l'accident qui a fait de lui cet être obsessionnel et inconsolable. Ne te trompe pas de bataille, Delphine, c'est tout ce que je veux te dire. Les lecteurs veulent savoir ce qu'on met dans les livres et ils ont raison. Les lecteurs veulent savoir quelle viande il y a dans la farce, s'il y a des colorants, des agents conservateurs, des émulsifiants ou des épaississants. Et c'est désormais le devoir de la littérature de jouer franc-jeu. Tes livres ne doivent jamais cesser d'interroger tes souvenirs, tes croyances, tes méfiances, ta peur, ta relation à ceux qui t'entourent. C'est à cette seule condition qu'ils feront mouche, qu'ils trouveront un écho.

Ainsi m'avait parlé L., ce soir-là, dans un café désert près de la mairie du vingtième arrondissement.

La nuit était tombée et nous étions restées là, au fond de cette salle dont les murs étaient couverts d'affiches publicitaires des années cinquante, lavées par la lumière. Au loin grésillait une station de radio que je ne parvenais pas à identifier. J'ai pensé que ce café était sans doute le dernier vestige d'un temps révolu, le seul du quartier à avoir résisté aux assauts d'un renouveau branché qui ravissait les rues par petits bouts. Un îlot de résistance qui ne tarderait pas à tomber.

J'avais écouté L. sans chercher à l'interrompre. L. exagérait, schématisait, systématisait, mais je n'avais pas la force de lui répondre.

Non, je ne voulais pas abandonner le territoire de la fiction à qui que ce soit. Mais je regardais mes paumes et mes paumes étaient vides.

Non, je n'excluais pas non plus de revenir un jour à une forme d'écriture autobiographique, quel qu'en soit le nom. Mais elle n'avait de sens que si elle permettait de dire le monde, d'accéder à l'universel.

De toute façon, j'étais exsangue.

Ainsi m'avait parlé L. et je l'avais écoutée, à moitié amusée, à moitié sidérée.

Son discours m'obligeait à réfléchir à ce que j'avais toujours refusé de théoriser. Ses convictions venaient heurter l'édifice minimal que j'avais construit pour donner un sens à mon travail ou au moins être capable d'en parler.

Et ses paroles s'insinuaient au cœur du doute que j'étais devenue incapable de formuler.

L. m'avait dit un jour que je n'avais écrit que deux livres. Le premier et le dernier. Les quatre autres n'étaient, selon elle, qu'un regrettable égarement.

Au cours de l'automne, Louise et Paul sont revenus deux ou trois fois en week-end, ensemble ou séparément. Entre nous, un lien nouveau se créait, que la distance et le manque avaient modifié. Une relation intense, bavarde, dans le prolongement des années passées ensemble, et pourtant différente. Mes enfants étaient devenus grands. Je restais une mère émue, émerveillée.

François jonglait entre différents projets et venait de s'engager sur une deuxième saison de sa série documentaire, un travail au long cours qui le conduirait de nouveau de nombreuses semaines à l'étranger. Je connaissais son insatiable curiosité, les journées entières qu'il consacrait à la lecture, son goût pour le voyage. Et dans le fond cela me convenait très bien, cet engagement que nous avions l'un et l'autre dans ce que nous tentions de fabriquer, cette volonté – ou cette illusion – de pouvoir mener de front ce qui se partage et ce qui ne se partage pas. François respectait mon besoin de solitude, mon indépendance, mes moments d'absence. Je respectais ses choix, ses lubies, son enthousiasme sans cesse renouvelé.

Plusieurs fois par semaine, L. m'appelait pour me dire qu'elle était juste à côté. À vrai dire, elle n'était jamais très loin. Et chaque fois, je lui proposais de monter. Car dans ce désarroi que je refusais de nommer, sa présence me rassurait.

L. apportait des fleurs, des viennoiseries, une bouteille de vin. Elle savait où trouver les tasses, le thé, le café, le tire-bouchon et les verres à pied. Elle avait sa place sur le canapé. Elle s'enveloppait dans mon châle, allumait les lampes, choisissait la musique.

Lorsque je recevais un appel en sa présence, L. restait là. Elle ne faisait pas semblant de regarder son propre téléphone ou de feuilleter un journal, comme l'auraient fait la plupart des gens. Non, au contraire, elle acquiesçait à mes propos ou bien fronçait les sourcils. En silence, elle prenait part à la conversation.

L. m'avait offert un assortiment de nouveaux carnets en papier recyclé, de trois tailles différentes. Sur le plus grand, elle m'avait écrit un petit mot d'encouragement et de confiance, que j'ai oublié. Je ne peux pas le retrouver aujourd'hui car je les ai tous jetés.

Chaque semaine, elle me demandait où j'en étais de mon travail, me rappelait qu'elle se tenait à ma disposition, si je le souhaitais, pour en parler. Comme je n'avais pas grand-chose à en dire, elle me parlait du sien. L. entamait tout juste l'autobiographie d'une actrice célèbre. Trois mois plus tôt, elle avait été mise en concurrence avec deux nègres très recherchés. Comme les autres, elle avait rencontré l'actrice lors d'une soirée organisée par son agent. Et l'actrice l'avait choisie. Sans doute L. avait-elle su trouver les mots, faire preuve de cette intuition de l'autre qui continuait de me fasciner. L. aimait évoquer le plaisir qu'elle éprouvait à mettre en forme le matériau que l'actrice lui confiait. Elle me parlait de cette femme avec une tendresse de démiurge, comme si l'actrice n'existait pas en dehors de ce travail qu'elles avaient commencé ensemble, comme s'il lui appartenait de révéler cette femme au monde, et à elle-même. L. était heureuse, et il lui semblait, cette fois, être au cœur de son métier. De ce qui importait. Car L. ne se contentait pas d'être choisie. Elle n'écrivait pas pour n'importe qui. Elle s'autorisait le droit de refuser certaines collaborations et choisissait les gens avec lesquels elle avait envie de travailler. Des gens, m'avait-elle confié, qui avaient un destin. Qui avaient chuté, sombré, qui avaient souffert et en gardaient la trace. Voilà ce qui l'intéressait. Écrire comment ils s'étaient relevés, construits, réparés. Son rôle était de mettre en scène, en mots, en valeur, le matériau qu'ils lui confiaient. C'est leur âme qu'elle donnait à lire, et quand ils la remerciaient, elle en revenait toujours à ça : elle n'avait fait que rendre leur âme visible à l'œil nu.

Un soir, L. m'a dit qu'elle savait reconnaître au premier coup d'œil les gens qui avaient été victimes de violence. Pas seulement de violence physique. Des gens dont la personnalité, la personne, avaient été mises en danger par quelqu'un d'autre. Elle savait déceler chez eux une forme d'empêchement, d'empêtrement, de déséquilibre, au sens propre du terme. Une hésitation, une incertitude, une faille, que personne d'autre qu'elle ne semblait remarquer.

L'hiver s'annonçait et L. était en plein travail. Je profitais pour ma part de ce moment où je pouvais encore brandir des prétextes plus ou moins crédibles. Différer. Je prétendais préparer quelque chose. Je continuais d'inventer des recherches, des esquisses.

J'ignorais que deux années allaient passer avant que je sois en mesure de créer un nouveau fichier sous traitement de texte et de rédiger une phrase de plus de trois mots.

Entre la naissance de mes enfants et l'année où leur père et moi nous sommes séparés j'ai confectionné une dizaine d'albums photo, d'une cinquantaine de pages chacun. Par la suite, j'ai continué de faire des photos, parfois de les faire tirer sur papier, mais j'ai cessé de les ordonner et de les coller. Avec le recul, je pourrais fournir diverses hypothèses sur notre séparation comme sur l'interruption de la fabrication des albums, mais c'est une autre histoire. Si un jour le feu se déclare chez moi, je crois que je les emporterai avant les livres, avant les lettres, avant tout le reste. Ils représentent un moment infiniment précieux de ma vie, de notre vie. Ils sont l'épicentre de ma nostalgie, un écrin fragile au cœur de ma mémoire. Souvent lorsque je les ouvre, je me dis que j'aimerais savoir écrire cela, ce temps révolu dont l'image est le témoin à la fois si précis et si impuissant.

Quand l'hiver est venu, alors que s'annonçait la menace du désœuvrement, je me suis mis en tête de reprendre la confection des albums. Plusieurs années me séparaient du dernier. J'ai passé près de deux jours à trouver une boutique qui vendait un modèle semblable à celui que j'avais chez moi, puis deux autres jours à sélectionner les photos, stockées pour la plupart sous format numérique. Les fichiers étaient dispersés sur différents supports de sauvegarde plus ou moins obsolètes.

Après avoir fait développer les clichés sur papier, je me suis installée sur la table du salon face aux albums vierges qu'il me fallait maintenant remplir. Au fond, me disais-je, ce n'était pas si différent de l'écriture : de ces images choisies, agencées, ordonnées, mises en page, émergerait une histoire réinventée.

Un jour que je commençais à coller les tirages, L. a sonné à ma porte.

Les photos étaient toutes étalées devant moi, triées par époques. L. s'est assise à côté de moi, puis s'est intéressée au paquet placé devant elle. Une série de photos relativement récentes montraient Paul couvert de boue, au retour d'une séance de motocross, et plusieurs images de Louise, entourée de ses amis de Terminale, prises dans la neige un jour d'hiver.

« Elle te ressemble », m'a dit L., qui observait Louise avec une attention émue. À cet instant, j'ai pensé que Louise avait l'âge que nous avions, L. et moi, lorsque nous nous étions rencontrées. Depuis que L. m'avait révélé que nous avions été dans la même classe, nous n'en avions reparlé qu'une fois ou deux. Je n'avais aucun souvenir d'elle et il me paraissait indélicat de remettre ce sujet sur le tapis. Je ne voulais pas remuer le couteau dans la plaie.

L. a dû lire dans mes pensées car elle m'a demandé à voir la photo de classe. J'ai fouillé un peu dans les boîtes avant de trouver le tirage, dont les couleurs sont un peu passées. La photo a été prise dans la cour du lycée. Les élèves sont alignés sur cinq rangées autour de Monsieur E., le professeur de philosophie. Les garçons sont pratiquement tous à genoux ou accroupis, en bas de la photo. Les filles les plus grandes sont perchées sur un banc qu'on ne voit pas. Après avoir pointé mon visage qu'elle a immédiatement reconnu, L. a observé la photo longtemps, détaillant chacun des élèves. Puis, en partant de la rangée supérieure, elle a laissé glisser son doigt de droite à gauche et entrepris d'énumérer les noms et prénoms de chacun. Des noms que pour certains j'aurais été incapable de retrouver seule, mais qui, une fois énoncés par elle, remontaient à la surface de ma mémoire pour y obtenir confirmation.

Après avoir désigné le dernier, elle s'est tournée vers moi, victorieuse. Sur une classe de cinquante élèves, seule une dizaine de noms lui avait échappé.

Soudain, son humeur s'est assombrie.

— Quel dommage que j'aie été absente ce jour-là. J'aurais tellement aimé qu'il reste une preuve...

— Une preuve de quoi ? ai-je demandé.

— De cette année que nous avons passée ensemble.

Mais nous ne l'avions pas passée ensemble. Je n'avais pas partagé ce temps avec elle. Je m'étais liée avec d'autres. Et, à vrai dire, je gardais surtout de cette année le souvenir d'une lente descente. Aujourd'hui, cette période me semblait si lointaine qu'elle aurait pu appartenir à la vie de quelqu'un d'autre. L'état physique dans lequel j'étais avait sans doute contribué à brouiller ma mémoire.

— Oui, c'est dommage, ai-je fini par admettre. Mais pourquoi aurions-nous besoin de preuve ?

— Parce que tu ne te souvenais pas de moi.

Son regard était dur mais contenait une forme de prière. Peut-être aurais-je dû prétendre que je me souvenais d'elle, que cela m'était finalement revenu. Je n'ai pas su la réconforter, ni même m'en tirer par une quelconque boutade.

Alors que je m'apprêtais à refermer la boîte (dans laquelle étaient mélangés, en vrac, des dizaines de tirages datant plus ou moins de la même époque), L. m'a demandé si je pouvais lui laisser un souvenir de moi. Avant que j'aie pu répondre, elle a cherché dans la boîte et a tendu vers moi, pour approbation, une série de trois Photomaton en noir et blanc. La photo manquante avait dû servir pour ma carte d'étudiante.

Je l'ai vue ranger la série avec précaution dans son portefeuille sans attendre ma réponse.

Je crois que c'est ce jour-là qu'elle m'a dit cette phrase que j'ai notée sur un Post-it juste après son départ :

— Nous avons beaucoup de choses en commun. Mais toi seule peux les écrire.

L. est restée dîner avec moi. Plus tard dans la soirée, elle est revenue à la charge. Où en étais-je ? M'étais-je remise au travail ? L'insistance de L. m'agaçait. Mais dans le même temps, je ne pouvais m'empêcher de constater qu'elle était la seule personne qui me posait encore la question. Qui continuait d'y croire.

Comme j'admettais devant elle mon incapacité à écrire, L. m'a avoué qu'elle me trouvait dispersée. Je me suis étonnée du terme. Dispersée ?

Elle ne remettait pas en question la conception de mes albums photo, elle trouvait même cela plutôt créatif, mais il y avait tout le reste. Selon elle, j'étais encore beaucoup trop reliée à l'extérieur.

J'ai protesté :

— Mais pas du tout ! Je ne vois personne, je n'appelle personne, je suis incapable d'aller à un dîner, à une soirée, je refuse tout. En dehors de François et de mes enfants, je n'arrive plus à parler à qui que ce soit.

L. m'a répondu sur ce ton de sentence que je connaissais bien :

— C'est normal et tu le sais très bien. Car c'est dans ce silence salutaire que tu pourras te remettre au travail.

Me remettre au travail, qu'est-ce que ça voulait dire ? À quoi servait-il de passer des heures assise devant l'ordinateur puisqu'il n'en sortait rien ? Il fallait bien que je m'occupe.

L. n'était pas de cet avis.

De la confrontation avec l'obstacle, il sortirait quelque chose. Une lumière ou un renoncement. Si je fuyais sans cesse, rien ne se produirait.

Un matin, mon ami Olivier m'a appelée pour me prévenir qu'il se passait quelque chose d'inquiétant sur mon Facebook, enfin sur la page Facebook créée par mes lecteurs. Je ne comprenais rien à ce qu'il essayait de m'expliquer, cette histoire de mur sur lequel quelqu'un avait passé la nuit à inscrire des messages épouvantables qui me concernaient. Quelqu'un qui prétendait être de ma famille avait publié des dizaines de *posts*, m'accusant des pires horreurs. Mon ami craignait qu'un journaliste tombe sur ces messages et s'en fasse l'écho. Avais-je moyen de contacter les administrateurs du groupe ? Ce groupe avait-il été monté par mon éditeur ?

Une fois que je suis parvenue à me représenter ce dont il me parlait (pour moi qui ne suis pas sur Facebook, cette histoire de mur visible par tous et de messages affichés par un profil fictif n'était pas simple à appréhender), j'ai commencé à m'inquiéter. Non, je ne connaissais pas personnellement les administrateurs du groupe et, à ma connaissance, mon éditeur n'avait aucun lien avec eux.

J'ai remercié Olivier de m'avoir prévenue et j'ai raccroché. J'étais en train de réfléchir à la situation lorsque L. m'a téléphoné pour la même raison. Elle m'a révélé en substance la teneur des messages, refusant toutefois de me les lire, ce qu'elle jugeait blessant et inutile. Il était question du mal que j'avais fait en écrivant mon dernier roman, et du mal que j'avais fait en général, depuis le plus jeune âge, j'étais malade et j'avais tout détruit autour de moi, j'avais une personnalité border-line, destructrice, j'avais falsifié l'histoire, mélangé les dates, j'avais écrit un livre qui était très en dessous de la réalité, j'avais menti par omission, travesti la réalité, avec pour seul objectif de dissimuler ma propre patho-logie. Les messages s'étaient succédé au fil de la nuit, se contredisant les uns les autres, me reprochant d'en avoir dit trop, ou pas assez, d'avoir édulcoré la réalité ou de l'avoir exagérée, bref, tout et son contraire. D'après L., leur contenu n'avait pas laissé les membres du groupe indifférents. Certains avaient fini par conseiller à leur auteur d'aller se faire soigner. Au fil de la nuit, ce der-nier s'était décrédibilisé par la confusion et la virulence croissante de ses propos.

Dans le courant de la journée, les messages ont dis-paru. Soit l'administrateur du groupe les a tous effacés, les jugeant excessifs, soit leur auteur s'est chargé lui-même de les faire disparaître.

Le soir même, L. a sonné chez moi. Elle voulait véri-fier que j'allais bien et parler de ce qui venait d'arriver. Selon elle, l'auteur des messages et celui des lettres anonymes ne faisaient qu'un. Et ces attaques appelaient une riposte.

Comme je ne relevais pas, elle s'est assise dans mon canapé dans une position qui indiquait clairement qu'elle avait cette fois l'intention de mener à bien une véritable discussion sur le sujet. D'ailleurs, elle n'a pas tardé à se lancer :

— Quelqu'un de ta famille te provoque depuis des mois et tu ne réponds pas. Il ou elle t'a écrit, à plusieurs reprises, et tu n'as pas réagi. Alors il ou elle passe à l'étape supérieure, qui consiste à prendre d'autres gens à témoin, parce qu'il ou elle attend une réponse. C'est simple.

— Mais il n'y a rien à répondre.

— Mais si. Bien sûr que si. Il attend que tu réagisses. Écris un livre. Prouve-lui que tu n'as pas peur. Prouve-lui que tu es libre, que la littérature a tous les droits. Écris sur ton enfance, écris sur ta famille, écris sur toi-même, cherche. Seule l'écriture te permettra de découvrir qui c'est. Tu as commencé quelque chose que tu dois terminer.

Mais non, je ne voulais pas recommencer. Je voulais revenir à la fiction, je voulais me protéger, je voulais retrouver le plaisir d'inventer, je ne voulais pas passer deux années à peser chaque mot, chaque virgule, à me réveiller en pleine nuit, le cœur battant à tout rompre, après des cauchemars indéchiffrables.

L. s'était enflammée, mais je la connaissais maintenant sous ce jour plus émotif. J'ai essayé de lui expliquer pourquoi ce n'était plus possible :

— Écoute-moi. Si je n'avais pas écrit ce livre, je n'aurais plus jamais écrit. Encore aujourd'hui, j'en ai la certitude. C'était une sorte d'épreuve, par laquelle il me fallait passer. Un rite initiatique. Mais écrire sur soi, sur sa famille, c'est prendre le risque de blesser des gens, même ceux que l'on croyait avoir épargnés ou magnifiés. Je ne veux plus faire ça. Je ne dis pas que je regrette de l'avoir fait, je dis que je n'ai pas la force de recommencer. Pas sous cette forme. Oui, tu as raison, je détiens une arme à laquelle les autres, jusqu'à nouvel ordre, n'ont pas accès. Les autres, quels qu'ils soient, n'ont pas de droit de réponse. Au mieux, ils peuvent m'écrire des lettres anonymes ou tenter de salir un mur qui ne m'appartient pas. Moi, si je récidive, je suis sûre d'être lue par quelques milliers de personnes. Et de laisser une trace qui ne s'effacera pas avant plusieurs années.

— Et alors ? Tu as la chance d'avoir entre les mains quelque chose que tous t'envient. Tu ne peux pas agir comme si cela n'existait pas, comme si cela ne t'appartenait pas. Oui, l'écriture est une arme et c'est tant mieux. Ta famille a engendré l'écrivain que tu es. Ils ont créé le monstre, pardonne-moi, et le monstre a trouvé un moyen de faire entendre son cri. De quoi crois-tu que sont faits les écrivains ? Regarde-toi, regarde autour de toi ! Vous êtes le produit de la honte, de la douleur, du secret, de l'effondrement. Vous venez des territoires obscurs, innommés, ou bien vous les avez traversés. Des survivants, voilà ce que vous êtes, chacun à votre manière et tous autant que vous êtes. Cela ne vous donne pas tous les droits. Mais cela vous donne celui d'écrire, crois-moi, même si cela fait du bruit.

L'exaltation de L. commençait à m'inquiéter.

Il y a quelques années, alors que je m'apprêtais à écrire un roman sur la violence des rapports dans l'entreprise – ou quelque chose *autour* ou *à partir* de cela –, j'ai rencontré un psychiatre spécialisé dans la souffrance au travail et les risques psychosociaux. À l'époque, j'envisageais une fin violente pour le roman sur lequel je travaillais. Je voulais savoir si cette fin était possible, vraisemblable, d'un point de vue psychique : est-ce qu'une femme harassée, victime depuis des semaines d'une agression quotidienne, insidieuse, une femme victime de harcèlement moral, pouvait commettre un acte violent, voire meurtrier ? Était-il possible que cette femme passe à l'acte ?

Après lui avoir décrit le contexte, j'ai précisé ma question dans ces termes :

— Est-il plausible que cette femme ait un geste dangereux, même involontaire ? Si vous me dites que non, je changerai mon fusil d'épaule.

Nous étions dans un café, le psychiatre m'a dévisagée, amusé :

— Dites donc, c'est chargé votre affaire.

J'ai ri. Cette phrase que j'avais prononcée, *je changerai mon fusil d'épaule,* m'a hantée pendant plusieurs jours. Avec quelle colère m'apprêtais-je à écrire ce livre ? De quelle douleur était-il le prolongement, la forme travestie ?

Je me suis bien gardée de raconter cette anecdote à L.

Elle n'avait pas besoin de mon assentiment pour poursuivre.

L. était en colère parce qu'elle pensait que je me laissais intimider par des menaces qui auraient dû, au contraire, m'inciter au combat. L. s'indignait à voix haute et m'exhortait à la rébellion.

— Il va falloir qu'ils comprennent que ce n'est que le début, tu sais. Tu as pris des gants, tu as marché sur la pointe des pieds, tu as passé sous silence un certain nombre de choses, tu as mis de côté le plus violent, le plus noir, et c'est ce qu'ils te reprochent ! Tu veux savoir pourquoi ? Parce que pour eux, c'est un signe de faiblesse. Tu as pris des précautions, tu as voulu rester la gentille fille qui ne ferait pas de mal à une mouche, tu as pris le lecteur à témoin – toi qui ne l'avais jamais fait – pour lui faire part de tes doutes et de tes atermoiements, tu n'as cessé de lui rappeler le dispositif que tu avais mis en place, « attention mesdames, messieurs, ceci est un roman, une tentative pour approcher la vérité, mais ce n'est que ma vision des choses, je ne prétends pas, je ne me permets pas, je ne voudrais surtout pas » et j'en passe. Tu as mis un genou à terre, voilà. Tu as ouvert la brèche par laquelle ils s'engouffrent pour mieux t'atteindre. Tu as eu tort, Delphine, tu leur as montré que tu te préoccupais d'eux, et de leurs états d'âme, et c'est par cette faille qu'ils cherchent maintenant à t'anéantir.

Je n'ai pas protesté, je n'ai pas rectifié, je me suis abstenue de tout commentaire.

Je me suis demandé si L. avait bu avant de venir chez moi. Son discours était excessif, irrationnel. Et pourtant, il me semblait entendre, sous l'emphase de sa révolte, quelque chose de juste. Pour la calmer, j'ai dit que j'y réfléchirais. Mais elle n'avait pas terminé.

— Oui, l'écriture est une arme, Delphine, une putain d'arme de destruction massive. L'écriture est même bien plus puissante que tout ce que tu peux imaginer. L'écriture est une arme de défense, de tir, d'alarme, l'écriture est une grenade, un missile, un lance-flammes, une arme de guerre. Elle peut tout dévaster, mais elle peut aussi tout reconstruire.

— Je ne veux pas de cette écriture-là.

L. m'a regardée. Son visage s'est fermé d'un seul coup. Sa voix m'a paru soudain anormalement douce :

— Je ne suis pas sûre que tu aies le choix.

Oui, j'aurais dû m'inquiéter que L. se sente à ce point concernée par ce qui m'arrivait.

Oui, j'aurais dû m'alerter de ce surgissement du « *ils* » dans son discours.

Oui, j'aurais dû prendre un peu de distance vis-à-vis d'elle, au moins pendant quelques jours, et me remettre, enfin, au travail.

Mais avais-je de vraies raisons de m'alarmer ? L. était une femme de mon âge qui passait sa vie à écrire celle des autres. Elle avait de la littérature une vision extrême, radicale, mais une vision que je trouvais riche et dont je pressentais qu'il pouvait être intéressant de débattre, hors affects, c'est-à-dire hors de mon cas personnel.

En outre, L. prenait fait et cause pour moi. Et dans un moment comme celui-ci – un moment de doute et d'empêchement –, la compassion de L. était d'un inestimable réconfort.

Quelques jours plus tard, alors que j'étais descendue à la cave pour retrouver d'anciens papiers, je suis tombée, en fouillant dans une malle d'archives, sur mon manuscrit oublié. Une dizaine d'années plus tôt, alors que je n'avais encore rien publié, j'avais écrit ce texte. Je ne savais plus exactement dans quelles circonstances, mais je l'avais écrit. C'était une période assez confuse, qui résistait à la mémoire. Les feuilles étaient reliées par un boudin plastifié et la page de garde recouverte d'une couverture transparente. Le titre m'a fait sourire. C'était un bon titre. Sous la lumière tremblante du couloir de la cave, j'ai feuilleté le manuscrit. Me revenait, par bribes, le souvenir d'une conversation avec une directrice littéraire qui m'avait encouragée à poursuivre l'effort mais jugeait ce projet inabouti. J'y avais renoncé sans peine, et mis ce texte de côté, considérant qu'il était trop ambitieux pour moi.

J'ai fouillé dans la malle, à la recherche d'autres exemplaires mais, à y regarder de plus près, je n'avais conservé que celui-ci.

J'ai passé l'après-midi à relire le manuscrit, allongée sur mon lit. Je n'ai pris aucun appel téléphonique, ne me suis pas interrompue. Je n'ai pas éprouvé le besoin de faire quatre fois le tour du pâté de maisons sous des prétextes divers, ni de cirer la totalité des paires de chaussures du placard. Pour la première fois depuis longtemps, je suis restée concentrée. Lorsque j'ai eu terminé le texte, il m'a semblé, dans un coin sombre et reculé de mon cerveau, qu'un panneau « issue de secours » venait de s'allumer.

Plus tard, j'ai cherché une sauvegarde du fichier Word correspondant. Je n'ai rien trouvé. J'avais, entre-temps, changé deux fois d'ordinateur et perdu, un soir d'orage, la plupart de mes données.

En fin de journée, j'ai appelé mon éditrice pour lui annoncer la nouvelle : j'allais reprendre un roman inabouti dont je venais de retrouver la seule copie qui avait survécu à mes déménagements. Il y avait un travail colossal à faire, il fallait tout réécrire, mais, pour la première fois depuis longtemps, je retrouvais l'envie. Mon éditrice m'a demandé si j'étais sûre de moi. Était-ce vraiment une bonne idée d'exhumer un vieux texte, ne risquais-je pas de vouloir enfiler un vêtement dont la coupe ne m'allait plus, ou des chaussures devenues trop petites ?

Non, j'étais confiante : j'avais entre les mains une abondante matière première, brute mais précieuse, que je saurais travailler.

Je me souviens de lui avoir parlé du texte, de ce qu'il pouvait devenir, maintenant que j'avais le recul nécessaire pour en percevoir la naïveté. Mon éditrice était contente de m'entendre, c'était une bonne nouvelle, elle avait hâte de lire quelque chose.

Lorsque j'ai raccroché, j'ai songé à descendre à la boutique de reprographie en bas de chez moi pour y faire une copie du manuscrit et la lui faire parvenir sur-le-champ, mais je me suis aussitôt ravisée. Je préférais que mon éditrice découvre la nouvelle version.

Je venais à peine de terminer cette conversation quand mon téléphone a sonné. Machinalement, j'ai regardé par la fenêtre en direction de l'immeuble d'en face. (Quelques jours plus tôt, j'avais pris conscience de cet étrange réflexe, dont je ne savais dater l'apparition : quand je rentrais chez moi, quand j'allumais la lumière, au moindre bruit inhabituel, mon regard se tournait vers la cage d'escalier de l'immeuble d'en face, afin de vérifier que personne ne m'observait.)

J'ai vu le prénom de L. s'afficher sur mon écran, j'ai pris l'appel. Comme souvent, L. m'a demandé comment s'était passée ma journée, ce que j'avais fait, si j'étais sortie. Avais-je encore traîné au Monoprix ? Il a suffi de quelques minutes d'échanges anodins pour que L. perçoive un changement dans mon humeur.

— Tu as du nouveau ? Tu es repartie sur quelque chose ?

J'ai commencé par botter en touche. C'était trop tôt pour en parler. J'ai essayé de faire diversion, d'amener la conversation sur d'autres terrains, mais L. n'était pas du genre à s'en laisser conter. *(tell, relate)*

— Dis-moi, Delphine. Il se passe quelque chose, je le sens à ta voix.

J'étais sidérée. Je n'avais jamais rencontré quelqu'un qui avait une telle intuition de l'autre, une sorte de sixième sens. Précis. Pointu. Aiguisé.

L. avait raison. Quelque chose d'incertain, de minuscule, s'était produit.

J'avais retrouvé le manuscrit. Je me projetais de nouveau dans la possibilité d'écrire. J'avais repris espoir.

Avec douceur, L. m'a amenée à en parler. Elle brûlait d'en savoir davantage.

Je me suis assise, je voulais peser mes mots. Ne pas la décevoir. Ne pas la brusquer. Je voulais prendre le temps de lui expliquer et soudain je me suis sentie comme une adolescente sur le point d'annoncer à ses parents qu'elle quitte le chemin qu'ils ont tracé pour elle.

Avec des mots choisis, j'ai expliqué à L. que j'avais retrouvé un texte, un roman, et que je l'avais relu. Il me paraissait intéressant. Il y avait beaucoup de travail à faire, mais cela pouvait constituer un bon point de départ. J'avais envie de m'y remettre.

Oui, ce texte était une fiction. Oui, une « pure » fiction.

À l'autre bout du fil, L. a laissé planer un long silence. Et puis elle m'a dit :

— Si tu es si sûre de toi, c'est bien. Tu as sans doute raison. C'est toi qui sais, de toute façon.

C'est seulement après avoir raccroché que je me suis fait cette remarque : sa voix s'était altérée. Une inflexion de détresse avait rendu à peine audible cette phrase qui, loin de me rassurer, me rappelait à quel point j'étais perdue. Non je ne savais pas, je ne savais rien.

Je n'ai pas eu de nouvelles de L. pendant deux jours. J'ai passé ce temps à prendre des notes sur le manuscrit, afin de séparer ce qui me semblait récupérable et ce qui devait rester aux oubliettes. Peu à peu, je commençais à entrevoir ce que cette histoire, une fois remaniée, pouvait devenir.

Un soir, L. m'a téléphoné pour me convier à son anniversaire, qu'elle organisait le lendemain même. Elle m'a précisé qu'il y aurait cinq ou six personnes, guère plus, car elle préférait les soirées en petit comité. Surtout que je n'apporte ni cadeau ni fleurs coupées (elle ne les supportait pas), à la rigueur une bouteille de vin si j'y tenais.

J'ai accepté sans hésiter. Je ne voyais plus personne depuis deux ou trois semaines, j'étais contente de sortir un peu et de rencontrer quelques-uns de ses amis. Je lui ai proposé de venir plus tôt pour l'aider à préparer, elle a approuvé avec enthousiasme, nous aurions le temps de parler un peu avant que les autres nous rejoignent.

Ce samedi-là, je suis arrivée chez elle vers 19 heures. Tout était prêt.

L. a retiré le tablier qu'elle avait noué autour de sa taille, m'a offert un apéritif. Elle portait une jupe en cuir courte et moulante sur des collants opaques, et un tee-shirt noir, très simple, dont le tissu brillait légèrement. J'ai pensé que c'était la première fois que je la voyais dans une tenue aussi sexy.

Une odeur suave d'épices et de cannelle flottait dans l'appartement. L. venait de mettre au four un tajine aux abricots, une recette qu'elle avait déjà testée avec succès et qui allait me plaire, elle en était sûre, moi qui aimais le mélange sucré-salé.

Le bar, qui séparait la cuisine de la pièce à vivre, était couvert de différents mets de toutes les couleurs, présentés dans des coupelles assorties. L. avait tout préparé elle-même : le caviar d'aubergine, le houmous, le tarama, les poivrons marinés. Sur le buffet étaient alignés quelques desserts apparemment faits maison.

Non, non, je ne pouvais rien faire pour l'aider, tout était prêt, elle était contente que je sois venue un peu en avance.

J'ai pensé que L. venait de passer deux jours en cuisine pour fabriquer tout cela.

Je me suis installée dans son salon. Elle avait allumé des bougies parfumées et posé une demi-douzaine d'assiettes et de couverts sur la desserte. Ainsi, m'a-t-elle expliqué depuis la cuisine où elle vérifiait la température du four, chacun pourrait se servir et s'installer où il le souhaitait. J'ai regardé autour de moi. La pièce était éclairée par une série de petites lampes identiques, réparties avec goût. La table basse en verre était d'une transparence irréprochable. Comme la première fois, j'ai eu le sentiment d'être assise dans un décor artificiel, créé de toutes pièces. Le salon de L. – sa lumière, l'assortiment des matières et des couleurs, la place précise de chaque objet, la distance qui le séparait des autres, tout cela me semblait sorti de l'un de ces programmes de téléréalité dans lequel un coach, le temps d'un week-end, transforme votre intérieur en une double page de publicité pour Ikea.

Aussi loin que je m'en souvienne, j'ai toujours éprouvé une certaine difficulté à m'intéresser au décor. Dès lors qu'il y a des gens dans mon champ de vision, le décor s'estompe, disparaît. Si je vais avec François dans un endroit nouveau (par exemple un restaurant), je suis capable, après coup, de décrire avec une précision qui le sidère les personnes qui nous entouraient, le type de relations qui les unissait, leur coiffure ou leurs vêtements, et les principaux enjeux de leur échange m'ont rarement échappé. François, lui, pourra rendre compte sans rien omettre de l'agencement de la pièce, de son ambiance, du type de mobilier qui la compose, et, le cas échéant, des bibelots ou des petits objets qui s'y trouvent. De tout cela je n'aurai rien perçu.

Pourtant, dans l'appartement de L. quelque chose me perturbait sans que je puisse tout à fait définir quoi.

L. m'a servi un verre de vin blanc en attendant ses amis. Nous avons parlé de choses et d'autres, L. avait toutes sortes d'anecdotes à raconter sur les personnalités plus ou moins connues pour lesquelles elle avait travaillé. Ce soir-là, L. s'est épanchée plus que de coutume sur son travail. Elle m'a parlé de ce lien étroit qui se tissait pendant quelques mois, rencontre après rencontre, puis laissait place au silence. Elle ne revoyait aucune des personnes pour lesquelles elle avait écrit, c'était ainsi, elle ne savait pas très bien pourquoi, peut-être à cause de cette intimité brusque, nécessaire, qui, après coup, devenait embarrassante.

Le temps passait et nous étions là, dans son salon, dans l'attente de ses amis.

L. s'interrompait de temps en temps pour aller vérifier la cuisson de son plat à la cuisine, j'en profitais pour regarder ma montre.

Vers 20 h 30, nous avons ouvert un meursault et commencé à déguster les verrines que L. avait préparées.

Vers 21 heures, alors que personne n'était encore arrivé, L. s'est levée pour éteindre le four, de peur que la viande se dessèche. Elle n'avait pas l'air inquiète, affichait au contraire une tranquillité un peu surjouée. Elle m'a dit qu'elle n'avait pas précisé d'heure lors de son invitation, le samedi les gens étaient toujours occupés par toutes sortes de courses.

Un peu plus tard, j'ai demandé à L. si elle avait vérifié que son portable était bien allumé, au cas où ses amis auraient un problème.

Vers 21 h 45, L. s'est levée pour regarder l'heure affichée sur l'horloge du four et a déclaré qu'ils ne viendraient pas. Sa voix n'était plus si sûre, je n'ai pas osé l'interroger davantage et lui ai proposé d'attendre encore un peu.

À 22 heures, alors que nous venions d'ouvrir une deuxième bouteille, j'ai demandé à L. si ses amis avaient prévu de venir tous ensemble. Elle l'ignorait. Je lui ai suggéré de les appeler, au moins certains d'entre eux, pour savoir ce qu'il en était.

L. m'a répondu que c'était *peine perdue*. J'ai pensé que c'était beaucoup de peine pour rien, en effet, si personne ne venait. J'ai demandé à L. si elle leur avait parlé au téléphone pour les convier. L. m'a répondu que non. Elle leur avait envoyé un mail, comme chaque année. Et comme chaque année, ils n'étaient pas venus.

Vers 22 h 15, j'ai offert à L. l'écharpe en cachemire que j'avais achetée pour elle, malgré ses consignes. Lorsqu'elle a sorti l'écharpe du paquet et l'a déroulée devant elle, j'ai vu sa gorge se contracter, le rouge lui monter aux joues, les larmes qu'elle peinait à retenir. Un instant, j'ai cru qu'elle allait s'écrouler sous mes yeux. Alors, dans un mouvement de consolation, j'ai entouré ses épaules de mes bras. Pendant quelques secondes, il m'a semblé sentir dans son corps le combat qui se jouait, entre parade et capitulation. Quand je l'ai libérée de cette étreinte, L., qui avait repris sa contenance, m'a souri.

— J'avais dit : pas de cadeau ! Merci quand même, elle est magnifique.

Vers 22 h 30, alors que L. semblait l'avoir oublié, j'ai sorti le tajine du four et nous nous sommes servi deux assiettes brûlantes.

Plus tard dans la soirée, peut-être parce que nous avions presque terminé la deuxième bouteille de vin, L. m'a expliqué que depuis la mort de son mari, ses amis (une petite dizaine de personnes qu'ils voyaient très souvent quand Jean était encore là) ne lui répondaient plus. Chaque année à cette date, qui n'était pas seulement celle de son anniversaire mais aussi celle de la mort de Jean, elle continuait pourtant de les inviter. Mais ils n'étaient jamais venus.

J'ai essayé d'en savoir davantage, mais dès les premières questions, L. s'est refermée.

Après quelques minutes de silence, elle m'a dit qu'elle n'était pas prête pour en parler. Elle ne pouvait plus prendre le risque d'être jugée.

Elle m'a promis qu'un jour elle me raconterait. Je n'ai pas insisté.

Plus tard, L. a passé quelques minutes dans la salle de bains. En son absence, j'ai regardé la pièce vide, les jolies assiettes rangées en pile, les mets auxquels nous n'avions pas touché, je me souviens avoir pensé à toute cette *peine*, et cela m'a paru d'une effroyable tristesse.

Quand elle est revenue, nous avons goûté les différents desserts et mis un peu de musique.

Nous avons ri, j'ai oublié pourquoi.

Après minuit, alors que nous trinquions pour la troisième ou quatrième fois, L. s'est intéressée au manuscrit que je venais de retrouver. Avais-je recommencé à travailler ? L'avais-je fait lire à quelqu'un ? J'ai expliqué à L. que cela me semblait trop tôt, je préférais avancer.

Dans l'entrée, alors que je m'apprêtais à partir et qu'elle me regardait enfiler mon manteau avec un air triste, elle a pris ma main pour me remercier.

— Heureusement que tu es venue. Tu ne peux pas savoir ce que cela représente pour moi.

Et puis, de cette voix douce que je commençais à connaître, elle m'a demandé de lui faire lire – à elle et à elle seule – le manuscrit retrouvé. En toute confidentialité.

J'ai promis.

De retour chez moi, j'ai fermé les rideaux avant d'allumer la lumière.

L'hypothèse selon laquelle L. aurait pu concevoir et mettre en scène toute cette mascarade à la seule fin de m'attendrir ou m'amadouer m'est venue à l'esprit beaucoup plus tard.

Je me suis assise sur mon canapé, j'ai regardé autour de moi, j'ai éprouvé un étrange soulagement. Et soudain, par contraste, j'ai compris ce qui me perturbait dans l'appartement de L.

Chez elle, rien n'était usé, jauni, abîmé. Pas un objet, un meuble, un tissu, ne témoignait d'une vie antérieure. Tout y était neuf. Tout semblait avoir été acheté la veille ou quelques semaines plus tôt. Les pièces étaient sans âme et sans désordre.

Je n'avais vu aucune photo, aucune carte postale, aucun bibelot qui puisse évoquer un quelconque souvenir.

Comme si hier n'existait pas.

Comme si L. s'était réinventée.

— Non, franchement, ce n'est pas possible. Je préfère être sincère avec toi quitte à te paraître un peu brutale, ce n'est pas une question de travail, c'est autre chose. C'est un texte sans pouls, écrit on ne sait quand, ni dans quelles conditions, comment veux-tu qu'il puisse aujourd'hui être relié à ta trajectoire, à ton évolution, à ce que tu *dois* écrire ? Fais-moi confiance. Je ne te dis pas que ce texte est nul ou qu'il n'intéressera personne, je dis que ce n'est plus ton affaire. Il n'a plus rien à voir avec toi, avec l'auteur que tu es devenue. Ce serait un retour en arrière incompréhensible. Un désastre. Je l'ai lu, oui, bien sûr, jusqu'au bout, mais oui, qu'est-ce que tu crois ? Tu m'as demandé de te dire ce que j'en pensais et je me permets de te dire que ce serait une erreur, une grave erreur, oui, même totalement revu et corrigé, même amélioré, transformé, revisité. Ce n'est pas une question de maturité. Je ne veux pas te décourager, je ne veux pas que tu imagines une seconde que je pense que tu ne vas pas y arriver. Tu sais à quel point je crois en toi. Mais ça, non, ce n'est pas possible. Si j'étais toi, je remettrais ce truc au fond du tiroir où tu l'as trouvé. Tu as peur, tu paniques, tu es prête à te jeter sur le premier bout de gras venu. On en revient toujours là, tu vois, on en

revient toujours au même point : tu es bloquée parce
que tu refuses d'écrire ce que tu dois écrire. Non ce
n'est pas une projection de ma part, c'est quelque chose
que je sens chez toi, que j'ai senti dès que nous nous
sommes rencontrées. J'ai senti que tu avais peur. Tu
as peur d'aller où tes pas te mènent. Tu as tort car
ce n'est pas à toi de choisir quel écrivain tu es, je suis
désolée, ce n'est pas à toi d'en décider, non. Puisqu'on
en parle, je me demande parfois si tu ne devrais pas
te méfier du confort dans lequel tu évolues, cette
petite vie finalement assez paisible, entre tes enfants,
ton mec, l'écriture, tout cela savamment dosé, je me
demande parfois, c'est juste une question, mais oui, je
me demande s'il n'y a pas quelque chose d'un peu…
anesthésiant. Peut-être as-tu besoin de ça, de cet équilibre, je peux le comprendre, je sais de quoi je parle,
je sais quelle faille creuse la violence, et que cela ne
se répare pas. Tu crois avoir besoin de ça parce que
tu ne te fais pas assez confiance, mais prends garde
quand même à ne pas t'endormir. Je comprends que tu
aies peur, mais la peur ne protège de rien, la peur ne
prévient pas le danger. Tu le sais bien. Et le danger, je
sais d'où il vient. Quel est ton talon d'Achille. Je sais
par quel assaut ils peuvent te mettre à terre, alors ne
les laisse pas faire, c'est tout ce que je veux te dire. Ils
savent très bien par où t'atteindre et n'ont aucune idée
de ce qu'est la littérature, pardonne-moi. Il faudra bien
l'admettre. De qui je parle ? Mais tu le sais bien. Je
te dis juste que tu n'es pas obligée de capituler, sous
prétexte de préserver des liens qui ont disparu depuis
longtemps et auxquels tu es seule à croire. Demande-
toi qui t'aime vraiment. Puisqu'on en parle. Je ne suis

pas sûre que tu puisses faire l'économie de la solitude,
je crois même que tu as intérêt à t'y préparer, parce
que c'est le sort de l'écrivain, creuser la fosse autour
de lui, je ne pense pas qu'il y ait d'autre voie, l'écriture ne répare rien, là-dessus, pour une fois, on est
bien d'accord, elle creuse, elle laboure, elle dessine
des tranchées de plus en plus larges, de plus en plus
profondes, elle fait le vide autour de toi. Un espace
nécessaire. Enfin, pour en revenir à ce texte, oui, bien
sûr, si tu l'envoies chez ton éditeur, ils ne vont pas te
dire non, ils vont t'encourager, ils vont te dire que c'est
une bonne idée, ils ne sont pas fous, ils ont besoin
que tu fasses rentrer un peu d'argent dans les caisses,
il ne faut pas se leurrer, c'est tout ce qui les intéresse,
même si ton prochain livre est mauvais, ils arriveront
bien à le refourguer à quelques milliers de lecteurs.
Et comme eux aussi, ils ont des comptes à rendre à
l'étage du dessus, ils ne vont pas faire les difficiles,
crois-moi. Réfléchis juste un peu à ce que tu dois faire,
à la partition sur laquelle tu joues. Tu as peur du vide
mais tu ne dois pas céder. Puisqu'on en parle.

Le lendemain, j'ai remis le manuscrit au fond de la malle où je l'avais trouvé.

J'ai prévenu mon éditrice quelques jours plus tard. Elle n'a pas demandé à le lire, elle n'a pas paru étonnée. Elle m'a conseillé de prendre mon temps, le temps qu'il faudrait.

Je n'avais pas parlé du manuscrit à François, et n'avais plus aucune raison de le faire, puisque j'y avais aussitôt renoncé. Quand il ne voyageait pas, François passait des journées entières à lire des livres, c'était le cœur de son métier. À certains égards, son métier nous rapprochait. Nous pouvions échanger pendant des heures sur les romans des autres, nous aimions partager nos découvertes, nos engouements, débattre de nos désaccords. Mais je n'étais pas seulement une lectrice. J'écrivais des livres. Des livres sur lesquels il était susceptible d'émettre un jugement. Voilà sans doute pour quelle raison je refusais de lui montrer ma prose et parfois même de lui en parler. J'avais peur de le décevoir. J'avais peur qu'il ne m'aime plus. Deux ans plus tôt, lorsque j'en avais achevé la première version, j'avais refusé de lui faire lire mon dernier livre. Il avait découvert le texte une fois les premières épreuves imprimées.

L'écriture était mon terrain le plus intime, le plus isolé, le plus protégé. Le moins partagé. Une zone franche, égoïstement défendue. Barricadée. Une zone que je n'évoquais qu'en surface, avec parcimonie. Le plus souvent, je parlais avec mon éditrice avant d'entamer un livre, puis se passaient de longs mois avant que je lui envoie une première version du texte terminé.

Ainsi avais-je toujours avancé.

Voilà ce que L. avait très vite compris : l'écriture était un territoire retranché, interdit aux visiteurs. Mais maintenant, ce territoire était miné, assailli par le doute et la peur, et cette solitude me devenait insupportable.

Je voulais me battre seule mais j'avais besoin d'un allié.

Quelques jours plus tard, alors que je tentais de répondre à mon courrier, j'ai constaté qu'il m'était devenu presque impossible de rester assise plus de cinq ou dix minutes devant l'ordinateur. Au-delà de l'appréhension que j'éprouvais au moment d'allumer la machine (un pincement violent à hauteur du sternum), il m'était de plus en plus pénible, physiquement, de me tenir face à l'écran, ne serait-ce que le temps nécessaire pour rédiger quelques mails. Écrire devenait un combat. Non pas seulement écrire un livre (à vrai dire, il n'en était plus vraiment question) mais écrire tout court : répondre à des amis, à des demandes transmises par mon éditeur, assembler des mots pour faire des phrases, aussi usuelles fussent-elles. J'hésitais sur les formulations, doutais de la grammaire, cherchais sans la trouver la juste tonalité. Écrire était devenu une épreuve de force et je ne faisais pas le poids.

Et toujours, face à l'écran vide, cette brûlure à l'œsophage qui m'empêchait de respirer.

Je n'avais pas dit à L. que j'avais refusé d'écrire une nouvelle pour un magazine féminin et reporté, pour la troisième fois, un édito qu'un hebdomadaire me proposait.

Je n'avais pas dit à L. que j'avais six semaines de retard pour rendre la préface de la réédition du dernier roman de Maupassant, sur laquelle je m'étais engagée un an plus tôt.

Je n'avais pas dit à L. que je ne parvenais plus à aligner trois mots.

Mes mains tremblaient et une panique sourde, confuse, battait dans mes veines.

Un soir, j'ai accepté d'accompagner François au vernissage d'une exposition organisée par l'un de ses amis. Je n'étais pas sortie depuis l'anniversaire de L.

Nous sommes arrivés parmi les premiers, nous avons salué le maître des lieux et regardé les tirages accrochés au mur, parmi lesquels figurait une série de portraits en noir et blanc qui dataient des années soixante et m'avait beaucoup plu. Un cocktail était organisé. Heureuse d'être là, j'ai attrapé une coupe de champagne et regardé autour de moi. Le moment était venu de discuter un peu, d'échanger autour d'un verre, de faire preuve de sociabilité. Alors que j'hésitais à me lancer (il faut croire qu'à rester chez soi on finit par perdre l'usage de la parole), j'ai vu arriver plusieurs écrivains et journalistes que je connaissais. Des gens que j'aurais dû, au minimum, saluer. Mais au lieu de m'avancer pour leur dire bonjour, je me suis vue reculer, dans un mouvement de rétraction et de panique absurde, reculer comme je l'aurais fait, prise de vertige, sur une corniche située à vingt mètres au-dessus du sol pour me plaquer contre une paroi stable. Dos au mur. Exactement comme quand j'avais quinze ans, lorsqu'une force invisible me poussait dans les soirées vers le bord, la périphérie, les frontières. Faire tapisserie, oui, plutôt que prendre le risque d'être visible. Ce soir-là, cette même force me poussait hors du cercle, incapable de dire simplement bonjour, comment allez-vous, une voix dans ma tête s'indignait putain Delphine tu l'as fait des dizaines de fois, tu sais le faire, sois simple et naturelle, sois toi-même, mais non, c'était trop tard, c'était mal emmanché, j'étais à la dérive. Au loin, François se retournait vers moi et me jetait des regards inquiets.

En moins de deux minutes, j'étais repartie trente ans en arrière, j'étais redevenue la jeune fille timide et orgueilleuse incapable de jouer le jeu.

Voilà donc où j'en étais, à force de ne plus écrire, de ne plus pouvoir écrire, voilà donc ce qui m'attendait si je ne trouvais pas de porte de sortie : une régression sans précédent.

Je ne comptais plus le nombre de gens que je devais rappeler, à qui j'avais promis des apéritifs, des déjeuners, des dîners, des gens qu'en temps normal j'aurais été ravie de voir, mais là non, pour leur dire quoi ? Pour leur dire je n'ai plus la moindre idée, plus le moindre élan, je me demande si je n'ai pas fait fausse route depuis le début, je me demande ce que je fais là, au milieu de rien, je suis un écrivain en panne, c'est un tel cliché que je n'ose même pas le formuler, en panne, oui, je suis désolée, c'est pathétique, mais non, ce n'est pas une question de temps ni de succès ni rien de tout cela, c'est infiniment plus profond, je ne sais pas vous l'expliquer, cela a à voir avec le fondement même de l'écriture, sa raison d'être, peut-être que je me suis trompée, depuis le début, que je n'ai rien à faire là, j'ai raté un embranchement qu'il eût été judicieux d'emprunter, une autre vie, oui, un autre genre de vie, moins présomptueux, moins vain, moins exposé, je ne sais pas pourquoi je dis ça, la fatigue, oui, sans doute, mais il me semble parfois qu'une particule étrangère est entrée dans mon cerveau et que les transmissions, les connexions, les désirs sont brouillés, toutes ces choses qui ne marchaient pas si mal sont maintenant sujettes à des soubresauts, des défaillances, alors je préfère rester seule, voyez-vous, me tenir à l'écart quelque temps, ne m'en veuillez pas je serais heureuse d'avoir de vos nouvelles si je n'avais pas besoin en échange de vous donner des miennes, mais ce n'est pas comme ça que ça marche, je le sais bien.

Un matin, j'ai reçu l'appel de l'éditrice auprès de laquelle je m'étais engagée à écrire la préface de *Notre Cœur*, le roman de Maupassant, réédité dans une collection de littérature classique. J'aurais dû rendre mon texte quelques semaines plus tôt, mais j'avais joué l'autruche et n'avais pas donné signe de vie.

La jeune femme s'inquiétait, le livre avait été annoncé dans le catalogue, il n'était pas possible de différer une nouvelle fois, d'autant que pas mal de professeurs de lycée avaient déjà prévu d'inscrire cette œuvre à leur programme.

Lorsque j'ai raccroché, j'ai été prise de panique. À l'évidence, écrire une préface était hors de ma portée. Je n'étais même pas capable d'écrire un mail pour lui demander un délai supplémentaire ou déclarer forfait. D'ailleurs, des dizaines de messages restés sans réponse s'étaient accumulés dans ma boîte, dont la plupart n'avaient même pas été ouverts.

Dans l'après-midi, j'ai été prise d'une sorte de dernier sursaut (quelques jours plus tôt, j'avais lu un article scientifique sur le dernier sursaut des cellules mourantes, voilà sans doute pourquoi cette expression m'est venue à l'esprit). Je ne pouvais pas capituler sans avoir essayé : tenter mon va-tout, comme on disait dans une émission de télévision que ma grand-mère regardait quand j'étais enfant.

Il fallait que j'écrive au moins ça. J'avais accepté ce travail. Si je manquais à ma parole, si je ne m'accrochais pas à quelque chose, j'allais perdre pied.

Je connaissais bien le roman, je l'avais lu plusieurs fois, je pouvais m'en sortir, je *devais* m'en sortir.

J'ai allumé l'ordinateur, décidée à honorer l'engagement que j'avais pris.

Je me suis forcée à respirer, le temps que la machine lance les applications principales et affiche les icônes du bureau, j'ai tenté d'adopter un air décontracté, l'air de quelqu'un qui n'est pas terrorisé à l'idée de se trouver devant une page blanche, au milieu de laquelle clignote un curseur muet. J'ai ouvert le fichier que l'éditeur m'avait envoyé par mail sur lequel figurait le questionnaire auquel j'étais censée répondre. Mais à peine ai-je eu le temps de voir la page apparaître que j'ai été saisie d'une nausée d'une violence inouïe. Je me suis précipitée sur la corbeille à papier dans laquelle j'ai vomi tripes et boyaux, incapable de reprendre mon souffle. Il fallait m'éloigner, voilà ce que je ressentais, m'éloigner le plus loin possible du clavier pour que cela s'arrête. Entre deux haut-le-cœur, pliée en deux, essayant de traîner la corbeille avec moi, j'ai rampé jusqu'à la salle de bains. Une fois la porte refermée, j'ai vomi une dernière fois de la bile dans le lavabo.

Lorsque je me suis rincé la figure et me suis brossé les dents, j'ai vu dans le miroir mon visage blême. J'avais l'air de quelqu'un qui vient d'entrevoir le pire. L'image de l'ordinateur, la pensée de l'ordinateur, m'enserrait le crâne dans un étau.

Alors j'ai compris que j'étais *au fond du trou*, tout au fond.

Ce n'était pas seulement une image. Je me suis vue, très distinctement, au fond d'un trou, dont les parois lisses rendaient vaine toute tentative d'ascension. Je me suis vue – oui, pendant quelques secondes j'ai eu cette vision de moi, d'une précision terrifiante – au fond d'un trou rempli de terre et de boue.

Aujourd'hui, il est tentant de penser que cette vision n'était rien d'autre qu'une prémonition.

Je suis sortie de la salle de bains et j'ai appelé L. à la rescousse.

Je l'ai appelée, elle et personne d'autre, car, à cet instant-là, elle m'est apparue comme la seule personne capable de comprendre ce qui m'arrivait.

L. est venue chez moi dans la demi-heure.

Elle a enlevé son manteau, a préparé un thé, m'a obligée à m'asseoir sur le fauteuil près de la fenêtre.

L. m'a demandé le mot de passe de mon ordinateur.

L. s'est installée à ma place, à mon bureau.

L. m'a dit : on va commencer par répondre à tes courriers et ensuite on va écrire cette préface.

L. m'a lu à voix haute les formules diplomatiques qu'elle employait pour expliquer un refus ou différer une réponse. Tout cela, dans sa bouche, semblait si simple. Si fluide.

L. m'a dit qu'elle en profitait pour envoyer un mot aux connaissances qui m'avaient adressé un signe au cours des dernières semaines et auxquelles, apparemment, je n'avais pas non plus répondu. Ensuite, elle a rédigé un courrier pour le syndic de l'immeuble que j'avais laissé traîner.

Enfin, elle en est venue à la préface.

Le texte que je devais écrire se présentait sous forme d'interview. C'est le principe de cette collection : un écrivain contemporain explique pourquoi il aime l'œuvre classique rééditée. L. m'a lu à voix haute la trame proposée par l'éditeur, une quinzaine de questions auxquelles j'étais censée répondre par écrit. Elle a paru satisfaite. C'était une chance, je n'avais qu'à lui parler du texte et elle s'occuperait de mettre tout cela en forme. Après tout c'était son métier, et en deux ou trois jours nous serions prêtes.

L. a répondu à l'éditrice pour lui donner notre délai.

L. est revenue chez moi le lendemain, et le lendemain encore.

J'ai raconté à L. pour quelles raisons j'aimais le roman. Je me suis installée dans le fauteuil près de la fenêtre, pas très loin d'elle, pendant qu'elle écrivait.

Le dernier jour, alors qu'elle venait d'imprimer le texte pour que je puisse le parcourir, L. s'est emparée d'un stylo pour y noter une précision à laquelle elle venait de penser.

Penchée sur la feuille, sans doute soulagée d'en avoir terminé, L., qui m'avait dit être gauchère (et l'avait été sous mes yeux), tenait son stylo de la main droite et écrivait de manière parfaitement lisible.

Oui, j'aurais dû m'en étonner.

Oui, j'aurais dû demander à L. pour quelle raison elle écrivait soudainement de la main droite.

Oui, j'aurais dû lui demander pourquoi elle s'était mise à porter des bottines comme les miennes.

J'aurais dû la remercier et lui faire comprendre qu'il n'était pas utile qu'elle revienne le lendemain, puisque nous en avions terminé.

Le soir même, alors que L. était encore chez moi, l'éditrice a accusé réception de la préface. Cela lui convenait parfaitement, elle était ravie.

Alors j'ai eu de nouveau ce geste que j'ai souvent avec mes amies : dans un élan de reconnaissance, j'ai entouré L. de mes bras. Aux points de contact, j'ai senti son corps se raidir. L. s'est soustraite à l'étreinte

et m'a regardée, émue : elle était très heureuse de pouvoir m'aider et me décharger d'un certain nombre de
choses, si cela pouvait me permettre de me recentrer
sur l'essentiel.

Elle a répété cette phrase : te recentrer sur l'essentiel.

Maintenant que j'expose ces faits, reconstitués dans un ordre à peu près conforme à celui dans lequel ils se sont déroulés, j'ai conscience qu'apparaît, comme à l'encre sympathique, une sorte de trame, dont les ajours laissent entrevoir la progression lente et assurée de L., renforçant chaque jour son emprise. Et pour cause : j'écris cette histoire à la lumière de ce que cette relation est devenue et des dégâts qu'elle a provoqués. Je sais l'effroi dans lequel elle m'a plongée et la violence dans laquelle elle se termine.

Aujourd'hui, alors qu'il est de nouveau possible de me tenir face à l'écran (dans quel état, c'est une autre histoire) et même si cela reste fragile, j'essaie de comprendre. Je tente d'établir des liens, des connexions, des hypothèses. J'ai bien conscience que ce parti pris incite le lecteur à développer une certaine méfiance à l'égard de L. Une méfiance que je n'éprouvais pas. De l'étonnement, de l'amusement, de la perplexité, oui. Mais de la méfiance, non. La méfiance est apparue bien plus tard. Bien trop tard.

François est reparti à l'étranger terminer son film documentaire et je suis entrée dans une période de grand isolement.

Celle-ci a duré plusieurs mois et je peine aujourd'hui à en délimiter les contours.

Je dois dire que les repères se mêlent, se confondent, d'autant que mon agenda ne m'apprend rien : j'en tourne aujourd'hui les pages vierges. Seuls y figurent les retours de Louise et Paul, indiqués au stylo bleu par leurs initiales, et les quelques week-ends où j'ai quitté Paris pour leur rendre visite, une bouffée d'oxygène qui me sortait de ma torpeur.

Une fois la préface écrite et envoyée, j'ai accepté que L. vienne mettre un peu d'ordre chez moi. Elle avait remarqué que les lettres et les factures ne cessaient de s'accumuler sur mon bureau, parfois sans être ouvertes, et s'inquiétait des échéances de paiement.

L. a signé à ma place un certain nombre de chèques, de TIP, a répondu à divers courriers (assurance, syndic, banque…), puis classé les factures que j'avais laissées traîner.

L. s'est occupée de répondre aux diverses sollicitations qui continuaient de me parvenir, pour la plupart par l'intermédiaire de mon attachée de presse.

Je regardais L. allumer l'ordinateur, ouvrir un bloc de papier à lettres, choisir une enveloppe de telle ou telle taille, classer mes e-mails, bref évoluer chez moi comme chez elle, et tout paraissait simple. À vrai dire, elle se servait de nouveau de sa main gauche, avec une aisance qui me semblait difficile à feindre, c'est pourquoi j'ai fini par croire que ce jour où je l'avais vue écrire de la main droite, je m'étais trompée.

— Tu arrives à un moment de ta vie où il devient dangereux d'accorder ta confiance, m'a-t-elle déclaré un matin, alors qu'elle venait de passer près d'une heure sur mon ordinateur.

— Pourquoi tu dis ça ?

— Parce que je suis bien placée pour voir les pièges qui te sont tendus. Je suis bien placée pour savoir ce que ton éditeur, tes amis, ta famille, tes relations, attendent aujourd'hui de toi. Et comment ils procèdent pour t'y amener, tout en ayant l'air de ne pas y toucher.

— Mais tous ces gens n'ont pas grand-chose à voir les uns avec les autres, et attendent de moi sans doute des choses très différentes, voire contradictoires.

— Je n'en suis pas si sûre, Delphine. Tous t'encouragent à mener cette vie sans prise de risque qui était la tienne. Revenir à tes moutons, en quelque sorte, à ce fonds de commerce empathique et bienveillant qui était plus ou moins ta marque de fabrique littéraire.

— Je ne vois pas de quoi tu parles.

— Je voudrais juste alerter ton attention. Il serait temps de faire preuve d'un peu de discernement dans ta manière d'aborder l'extérieur. Aucune des personnes que tu considères comme proches n'a la moindre idée de ce que tu vis. Aucune de ces personnes que tu crois avoir choisie comme ami(e) ne sait quelle est l'épreuve de force à laquelle tu te livres à l'heure actuelle. Qui s'en préoccupe ? Je veux dire, qui s'en préoccupe *vraiment* ?

Je ne voyais toujours pas où elle voulait en venir, mais je ne pouvais pas la laisser dire n'importe quoi.

— Mais les gens qui m'aiment s'en préoccupent, en tout cas s'y intéressent parce que cela me préoccupe.

Ils s'y intéressent dans la limite du raisonnable, comme on s'intéresse à la vie de quelqu'un qu'on aime et dont on souhaite le bien-être.

— Ah bon... si tu le dis. Ce n'est pas l'impression que j'avais, c'est tout. Peu de gens savent se manifester si on ne les appelle pas. Peu de gens savent franchir les barrières que nous avons plantées dans la terre meuble et bourbeuse de nos tranchées. Peu de gens sont capables de venir nous chercher là où nous sommes vraiment. Car tu es comme moi, Delphine, tu n'es pas du genre à appeler au secours. Dans le meilleur des cas, il t'arrive de mentionner, a posteriori, et si possible au détour d'une conversation, que tu viens de traverser une période difficile. Mais demander de l'aide au présent, au moment où tu t'enfonces, où tu te noies, je suis certaine que tu ne l'as jamais fait.

— Si, cela m'arrive. Aujourd'hui, cela m'arrive. Pour des choses concrètes, sur lesquelles je sais que telle ou telle personne peut m'aider. Cela fait partie des choses que j'ai fini par apprendre.

— Mais les vrais amis sont ceux qui n'ont pas besoin qu'on les appelle, tu ne crois pas ?

— Je ne sais pas ce que ça veut dire, les *vrais amis*, on est ami ou on ne l'est pas. Et quand on est ami, il y a des moments où l'on peut forcer les barrières, oui, et puis d'autres moments où c'est plus difficile.

— Mais tes amies ont-elles déjà été capables de forcer les barrières, de s'imposer au bon moment, sans autorisation ?

— Oui, bien sûr. C'est arrivé plusieurs fois.

— Par exemple ?

borbeuse – muddy

— Mais j'en ai plein des exemples…

— Raconte-m'en un seul.

— Eh bien, par exemple, lorsque le père de mes enfants et moi nous sommes séparés, il y a longtemps maintenant, j'ai traversé une drôle de période. Cela s'est fait de manière progressive, sans que je m'en rende compte, après mon déménagement. Peu à peu, j'ai cessé de téléphoner à mes amis, de prendre de leurs nouvelles, j'ai laissé passer les jours et les semaines, je me suis recroquevillée sur ma peine, j'ai hiberné, je me suis cachée pour muer, je ne sais pas, c'était une forme de détachement que je n'avais jamais éprouvé, comme si plus rien d'autre ne comptait que mes enfants. Je n'avais plus la force. Cela a duré quelques mois. La plupart de mes amies ont continué de me faire signe, de m'appeler, de manifester leur présence, même lointaine. Un vendredi soir de mars, vers 20 heures, alors que Louise et Paul venaient de partir en week-end chez leur père, on a sonné chez moi. J'ai ouvert la porte. Chloé et Julie étaient là, sur le palier, avec un gâteau d'anniversaire dont les bougies étaient allumées. Elles se sont mises à chanter dans l'escalier, je voyais leurs deux sourires éclairés par la lueur des flammes, un sourire qui disait on est venues quand même, peu importe dans quel état on te trouve. Je n'ai pas pleuré mais j'étais très émue. Ce qui m'a bouleversée, tu vois, et me bouleverse encore quand je le raconte, c'est ce gâteau. Parce qu'elles auraient pu acheter une tarte chez Picard ou dans n'importe quelle boulangerie de ma rue. Mais non. À des centaines de kilomètres de là, elles avaient fait un pithiviers aux amandes recouvert d'un impeccable glaçage en sucre, elles l'avaient transporté dans une boîte avec toutes les précautions nécessaires, elles avaient prévu des bougies et un briquet (elles ne fument ni l'une ni l'autre), elles s'étaient organisées pour se rejoindre dans le même wagon du même TGV (l'une venait de Nantes, l'autre d'Angers), et puis elles avaient pris le métro, monté les étages avec leur petit bagage du week-end. Une fois sur le palier elles avaient disposé et allumé les bougies et elles avaient sonné. Oui, cela me bouleversait de les voir frapper à ma porte pour mon anniversaire, avec un gâteau fait maison, c'était la promesse d'une vie où il y aurait toujours de l'indulgence et de la douceur, c'était la promesse de grandes joies.

» Quelques années plus tard, quand ma mère est morte, Tad et Sandra, mes amies d'enfance dont je t'ai parlé, qui vivaient loin l'une et l'autre, ont pris le train pour Paris. Elles ont posé des jours de congé pour rendre hommage à ma mère, pour m'aider, pour être avec moi.

L. m'avait écoutée avec attention, sans un mot. Elle a souri.

— Ce sont de jolies histoires. Mais elles datent d'avant.

— Avant quoi ?

— Avant tout ça.

Elle a jeté un regard circulaire qui ne désignait rien en particulier, je ne lui ai pas demandé de préciser, elle a fait mine de ne pas avoir entendu.

— Maintenant, ce qui est intéressant, c'est de voir qui est capable de venir sonner à ta porte un vendredi soir alors que tu n'as rien demandé. À ton avis, laquelle de tes amies va débarquer à l'improviste ?

— Maintenant, c'est différent. Il y a François.

— Où ?

J'ai fait mine de ne pas percevoir l'ironie.

— Dans ma vie. Mes amies le savent, elles savent que je peux compter sur lui.

— Bien. Alors oui, j'imagine que c'est différent. Je ne suis pas sûre que quiconque puisse te protéger de toi-même, entre nous soit dit. Mais bon. En effet, cela explique peut-être que personne ne s'inquiète tellement de ton silence, finalement.

Je n'avais aucune envie de poursuivre cette conversation que je jugeais déloyale et cruelle. Me permettais-je de rappeler à L. que ses amis non seulement ne lui téléphonaient pas pour son anniversaire, mais en plus ne venaient pas quand elle les invitait ? Me permettais-je de dire à L. qu'elle avait l'air de quelqu'un de très seul, quelqu'un qui avait créé un grand vide autour de soi ?

J'ai pensé que l'amertume de L. venait de sa propre solitude, et cela me rendait triste. Je ne pouvais pas lui en vouloir. L. avait perdu son mari. Quelque chose de grave était arrivé dans sa vie, l'avait coupée de la plupart de ses amis. L. projetait à mon endroit des choses qui ne m'appartenaient pas. Mais à sa manière, elle voulait m'aider.

Il était déjà presque midi et L. m'a dit avoir un rendez-vous pour le déjeuner.

Elle est partie après m'avoir conseillé de sortir un peu, j'avais une mine de papier mâché.

Ce n'est que quelques jours plus tard que j'ai dû me résoudre à ce constat : L. avait raison. En dehors de François et de mes enfants, cela faisait un bon moment que plus personne ne m'avait écrit ni téléphoné.

Voilà sans doute comment L. s'est installée dans ma vie, avec mon consentement, par une sorte d'envoûtement progressif.

J'ai souvent cherché quelle faille m'avait rendue si vulnérable. Si perméable.

Je recevais des lettres anonymes d'une violence croissante.

Mes enfants avaient quitté la maison et commencé à construire, ailleurs, une vie qui serait la leur.

L'homme que j'aimais était occupé par son travail, ses voyages, et les mille projets que je l'encourageais à accepter. Nous avions choisi ce mode de vie qui laissait place à d'autres obsessions, d'autres ardeurs. Par naïveté ou par excès de confiance, nous nous étions crus à l'abri de toute tentative de conquête.

À l'âge adulte, l'amitié se construit sur une forme de reconnaissance, de connivence : un territoire commun. Mais il me semble aussi que nous recherchons chez l'autre quelque chose qui n'existe en nous-même que sous une forme mineure, embryonnaire ou contrariée. Ainsi, avons-nous tendance à nous lier avec ceux qui ont su développer une manière d'être vers laquelle nous tendons sans y parvenir.

Je sais ce que j'admire chez chacune de mes amies. Je pourrais nommer, pour chacune d'elles, ce qu'elle abrite que je ne possède pas, ou en trop faible quantité.

L. sans doute incarnait à mes yeux une forme d'assurance, de réflexion, de conviction, dont je me sentais dépourvue.

L. est revenue presque tous les après-midi.

L., mieux que quiconque, devinait mon humeur, mes préoccupations, semblait avoir une connaissance préalable des événements qui me concernaient. Elle avait sur moi un ascendant qu'aucune de mes amies n'avait jamais eu. *influence*

L. se souvenait de tout. Depuis la toute première fois, elle avait enregistré la moindre anecdote, le moindre détail, les dates, les lieux, les prénoms mentionnés au détour d'une conversation. Il m'est arrivé de me demander si elle ne prenait pas des notes après chacune de nos rencontres. Aujourd'hui, je sais que c'était chez elle une seconde nature, une forme d'hypermnésie sélective.

L. en effet me semblait être la seule à avoir pris la mesure du combat que je menais, dont les enjeux sans doute pouvaient sembler dérisoires – que j'écrive ou non un livre ne changerait pas la marche du monde – mais L. avait compris qu'il s'agissait de mon centre de gravité.

L. m'était devenue nécessaire, indispensable. Elle était là. Et peut-être avais-je besoin de cela : que quelqu'un s'intéresse à moi de manière exclusive. N'abritons-nous pas tous ce désir fou ? Un désir venu de l'enfance auquel nous avons dû, parfois trop vite, renoncer. Un désir dont nous savons, à l'âge adulte, qu'il est égocentrique, excessif et dangereux. Auquel, pourtant, il nous arrive de céder.

L. sans doute comblait une sorte de vide dont je n'avais pas conscience, venait apaiser une peur que je ne savais pas nommer.

L. faisait ressurgir ce que je pensais avoir enfoui, réparé.

L. semblait combler cet insatiable besoin de consolation qui subsiste en chacun de nous.

Je n'avais pas besoin d'une nouvelle amie. Mais au fil de nos conversations, et dans cette attention constante qu'elle me portait, j'ai fini par croire que L. seule pouvait me comprendre.

Un matin, L. m'a téléphoné de très bonne heure. Sa voix était moins maîtrisée qu'à l'ordinaire, elle m'a semblé légèrement essoufflée. Comme je m'en inquiétais, elle a admis qu'elle avait quelques soucis, rien de grave, mais elle avait un service à me demander : pouvais-je l'héberger pendant deux ou trois semaines, le temps qu'elle trouve un nouvel appartement à louer ?

L. a débarqué chez moi le lundi suivant. Elle était accompagnée d'un jeune garçon d'une vingtaine d'années. La taille du garçon, la longueur exceptionnelle de ses cils, la nonchalance adolescente de ses gestes, incitaient le regard à s'attarder. Il était beau.

Il l'avait retrouvée chez elle un peu plus tôt et l'avait aidée à transporter les quatre valises imposantes qu'elle avait choisi d'apporter. À peine arrivé, il est redescendu pour prendre celles qu'il avait laissées en bas. Il les a déposées sur le palier, puis a dévalé de nouveau l'escalier pour récupérer quelques sacs dans la voiture de L. J'habite au sixième étage sans ascenseur mais le garçon ne semblait pas peiner.

Au vu du nombre de paquets, j'ai pensé que L. avait prévu large. Je l'imaginais mal se déplacer sans une partie de sa garde-robe et elle avait sans doute pris avec elle un certain nombre de dossiers pour travailler.

Lorsque le garçon est remonté pour la troisième fois, je lui ai proposé de boire un café. Il s'est tourné vers L., guettant son assentiment, mais L. a fait mine d'ignorer la question contenue dans son regard. Après quelques secondes, le garçon a refusé.

Une fois la porte refermée, j'ai demandé à L. qui il était. Elle a ri. Quelle importance cela pouvait-il avoir ?

Aucune, ai-je répondu, simple curiosité. L. m'a dit que c'était le fils d'une amie. Elle n'avait pas prononcé son prénom, ne l'avait pas remercié et l'avait à peine salué.

J'avais prévu d'installer L. dans la chambre de Paul. Je me souvenais que la couleur des murs lui avait beaucoup plu, la première fois qu'elle était venue. J'ai laissé à L. le temps de déballer ses affaires. J'avais vidé plusieurs étagères et une partie de la penderie afin qu'elle puisse les ranger. J'avais fait le lit et débarrassé le bureau, sur lequel elle s'est empressée de poser son ordinateur portable. Il lui restait très peu de temps pour terminer l'autobiographie de l'actrice dans les délais requis par l'éditeur, raison pour laquelle il lui était impossible, dans l'immédiat, de chercher un nouvel appartement. Je n'ai jamais su la raison pour laquelle elle avait dû, si précipitamment, quitter le sien.

Je n'ai pas tardé à comprendre que L. avait apporté chez moi à peu près tout ce qu'elle possédait, à l'exception de quatre ou cinq cartons qu'elle avait pu descendre dans la cave de sa voisine du dessous. L. n'avait aucun meuble, m'a-t-elle expliqué, elle avait tout vendu après la mort de son mari (elle a insisté plusieurs fois sur le *tout*, signifiant ainsi qu'aucun objet n'avait échappé à cette décision). Depuis, elle avait toujours préféré louer des appartements meublés. Elle ne voulait pas s'alourdir et encore moins s'enraciner. En revanche, L. possédait des vêtements. Beaucoup, elle voulait bien l'admettre.

J'ai peu de souvenirs des premières semaines que L. a passées chez moi.

Cela tient sans doute au fait qu'elle était très occupée par le texte sur lequel elle travaillait et sortait peu de sa chambre. À travers la porte, je l'entendais écouter et réécouter les enregistrements de ses interviews, cette matière brute, hésitante, parfois confuse, à partir de laquelle elle composait. Elle s'arrêtait sur une phrase, revenait en arrière, recommençait. Elle pouvait écouter dix fois le même passage, comme si, au-delà des mots, elle cherchait à saisir quelque chose qui ne pouvait se dire et qu'il lui fallait deviner. Après avoir rempli une théière d'eau brûlante, elle restait ensuite quatre ou cinq heures sans sortir de la pièce, dans un silence que rien ne venait troubler. Je n'entendais pas son fauteuil glisser sur le parquet, je ne l'entendais jamais marcher pour se dégourdir les jambes, je ne l'entendais pas tousser ni ouvrir la fenêtre. Sa capacité de concentration m'impressionnait.

J'avais espéré que la cohabitation avec L. m'aiderait à me remettre au travail.

Il m'avait souvent semblé qu'il était plus facile de travailler côte à côte. Dans une solitude relative. J'aime cette idée que, pas très loin de moi, quelqu'un d'autre se trouve dans une position similaire et fournit le même effort. C'est la raison pour laquelle, lorsque j'étais étudiante, je passais tant de temps en bibliothèque.

Mais l'assiduité de L. à sa table ne m'empêchait pas de tourner en rond.

Je ne saurais dire aujourd'hui à quoi je m'occupais, le temps s'écoulait sans peine et sans véritable ennui, mais il n'en sortait rien.

Dans la matinée, je préparais une salade ou un plat de pâtes pour L. et moi.

Vers 13 heures je l'appelais et nous déjeunions rapidement sur la petite table de la cuisine, assises face à face.

Je partais ensuite pour de longues marches solitaires. Je m'enveloppais de l'immense écharpe orange que L. m'avait offerte le jour de son installation, et je marchais. Je rêvais aux livres que je n'étais plus capable d'écrire. Je traînais dehors jusqu'à ce que la nuit tombe. Au retour de ces errances, je finissais toujours par traverser le square où j'emmenais Louise et Paul quand ils étaient petits. À l'heure où l'aire de jeux s'était vidée, je restais plantée devant les toboggans ou les animaux à bascule, je cherchais à retrouver leurs visages d'enfants, je cherchais leurs rires, le bruit du sable épais sous leurs chaussures, je revoyais la couleur de leur bonnet, l'équilibre incertain de leurs premiers pas. Ici avait eu lieu quelque chose qu'on ne peut pas retenir.

Le soir, j'entendais parfois L. téléphoner. Des conversations assez longues dont je percevais la tonalité mais pas le contenu. Il m'est arrivé aussi de l'entendre rire, à gorge déployée. Comme je n'ai jamais entendu son portable sonner ni vibrer, je me souviens de m'être demandé si L. ne parlait pas toute seule.

Une fois installée chez moi, L. a fini par tout prendre en charge – les courriers, les déclarations, les cotisations, en un mot tout ce qui nécessitait d'allumer l'ordinateur ou de tenir un stylo. Ce qui me paraissait insurmontable se réglait pour elle en quelques minutes.

Lorsqu'elle répondait à ma place à divers courriers, elle m'en faisait le soir un bref compte rendu : *on* avait répondu non à telle ou telle chose, *on* avait obtenu un délai pour telle autre, *on* avait remis à l'année suivante l'écriture d'une courte pièce de théâtre pour *Le Paris des Femmes*.

L. palliait ma défaillance. J'étais incapable de rédiger quoi que ce soit et de tenir un stylo plus de trois minutes, mais finalement, je ne m'en sortais pas si mal.

On faisait face.

Quand L. sortait pour une course ou un rendez-vous, je ne pouvais m'empêcher d'entrer dans sa chambre. En quelques secondes, mon regard balayait tout – les vêtements posés sur la chaise, les chaussures alignées sous le radiateur, le travail laissé en plan. C'était au fond ce qui m'intéressait le plus, et sans doute ma plus grande indiscrétion : observer ces feuilles de brouillon déployées sur le bureau, corrigées au crayon, couvertes de pelures de gomme, sur lesquelles je laissais glisser ma main sans les lire. Et les cercles ocre laissés par sa tasse de thé sur le papier.

Je regardais cet espace dont elle avait pris possession, les signes manifestes du travail qui était à l'œuvre, notes, Post-it, feuillets imprimés et corrigés, et tout cela, loin de m'être familier, me semblait appartenir à un monde que je ne connaissais pas, un monde qui m'était interdit.

C'est à cette époque que L. a commencé ce que je n'ai pas tardé à nommer *le rituel de la bibliothèque*. Le soir, plusieurs fois par semaine, L. consacrait plusieurs minutes à examiner les livres dans les rayonnages de mon salon. Elle ne se contentait pas de survoler les tranches, distraitement, comme le font la plupart des gens. Elle prenait le temps de détailler chaque rangée, parfois sortait un livre pour le toucher. Tantôt je voyais son visage se détendre, dans un signe d'approbation, tantôt elle fronçait les sourcils, visiblement contrariée. Et toujours venait ce moment où elle me demandait, une nouvelle fois, si j'avais tout lu. Oui, presque tous, lui répétais-je, à l'exception de quelques-uns. Alors L. laissait glisser son doigt d'un livre à l'autre, énonçait les titres à voix haute, comme en une seule phrase, une phrase immense et magnifique, dont le sens m'échappait. Avais-je lu la déclaration, si par une nuit d'hiver un voyageur, un bonheur parfait, bord de mer, pas un jour, la femme gelée, la chambre aux échos, rêves de garçons, des vies d'oiseaux, falaises, hier, après, à présent, tu me trouves comment, la virevolte, grâce et dénuement, l'invention de la solitude, parlez-moi d'amour, on dirait vraiment le paradis, priez pour nous, les souvenirs, les déferlantes, je l'aimais, tout ce que j'aimais, cris, corps, vendredi soir, les cerfs-volants, l'origine de la violence, l'infamille, promenade, lambeaux, sur la photo, in memoriam, sœurs, l'entracte, vies minuscules, la ronde de nuit, mon petit garçon, la peau des autres, toute ressemblance avec le père, celles qui savaient, Joséphine, la nuit sexuelle, début, la part manquante, poing mort, la pluie avant qu'elle tombe, entre les bruits, l'Adversaire, les yeux secs, le procès-verbal, l'élan, l'avenir, le cahier rouge, le remplaçant, trop sensibles, toxique, enfance, maria avec et sans rien, lointain souvenir de la peau.

Delphine,

Ton absence de réponse prouve combien tu dois avoir honte. Il y a de quoi.

Tu fais peur. Il n'y a qu'à voir comment tu es habillée, comment tu te tiens, il suffit de regarder tes gestes, et de voir ton regard sournois. Et ce n'est pas nouveau. On sent bien qu'il y a quelque chose en toi qui ne tourne pas rond, ça se voit comme le nez au milieu de la figure, et cela ne s'est pas arrangé. Tu trimballes un max ma pauvre fille.

Sur le plan marketing, rien à redire, tu es la meilleure. Pour ce qui est de l'emballage, tu te démerdes. Tu commences par vendre ta mère et puis tu sors avec un animateur littéraire pour faire ta promo, ça, chapeau, il fallait le faire. Le pauvre, il doit avoir de graves problèmes sexuels pour être avec une femme comme toi. Et tu crois qu'il t'aime ? Tu crois qu'un homme comme lui peut aimer une femme comme toi ? Quand il te larguera, je suppose que tu en feras un livre. Un bon livre bien putassier comme tu sais le faire. Donne-lui mon numéro, je lui raconterai deux ou trois choses.

Tu as fait beaucoup de mal autour de toi, des dégâts considérables.

se démerder _ get by, manage

```
Tu sais pourquoi ?
Parce que les gens croient ce qui est imprimé.
Ils croient que c'est vrai.
Et c'est dégueulasse.
```

J'ai remis la feuille dactylographiée dans l'enveloppe, je l'ai rangée avec les autres. J'en ai parlé avec François au téléphone, sans lui donner les détails, je lui ai dit que j'avais reçu une nouvelle lettre, plus violente encore que les précédentes. Je l'ai rassuré, ce n'était pas grave, cela finirait bien par s'arrêter.

Sur le moment, je ne crois pas en avoir parlé avec L.

Un matin, deux ou trois jours plus tard, je me suis levée, habillée, j'ai préparé un café et puis d'un seul coup, sans aucune raison, je me suis mise à pleurer. L. était en face de moi, j'ai eu le temps d'apercevoir une expression de panique sur son visage, et puis je me suis levée pour me réfugier dans ma chambre. J'ai pleuré pendant plusieurs minutes, je ne pouvais pas m'arrêter.

Les lettres étaient dans mon corps : un venin. Depuis la toute première. Elles avaient fini par libérer leur poison, un poison conçu pour une diffusion lente, capable de franchir toutes les barrières immunitaires.

Quand je suis ressortie, L. m'a tendu un paquet de mouchoirs en papier. Elle avait préparé un thé. Elle a posé sa main sur mon bras, visiblement émue.

Je me suis calmée et elle m'a demandé à voir les lettres. Elle les a relues dans l'ordre, une moue de dégoût aux lèvres. Elle scrutait le papier comme si celui-ci pouvait lui apporter une réponse, à l'affût du moindre détail qui trahirait leur auteur. L'adresse comme le texte étaient dactylographiés, les lettres avaient été glissées dans des enveloppes standard et postées dans des quartiers différents de Paris. Il n'y avait rien de plus à en tirer.

L. a trouvé les mots pour m'apaiser, pour dédramatiser. Remettre les choses à leur place. Je ne devais pas tout mélanger, tout prendre au pied de la lettre. L. m'a rappelé les messages affectueux que j'avais reçus de la part de beaucoup de gens de ma famille après la parution du livre. Cela ne voulait pas dire que c'était simple pour eux, cela voulait dire qu'ils avaient compris. Le livre n'avait pas remis en question l'affection. Dans certains cas, il l'avait peut-être même renforcée. Oui, bien sûr, il était évident que l'auteur était quelqu'un de proche. Quelqu'un qui m'en voulait depuis longtemps, bien avant le livre. Quelqu'un qui ruminait sa haine et sa colère et venait de trouver l'occasion de les libérer.

L. ne trouvait pas cela triste. Au contraire. Mon livre avait provoqué quelque chose, avait permis à cette violence de s'exprimer. Une violence préexistante. C'était la vocation de la littérature, une vocation performative, et c'était heureux. Que la littérature ait des conséquences sur la vie, qu'elle provoque la colère, le mépris, la jalousie, oui, c'était une bonne nouvelle. Il se passait quelque chose. On était au cœur du sujet. Et ces lettres devaient me ramener à l'essentiel.

L. croyait à la violence des rapports domestiques et familiaux comme source d'inspiration littéraire. Elle avait développé devant moi cette théorie à plusieurs reprises. Cette violence, qu'elle soit souterraine ou exprimée, était l'une des conditions nécessaires à la création. Son point de départ.

Les lettres me faisaient du mal. Elle le constatait et elle en était désolée. Elle le comprenait. Ces lettres me rongeaient de manière insidieuse, parce qu'elles visaient l'enfant que j'avais été, mais aussi la femme que j'étais devenue. Parce qu'elles me désignaient comme coupable. Me rappelaient l'origine de la violence.

L. a relu la dernière lettre en silence avant de reprendre la parole.

— Oui, les gens croient ce qui est écrit, et c'est tant mieux. Les gens savent que seule la littérature permet d'accéder à la vérité. Les gens savent combien cela coûte d'écrire sur soi, ils savent reconnaître ce qui est sincère et ce qui ne l'est pas. Et crois-moi, ils ne s'y trompent jamais. Oui, *les gens*, comme dit ton ami, veulent du vrai. Ils veulent savoir que cela a existé. Les gens ne croient plus à la fiction, et même, je vais te dire, ils s'en méfient. Ils croient à l'exemple, au témoignage. Regarde autour de toi. Les écrivains s'emparent des faits divers, multiplient les introspections, les récits documentaires, ils s'intéressent aux sportifs, aux voyous, aux chanteuses, aux reines et aux rois, ils enquêtent sur leur famille. Pourquoi, à ton avis ? Parce que ce matériau est le seul valable. Pourquoi faire marche arrière ? Tu ne dois pas te tromper de combat. Tu prends la fuite, tu prétends revenir à la fiction pour une seule raison : tu refuses d'écrire ton livre fantôme. Oui, pardon, j'y reviens, mais c'est toi qui en as parlé, je n'invente rien. D'ailleurs, c'est la formulation exacte que tu avais employée, j'ai relu l'interview, tu peux regarder toi-même, on la trouve très facilement sur Internet. En fait, celui qui t'écrit a peur que tu recommences. Ces lettres devraient t'ouvrir les yeux, créer l'électrochoc dont tu as besoin pour retrouver la force et le courage d'affronter ce qui t'attend. L'écriture est un sport de combat. Elle comporte des risques, elle rend vulnérable. Sinon elle ne vaut rien. Tu peux te mettre en danger puisque je suis là. Je suis là, Delphine, je ne te laisserai pas. Je resterai à tes côtés, fais-moi confiance, aussi longtemps qu'il le faudra. Et jamais personne ne t'atteindra.

Une fois lancée dans ses monologues, L. n'était perméable à aucun argument. Je l'ai écoutée sans mot dire. J'ai attendu qu'elle ait terminé pour répondre. Une fois encore, je ne pouvais m'empêcher d'être soulagée de la voir prendre ces questions autant à cœur. Je lui ai parlé avec douceur, comme à un enfant épuisé dont on redoute la colère :

— Oui, c'est vrai, tu as raison. Je m'en souviens. J'avais parlé de ce livre caché, ce livre que j'écrirais peut-être. Je n'excluais pas d'y revenir un jour, sous une forme ou une autre. Mais pas maintenant. Mon travail m'a emmenée ailleurs. Je ne veux pas…

L. m'a interrompue.

— Où ça ? Il t'a emmenée où ? Moi ce que je vois, c'est qu'il ne t'a emmenée nulle part pour l'instant.

Je n'ai pas répondu. Elle avait raison.

Et le fait est qu'elle était là. Elle seule était vraiment là.

Je crois que c'est le soir même, ou peut-être le lendemain, que L. m'a empêchée de m'étouffer. Par la suite, nous avons souvent évoqué cet épisode comme *le soir où L. m'avait sauvé la vie*. Nous aimions le côté emphatique de la phrase, sa tonalité dramatique, comme s'il s'agissait d'une fiction de bas étage, un épisode pseudo-épique de notre amitié. Mais au fond, et nous le savions l'une comme l'autre, c'est exactement ce qui s'était passé : L. m'avait sauvé la vie.

Nous étions toutes les deux dans la cuisine et nous apprêtions à dîner quand j'ai avalé, entière et de travers, une amande salée. Il m'est arrivé de faire des fausses routes, mais jamais à ce point. L'amande était particulièrement grosse, je l'ai sentie descendre dans la trachée, ma gorge a émis une sorte de râle stupéfait, l'air aussitôt m'a manqué. J'ai essayé de tousser, puis de parler, mais rien ne circulait, pas un gramme d'air, comme si le robinet avait été fermé en un seul tour. J'ai regardé L., j'ai vu dans ses yeux le moment exact où, après avoir pensé à une mauvaise blague, elle a compris ce qui se passait. Elle m'a tapé dans le dos trois ou quatre fois sans succès, puis elle s'est collée derrière moi, a entouré mon corps de ses bras et a enfoncé d'un coup sec son poing dans mon estomac. À la deuxième tentative, l'amande est ressortie et l'air est revenu. J'ai toussé pendant deux ou trois minutes, j'avais la trachée en feu, et une envie soudaine de vomir. Des larmes coulaient de mes yeux, de douleur et de soulagement. J'ai repris mon souffle peu à peu, et ramassé l'amande qui était tombée par terre.

L. me regardait maintenant, attentive, guettant la confirmation que tout était rentré dans l'ordre.

Au bout d'un moment, nous nous sommes mises à rire, de plus en plus fort. Et puis, pour la première fois, L. m'a prise dans ses bras. Alors j'ai senti que son corps tremblait et qu'elle avait eu aussi peur que moi.

Plus tard, L. m'a dit qu'elle avait son brevet de secourisme mais qu'elle n'avait jamais eu l'occasion de mettre en pratique la manœuvre de Heimlich, une méthode de désobstruction des voies respiratoires inventée dans les années soixante-dix par un médecin américain, m'avait-elle précisé, généralement enseignée sur des mannequins. L'expérience lui avait beaucoup plu.

1st aid certif.

Dans les jours qui ont suivi, j'ai fait plusieurs cauchemars. Une nuit, mon propre cri m'a réveillée, un cri comme ceux qui déchiraient la nuit, lorsque, adolescente, je rêvais que quelqu'un m'étouffait sous un coussin ou me tirait dans les jambes avec un fusil.

Depuis que j'avais reçu la lettre, mes nuits étaient peuplées de papier déchiré, de livres brûlés, de pages arrachées. Des mots de colère, d'indignation, s'élevaient d'un seul coup dans ma chambre, une rumeur outrée qui me sortait brutalement du sommeil. Je me souviens aussi d'un rire dément, d'une ineffable cruauté, qui m'avait réveillée une nuit et avait mis plusieurs minutes à s'éteindre alors que j'avais les yeux grands ouverts.

Je me retrouvais assise dans mon lit, en sueur, persuadée que tout cela était réel. Il me fallait allumer la lumière et retrouver les objets familiers de ma chambre pour que les battements de mon cœur ralentissent. Je me levais alors sans faire de bruit, pieds nus sur le parquet puis sur le carrelage, pour me passer de l'eau sur la figure ou préparer une tisane. Je restais assise dans la cuisine, une heure ou deux, le temps que les images se dissipent, avant de pouvoir me recoucher.

Je crois que c'est à cette époque que j'ai relu tous les albums jeunesse que Louise et Paul ont gardés. Il a été question à plusieurs reprises de les descendre à la cave, mais aucun de nous n'a jamais pu se résoudre à le faire, et aujourd'hui qu'ils ont vingt ans, les albums sont toujours dans leur chambre. Au milieu de la nuit, j'en tournais les pages avec précaution, heureuse de retrouver les dessins qui avaient marqué leur enfance et les textes que je leur avais lus cent fois à voix haute. Le pouvoir de réminiscence de ces albums me sidérait. Chacune de ces histoires faisait ressurgir ce moment précieux qui précédait le coucher, la sensation de leurs petits corps collés contre le mien, la douceur du velours de leurs pyjamas, je retrouvais l'intonation que je mettais sur chaque phrase, les mots qui leur plaisaient tant et qu'il fallait parfois répéter dix fois, vingt fois, tout cela remontait à la surface, intact.

Presque chaque nuit, entre 4 et 5 heures du matin, je relisais des histoires d'ours, de lapins, de dragons, de chien bleu et de vache musicienne.

Je me souviens qu'une nuit L. s'est réveillée et m'a trouvée dans la cuisine, plongée dans un album de Philippe Corentin que Louise adorait : l'histoire d'une famille souris qui vit en haut d'une bibliothèque et se nourrit de livres. Que l'on puisse manger des livres, cela mettait Louise en joie, en particulier cette commande faite à son fils par la mère du héros, alors que ce dernier s'apprête à partir en expédition avec son cousin : « Ramenez-moi deux feuilles de *Pinocchio*. Ton père adore ça en salade ! » Le rire d'enfant de Louise, ressurgi. Je connaissais ces phrases par cœur, peut-être même étais-je en train de les murmurer, un sourire aux lèvres, quand L. s'est approchée de moi.

Elle a mis de l'eau dans la bouilloire, a fouillé dans le placard à la recherche d'un sachet de tisane, puis s'est assise. Elle a feuilleté l'album du bout des doigts, tenant l'objet à bonne distance (bien que stylisées et colorées, il s'agissait de souris), et puis m'a demandé :

— Quelle est l'allégorie, selon toi ?

Je ne voyais pas où elle voulait en venir. Elle a repris :

— Des souris qui se nourrissent de livres, comme s'il s'agissait de vulgaire papier, n'est-ce pas une manière de signifier la mort de la fiction, ou tout du moins sa vocation d'usage ?

— Mais enfin, cela n'a rien à voir, ai-je répondu. Ce n'est pas du tout le sujet du livre ! Si message il y a, il n'a rien à voir avec ça.

— Ah bon, et c'est quoi le message selon toi ?

L. avait rompu un moment de nostalgie et j'avais du mal à masquer ma contrariété. En outre, je n'avais aucune envie de disserter, à 3 heures du matin, sur le sens caché de *Pipioli la terreur,* album illustré destiné à un public âgé de trois à six ans.

J'ai fait mine de me lever, mais L. m'a retenue :

— Tu refuses de voir le contexte. C'est pareil pour tout, Delphine, tu refuses d'envisager les choses dans leur ensemble, tu te contentes d'un détail sur lequel tu te focalises.

Je me suis sentie agressée. J'ai riposté de la manière la plus mesquine qui soit, mortifiée de honte au moment même où je lui posais cette question :

— Dis-moi, à propos de contexte, tu en es où de tes recherches d'appartement ?

Non seulement c'était indigne de notre relation, mais en outre je n'avais aucune envie qu'elle s'en aille.

— Si ma présence te pèse, tu n'as qu'un mot à dire et je pars tout de suite.

Elle s'est levée pour ranger sa tasse dans le lave-vaisselle, le sucre dans le placard, ses gestes étaient brusques et trahissaient sa colère.

Je suis restée assise, sidérée d'avoir pu lui dire quelque chose d'aussi stupide. Elle se tenait maintenant debout près de ma chaise et s'est penchée vers moi :

— Regarde-moi, Delphine. Je ne te le dirai pas deux fois. Un seul mot de toi et je disparais. Avant même qu'il fasse jour. Un seul mot, et tu n'entendras plus jamais parler de moi.

J'ai failli éclater d'un rire nerveux. Lui demander si elle avait pris des cours à l'Actors Studio, avec Pacino ou Brando. Ses paroles contenaient une menace que je ne pouvais ignorer. J'ai tenté de désamorcer.

— Excuse-moi, je ne voulais pas dire ça, c'est ridicule. Tu sais bien que tu peux rester autant de temps que tu veux.

L. s'est rassise à côté de moi. Elle a inspiré en profondeur.

— Je me mettrai à chercher dès que j'aurai rendu le texte. Ne t'inquiète pas.

Nous n'avons jamais reparlé de cette conversation.

Quelques jours plus tard, quand L. a terminé le livre de l'actrice, nous avons ouvert une bouteille de champagne rosé. L. avait rendu dans les temps, l'éditeur l'avait félicitée pour son travail, et l'actrice était enchantée.

Ce soir-là, L. m'a dévoilé une coquetterie d'auteur à laquelle elle ne dérogeait jamais. À la fin de chaque texte qu'elle terminait pour quelqu'un d'autre, elle écrivait le mot FIN, suivi d'une étoile (une sorte d'astérisque qui ne renvoyait à rien). Elle exigeait par contrat que cette signature figure à la fin du livre. C'était sa patte, sa marque de fabrique, une sorte d'empreinte connue d'elle seule.

Je me suis gentiment moquée d'elle, je trouvais ça désuet, il est rare dans les livres qu'on trouve aujourd'hui le mot FIN.

— On voit bien que c'est fini, ai-je plaisanté, puisqu'il n'y a plus de pages !

— Non, je ne crois pas. Je crois que le lecteur aime bien qu'on le lui dise. C'est le mot FIN qui lui permet de sortir de cet état particulier dans lequel il se trouve, qui le rend à sa vie.

Nous avons passé une bonne partie de la nuit à écouter de vieux disques. J'ai montré à L. comment on dansait le ska parce qu'elle prétendait avoir oublié.

Assise sur le canapé, L. riait de me voir rebondir dans mon salon, puis elle s'est levée pour m'imiter. Elle a crié pour que sa voix porte au-dessus de la musique :

— Qui se souvient que le ska a existé ? Qui se souvient des Specials et de The Selecter ? Et si nous étions les seules ?

Beaucoup de gens s'en souvenaient. Des gens de notre âge, à quelques années près. N'était-ce pas, avant toute chose, ce qui liait une génération : une mémoire commune faite de tubes, de jingles, de génériques ? L'empreinte d'une affiche de cinéma, d'une musique, d'un livre. Mais oui, si elle le voulait, pour un soir, nous pouvions croire que nous étions les seules à savoir danser le ska, les seules à connaître les paroles de *Missing words* et *Too much pressure*, que nous chantions maintenant à tue-tête, les bras levés, je regardais notre reflet dans la vitre et je n'avais pas ri ainsi depuis longtemps.

@the top of one's voice

Un jour, alors que L. était sortie, j'ai reçu l'appel d'une journaliste de France Culture qui souhaitait m'interviewer à propos de l'un de mes anciens romans. Elle préparait un sujet sur la souffrance au travail et souhaitait savoir comment j'avais écrit ce texte, de quelle manière je m'étais documentée.

J'ignore pourquoi j'ai accepté. Peut-être pour me prouver que j'étais capable de faire quelque chose toute seule. En dehors de L. Cette fois je n'avais pas besoin d'elle pour répondre, cette fois, cela lui échappait. J'avais remarqué qu'au fil du temps, ou plutôt à mesure que le temps m'éloignait d'eux, mon discours sur mes propres livres évoluait. Comme si quelque chose dans leur trame – un relief, un motif – ne pouvait m'apparaître que vu de loin. J'étais curieuse de savoir quel dessin avait pu se révéler dans le tapis de celui-ci et heureuse que quelqu'un s'y intéresse encore. Et puis jusqu'à nouvel ordre, si j'étais incapable d'écrire, j'étais encore capable de parler.

Deux jours plus tard, la journaliste a sonné chez moi. Elle avait pour habitude de se déplacer chez les gens pour les enregistrer dans leur ambiance, avec un matériel relativement léger, m'avait-elle précisé au téléphone, d'aller à la rencontre des invités, de leur univers. À partir de l'entretien, elle réalisait ensuite un montage diffusé au cours de l'émission.

Nous venions de déjeuner quand la jeune femme est arrivée, L. était d'humeur maussade, elle désapprouvait que je continue de parler de certains de mes livres qui ne méritaient pas que j'y revienne.

L. s'est éclipsée dans sa chambre avant même que j'aie accueilli la journaliste. La jeune femme a choisi de s'installer dans le salon, elle m'a demandé d'entrouvrir la fenêtre pour avoir un fond sonore puis m'a expliqué le déroulement de l'entretien. Nous avons bu un café, elle a mis en route son appareil. J'ai raconté comment l'idée de ce livre m'était venue, un matin épuisé sur la ligne D du RER, et la manière dont je l'avais travaillé. Ensuite, nous avons passé presque une heure à parler de tout et de rien, la journaliste était chaleureuse, je crois me souvenir que nous avons évoqué mon quartier, où elle avait vécu quelques années plus tôt, un ou deux films qui étaient sortis au cinéma sur la violence des rapports en entreprise, et puis la conversation avait dérivé sur des sujets plus futiles. À un moment, alors que nous venions de rire l'une et l'autre, il m'a semblé entendre la porte de la chambre de L. s'ouvrir, j'ai pensé qu'elle voulait savoir où nous en étions.

Un peu plus tard, j'ai raccompagné la jeune femme jusqu'à l'entrée. Elle a sorti son agenda pour me préciser la date à laquelle l'émission serait diffusée. Nous nous sommes serré la main, j'ai refermé la porte et j'ai senti la présence de L. derrière moi, tout près. Lorsque je me suis retournée, L. me barrait le passage. L'espace d'un instant, j'ai pensé que j'avais commis une faute

maussade — sullen, gloomy

irréparable et que l'accès à mon propre appartement m'était désormais interdit. Mais L. s'est écartée pour me laisser passer et m'a emboîté le pas jusqu'au salon, telle une ombre réprobatrice.

— Tu t'es fait une nouvelle amie ?

J'ai ri.

— Tu crois que je ne vous ai pas entendues ?

J'ai cherché sur son visage le sourire qui m'eût confirmé qu'il s'agissait d'une plaisanterie, mais son expression ne laissait pas de doute sur la tonalité de ses paroles. Je n'ai pas eu le temps de réagir.

— Si tu crois que c'est comme ça que tu vas t'en sortir, tu te trompes. Oui, je vous ai entendues, Delphine, et tout ce cinéma pour savoir où tu en es, « et donc vous revenez à la fiction ? » (d'un geste elle avait mis la phrase entre guillemets), mais en quoi cela la regarde, est-ce qu'on lui demande, nous, quel genre de journalisme elle pratique, avec son Nagra à deux mille balles, et qui elle est pour avoir un avis sur la question, hein, est-ce qu'on lui a demandé ?

Sur son visage, le plus infime de ses muscles semblait exaspéré. L. m'en voulait d'avoir accordé autant de temps à cette jeune femme, d'avoir ri avec elle, d'avoir laissé ce moment s'étirer dans la douceur de l'après-midi. Elle m'accusait de compromission, de complaisance. Si un homme m'avait tenu ces propos, j'aurais aussitôt pensé à un accès de jalousie et mis fin à ce procès sans autre forme de discussion. Comme si elle avait lu dans mes pensées, elle s'est un peu radoucie.

— Je te demande pardon. Ça me met en colère de te voir perdre du temps. Ce n'est pas contre toi. Tu sais combien j'aimerais que tu retrouves le chemin de l'écriture. Pour cela, il faudra que tu admettes un jour que tu n'as rien à voir avec l'écrivain que l'on veut faire de toi. Ça les arrange, tous, de te coller une étiquette et que tu t'y tiennes. Mais moi je te connais. Moi seule je sais exactement qui tu es et ce que tu peux écrire.

Je ne sais pas pourquoi, peut-être parce que j'avais passé un bon moment et qu'elle venait de le gâcher, j'ai explosé :

— Mais tu ne vois pas que je n'ai aucune idée de l'écrivain que je suis ? Tu ne vois pas que je n'arrive plus à rien, que je suis morte de trouille ? Tu ne vois pas que je suis arrivée au bout et qu'après il n'y a rien, RIEN, RIEN, RIEN ? Tu m'emmerdes avec tes histoires de livre fantôme, il n'y en a pas, il n'y a pas l'ombre d'un livre caché, tu ne comprends pas ? Il n'y a rien au fond du chapeau, ni derrière le rideau, pas de tabou, pas de trésor, pas d'interdit ! Du vide, oui, ça il y en a. Regarde-moi bien, avec un peu de chance, tu verras à travers moi.

J'ai pris mon manteau et je suis sortie. J'avais besoin de prendre l'air.

François était parti depuis trop longtemps, il me manquait. J'ai marché au hasard des rues. Plus tard, je crois que je suis allée au cinéma, je n'en suis pas tout à fait sûre. Ou peut-être ai-je fini par atterrir dans un café.

Le soir, vers 19 heures, je suis rentrée chez moi. Une odeur de légumes cuits et de bouillon de volaille flottait dans l'appartement. J'ai trouvé L. dans la cuisine, un tablier noué autour de la taille. Elle était en train de préparer une soupe. Je me suis assise près d'elle. Je l'ai observée pendant quelques minutes sans parler. Ses cheveux étaient relevés par une pince, plusieurs mèches semblaient avoir échappé au geste et dépassaient du chignon, un désordre inhabituel dans la coiffure de L. Elle m'a soudain paru petite, amoindrie, et puis j'ai remarqué ses pieds nus sur le carrelage et j'ai songé que c'était la première fois que je la voyais sans talons. Elle m'a souri, nous n'avions pas échangé un mot. J'ai souri à mon tour. Le four était allumé, par la vitre j'ai distingué un plat à gratin. Apparemment, L. avait passé pas mal de temps en cuisine. Elle avait acheté et ouvert une bouteille de vin. Tout semblait rentré dans l'ordre. Je me suis sentie bien. L'épisode de l'après-midi n'était plus qu'un souvenir étrange, imprécis, je n'étais plus tout à fait sûre que cette conversation avait eu lieu. Les odeurs se mêlaient dans la chaleur de la pièce. Je me suis assise. L. m'a servi un verre de vin.

Lorsque les légumes ont été cuits, j'ai regardé L. les transvaser dans le récipient du mixeur. Elle a ajouté un peu de bouillon et puis a tenté de mettre l'appareil en route. Une fois, deux fois. Sans succès. Je l'ai vue débrancher et rebrancher le mixeur. Dans un soupir, elle s'est assurée que le pied était bien fixé à l'appareil. Elle a observé la lame au bout de la tige, vérifié du bout des doigts que celle-ci tournait. Et puis je l'ai vue recommencer tout, depuis le début : assembler l'appareil pièce par pièce, le brancher, tenter de le mettre en marche.

L. avait l'air très calme. D'un calme inquiétant.

J'allais lui proposer de regarder moi-même quand L. a levé le mixeur au-dessus d'elle avant de le fracasser sur le plan de travail. Elle a recommencé ce geste, avec une rage que je ne lui avais encore jamais vue, cognant et recognant l'appareil de toutes ses forces, jusqu'à ce que le mixeur explose en plusieurs morceaux. La lame du hachoir est tombée à mes pieds.

L. s'est arrêtée net. Elle a pris appui sur la table, essoufflée, contemplant les débris de l'appareil éparpillés sur le sol. J'ai cru que sa rage était retombée, mais dans un dernier accès de colère, elle s'est emparée du rouleau à pâtisserie, et en deux coups, a écrasé ce qui restait de l'engin.

Et puis elle a levé les yeux vers moi. La lueur de victoire et de sauvagerie qui dansait ce soir-là dans son regard, je ne l'avais jamais vue.

À partir de ce jour, il n'a plus été question de sa recherche d'appartement. Je n'ai posé aucune question, je n'ai manifesté aucun signe d'impatience. Au cours de cette période, je ne crois pas que L. ait fait semblant de chercher un nouveau logement. Nous n'avons plus abordé ce sujet, comme si sa présence était acquise pour une longue durée.

En dehors de l'épisode du mixeur (L. en a racheté un dès le lendemain), L. était calme, et d'humeur constante.

Elle se montrait attentionnée, délicate, ne laissait rien traîner derrière elle. Elle faisait régulièrement les courses, remplaçait ce qui manquait. Notre cohabitation coulait de source et nous n'avons jamais eu le moindre différend d'ordre domestique.

L. s'est fondue dans le décor, comme si elle avait toujours été là. Sa présence m'apportait une forme de réconfort, je ne peux pas le nier. Nous étions proches. Nous étions complices. Dans tous les sens du terme. Au-delà de la connivence, j'avais fait de L. la complice d'un secret qu'elle était seule à connaître. Car elle seule savait que je n'étais plus capable d'écrire une ligne ni même de tenir un stylo. Non seulement elle le savait, mais elle me *couvrait*. Et se substituait à moi pour ne pas éveiller les soupçons. Aux courriers administratifs et professionnels que je continuais de recevoir, L. répondait à ma place.

On refusait les rendez-vous, les propositions d'écriture.

On refusait de parler des sujets sur lesquels les écrivains sont souvent sollicités.

On était en plein travail.

Aujourd'hui, je suis bien obligée de l'avouer. J'ai conscience que les personnes auxquelles je suis censée avoir répondu par écrit au cours de cette période comprendront en lisant ces lignes que ce n'était pas moi. Ces personnes retrouveront peut-être dans leur boîte électronique ou dans leur courrier une lettre ou un e-mail, signé par moi, mais dont je n'aurai pas écrit un mot.

Je les prie de bien vouloir m'en excuser.

Il est évident que cette cohabitation a permis à L. de sceller son emprise et je ne suis pas sûre de lui avoir opposé une grande résistance. J'aimerais pouvoir écrire que je me suis battue, que j'ai lutté, que j'ai tenté de m'échapper. Mais je n'ai rien d'autre à en dire que ce simple constat : je m'en suis remise à L. parce qu'elle m'apparaissait comme la seule personne capable de me sortir du trou.

Parfois me vient l'image un peu galvaudée d'une araignée qui aurait tissé sa toile avec patience, ou d'une pieuvre aux multiples tentacules, dont j'aurais été prisonnière. Mais c'était autre chose. L. était plutôt une méduse, légère et translucide, qui s'était déposée sur une partie de mon âme. Le contact avait laissé une brûlure, mais elle n'était pas visible à l'œil nu. L'empreinte me laissait en apparence libre de mes mouvements. Mais me reliait à elle, bien plus que je ne pouvais l'imaginer.

Aux rares personnes avec lesquelles j'étais en contact (mes enfants, François, mon éditrice), j'ai fait croire que je m'étais remise au travail. J'étais repartie sur *quelque chose*. J'en étais au tout début, mais j'avançais.

Je n'ai appelé aucun de mes amis pour raconter l'impasse dans laquelle je me trouvais. J'avais peur qu'ils considèrent cela, à juste titre, comme un caprice d'enfant gâtée. Je n'avais aucune excuse et il me paraissait impossible de justifier mon oisiveté.

À François, je n'ai rien dit non plus. J'avais peur qu'il ne m'aime plus. Non seulement je ne lui ai rien dit, mais lorsqu'il est rentré, je me suis arrangée pour qu'il ne rencontre jamais L. Car je savais qu'à l'instant où il la verrait, il comprendrait tout : le mensonge, les subterfuges, cette association de malfaiteurs que nous formions désormais.

Que j'aie pu mentir à François et à ceux qui m'entouraient, voilà ce qu'il me faut admettre aujourd'hui. Je me suis enfoncée dans le mensonge avec un mélange de peur, de dégoût et, sans doute, une certaine délectation.

Certains matins, alors que je sentais l'angoisse enfler dans ma gorge comme une boule de papier aluminium, je m'accrochais à cette phrase que L. m'avait dite un jour : « Les vrais élans créateurs sont précédés par une forme de nuit. »

Le soir, lorsque nous étions toutes les deux chez moi, L. revenait au rituel, s'approchait de ma bibliothèque, laissait glisser sa main sur les couvertures, semblait s'arrêter au hasard.

Avais-je lu sac d'os, la petite arabe, le soir du chien, la nuit du chien, le slip, seulement l'amour, le renoncement, le livre impossible, j'abandonne, sombre dimanche, purge, les demeurées, les désarçonnés, les filles, naissance des fantômes, la maternité, l'art de la faim, scintillation, un sentiment d'abandon, personne, l'homme qui tombe, accidents, le poète, demande à la poussière, ce qui a dévoré nos cœurs, l'état des lieux, cavalier seul, l'été où il faillit mourir, de grâce et de vérité, la vie devant ses yeux, la contrevie, les trois lumières, loin, loin d'eux, loin d'Odile, l'histoire de l'amour, les chutes, la chambre aux échos, nos vies romancées, la fille de mon meilleur ami, le passé, héros et tombes, tout est illuminé, les intermittences de la mort, un fantôme, paradis, le saule, un réveillon mortel, café Nostalgia, garder la flamme, Sukkwan Island, les îles, l'oubli, n'oublie jamais.

Au retour de François, nous sommes partis tous les deux à Courseilles pour quelques jours. J'ai laissé L. seule chez moi. Je n'avais rien emmené pour travailler (et pour cause). J'ai fait croire à François – qui s'étonnait de me voir si libre de mon temps, si loin de mon chantier – que je m'accordais une pause. Et quand il m'a questionnée sur mon travail, je lui ai répété, comme chaque fois qu'il s'en était préoccupé, qu'il était trop tôt pour en parler.

Quand je suis rentrée chez moi, j'ai trouvé L. dans le bureau de Paul, studieuse. Elle m'a informée que j'avais reçu un mail de ma maison d'édition à propos d'une rencontre dans un établissement de Tours pour laquelle je m'étais engagée des mois auparavant et qui, pour une raison que j'ai oubliée, avait été différée à plusieurs reprises. La documentaliste du lycée avait rappelé, il fallait fixer une nouvelle date sans plus attendre. Une classe de première et trois classes de seconde avaient travaillé sur plusieurs de mes romans et m'attendaient.

Je ne me sentais pas vraiment d'attaque, mais je m'étais engagée. À première vue, il n'y avait pas de raison que cela se passe mal. J'avais l'habitude de ce genre de rencontre. Nous avons regardé ensemble, L. et moi, quelles dates nous pouvions proposer.

L. m'a signalé deux ou trois autres demandes auxquelles elle avait répondu en mon absence. Elle m'a trouvé bonne mine après ces quelques jours à la campagne. Ne m'a posé aucune question sur mon séjour.

Le soir, elle s'est inquiétée de savoir si cela me posait problème qu'elle reste encore un peu. Je lui ai redit de prendre son temps.

L. ne m'a jamais questionnée sur François comme elle s'est autorisée à le faire sur mes amies. Elle ne m'a jamais demandé de lui raconter comment nous nous étions rencontrés, ni depuis combien de temps nous étions ensemble. Quand je rentrais de chez lui ou de Courseilles, elle se contentait de savoir comment j'allais. Elle évitait les détails, les anecdotes, et toute forme de récit. François faisait partie de ma vie, elle ne pouvait l'ignorer. Elle le considérait, de manière implicite, comme une donnée du problème. Elle ne cachait pas un certain scepticisme quant à cette relation et laissait parfois échapper une remarque qui suffisait à dire combien celle-ci continuait de lui sembler contre nature. Je ne m'en formalisais pas. Aux yeux de L., François était un paramètre permanent de mon existence avec lequel il me fallait composer. Une source de complications plutôt qu'un facteur favorable. Aimer un homme qui passait son temps à recevoir et louanger d'autres écrivains, voilà qui lui semblait périlleux. Quelqu'un qui traversait la Manche ou l'Atlantique pour rencontrer des auteurs qu'il jugeait plus intéressants que les auteurs français – car voilà, selon elle, ce que signifiaient ces incessants déplacements –, cela ne devait pas m'aider à retrouver confiance. Un soir où elle avait un peu bu,

L. avait été jusqu'à me comparer à une institutrice qui aurait choisi de vivre avec un inspecteur d'académie. Cela m'avait fait sourire, alors elle avait poursuivi :

— En fait, le type rentre chez lui tous les soirs pour lui raconter les expériences pilotes menées par des super profs dans des lycées d'excellence, alors qu'elle n'arrive même pas à maintenir l'ordre dans une classe de CM2…

Je n'étais pas sûre d'avoir perçu le sens de la métaphore. Ou plutôt la totalité de ses significations. Avec L., les sens cachés m'apparaissaient parfois plusieurs jours après la conversation que nous avions eue.

Notre cohabitation a continué ainsi. Le retour de François n'avait pas changé grand-chose. Les soirs où je dormais chez lui, je rentrais chez moi tôt le matin, sous prétexte de travailler. Je trouvais L. dans la cuisine, en train de boire un thé.

La seule question un peu directe que L. m'ait posée le concernant portait sur notre éventuelle vie commune, maintenant que mes enfants étaient partis.

Lorsque je lui ai retourné la question (avait-elle l'intention de refaire sa vie ?), elle s'est moquée de cette candide formulation. *Refaire sa vie*, qu'est-ce que ça voulait dire, s'agissait-il seulement de ça : faire, défaire, refaire ? Comme si nous n'avions qu'un seul fil à tricoter. Elle avait ri avant d'ajouter :

— Comme si nous étions des êtres univoques, construits d'une seule pièce, dans une seule matière. Comme si nous n'avions qu'une seule vie.

Deux ou trois choses me reviennent, qui datent, je le crois, de cette époque. Mais je dois dire que je ne suis plus tout à fait sûre de l'ordre dans lequel ces événements ont eu lieu, car à mesure que j'avance dans ce récit les choses deviennent de plus en plus floues.

D'abord L. s'est acheté un ou deux jeans de la même marque que les miens. Sur le moment, je n'y ai pas prêté plus d'attention que ça, ces détails me sont revenus bien plus tard, quand notre relation a commencé à vraiment déraper. Il m'arrive moi aussi de chercher à retrouver un vêtement semblable à celui que j'ai vu sur une amie. Il m'arrive de l'essayer, voire de l'acheter. Mais ce qui m'apparaissait fluide et voluptueux sur un autre corps, sur moi, me semble toujours trop large, trop serré, mal ajusté.

J'ai remarqué que L. avait acheté les mêmes jeans que les miens parce que L. n'en portait pas avant que je la rencontre – en tout cas pour ce que j'ai pu voir de sa garde-robe, dans les premiers temps de notre relation.

Dans les jours qui ont suivi, il m'est apparu que L. avait changé. Je veux dire que L. me ressemblait. J'ai bien conscience que cela peut paraître bizarre

(repérer, sur quelqu'un d'autre, une similitude avec
soi-même) et sans doute un peu narcissique. Mais c'est
ce que j'ai ressenti. Non pas une vraie ressemblance,
de détail, de traits, mais une ressemblance de contours,
d'allure. J'avais déjà noté que nous avions la même
taille, la même couleur de cheveux (sauf que ceux de
L. étaient dociles et bien mis en forme), mais à cela
s'ajoutait un paramètre nouveau : dans ses gestes, sa
manière de se tenir, quelque chose chez L. m'évoquait
moi. Par moments, sa silhouette se détachait comme la
projection vidéo de mon propre corps sur une surface
plus douce, plus lisse. J'ai remarqué aussi que L. se
maquillait moins. Par exemple, elle avait abandonné les
crèmes teintées qu'elle utilisait quand je l'ai rencontrée.
Peu à peu, L. avait adopté mes gestes, mes attitudes,
mes petites habitudes. C'était troublant, dérangeant.
Mais ce n'était peut-être qu'une vue de l'esprit, de
mon esprit.

(Il m'arrive souvent que l'on me dise que ma fille
me ressemble, sans doute d'abord par une forme de
mimétisme que je ne peux pas percevoir. Je peux éventuellement saisir notre ressemblance devant certaines
photos de Louise, qui me rappellent des photos de moi
au même âge, mais quand Louise est en face de moi,
il m'est impossible de percevoir cette ressemblance.
Je vois en quoi Paul ressemble à son père, c'est une
façon de s'asseoir, une moue de la bouche quand il
réfléchit, les mouvements de ses mains quand il parle.
Mais je ne pense pas que son père perçoive lui-même
le mimétisme de Paul à son endroit.)

En réalité, le mimétisme que L. avait développé vis-
à-vis de moi n'était pas de même nature. Il n'était pas

naturel, inconscient. Il était volontaire. C'est sans doute la raison pour laquelle il ne m'a pas échappé.

Mais à ce moment-là, je n'étais plus sûre de rien. Je crois que j'ai fini par conclure que je me faisais des idées.

Un matin très tôt, alors que je rentrais de chez François, j'ai trouvé L. assise dans la cuisine, pas habillée, pas coiffée, les yeux rougis. Elle venait d'apprendre que l'autobiographie de Gérard Depardieu, pour laquelle elle avait été contactée quelques semaines plus tôt, avait été confiée à Lionel Duroy. Ce n'était pas la première fois qu'elle était en concurrence avec l'écrivain. Ce dernier l'avait emporté après un dîner avec l'acteur. Une histoire d'affinités. Elle comprenait ce choix. Elle connaissait les deux hommes et ce choix avait un sens. Mais elle était déçue. Pourtant, elle acceptait rarement d'écrire pour des comédiens. Mais Depardieu, c'était autre chose. Elle aurait su l'écrire.

Plus tard, la voyant si abattue, j'ai proposé à L. de déjeuner dehors, pour lui changer les idées. Je n'avais pas eu le courage de préparer le repas et le réfrigérateur était vide.

Elle s'est enfermée une demi-heure dans la salle de bains.

Lorsqu'elle en est sortie, je n'ai pu réprimer une exclamation d'admiration, le moins qu'on puisse dire est qu'elle savait y faire. À part ses yeux légèrement gonflés, la transformation était spectaculaire, ses joues étaient roses et elle avait l'air fraîche et dispose.

Nous nous sommes dirigées vers l'une des brasseries de mon quartier réputée pour ses plats du jour, où nous étions déjà allées une ou deux fois. Alors que nous nous apprêtions à entrer dans le café, j'ai entendu quelqu'un crier mon prénom. Je me suis retournée et j'ai reconnu Nathan, un ami de Louise que celle-ci avait rencontré à la crèche. Ils avaient ensuite été dans la même classe à l'école maternelle, puis en primaire, et même si plus tard ils ont pris des chemins différents, ils ne se sont jamais perdus de vue. Au fil du temps, la mère de Nathan et moi sommes devenues amies. Il y a quelques années, nous sommes parties toutes les deux avec les enfants pour un long voyage aux États-Unis.

Nathan se tenait devant moi, et pendant quelques secondes l'image du petit garçon qu'il avait été (ses cheveux blonds, ses joues rondes et l'adorable pull jaune tricoté main qu'il portait sur la photo de la crèche) s'est superposée à celle du jeune homme aux dreadlocks, grand et beau, qui me faisait face. Je ne l'avais pas revu depuis que Louise était partie à Lyon, nous nous sommes embrassés et avons commencé à échanger quelques nouvelles.

Si j'avais rencontré une de mes amies, je suis sûre que L. serait restée. Mais elle ne s'est pas méfiée et m'a fait signe qu'elle entrait pour se mettre au chaud.

— Alors il paraît que t'es enfermée depuis des mois pour bosser, m'a lancé Nathan, l'air taquin. Maman m'a dit que t'avais carrément envoyé un mail à tous tes potes pour les supplier de pas te contacter !

Je n'ai pas compris tout de suite. Je n'ai pas voulu comprendre. Je crois que je me suis dit que c'était une exagération de langage, une formulation de jeune. Je crois même que sur le moment j'ai acquiescé. Nathan m'a parlé de ses projets et m'a demandé des nouvelles de Louise et Paul. Nous nous sommes quittés après avoir évoqué un dîner à venir, avec Corinne et lui, un week-end où les jumeaux seraient de retour.

J'ai pensé au plaisir qu'il y avait à voir grandir les enfants des autres, ceux qu'on a connus tout petits. Ceux qui sont sur les photos de classe ou de vacances, qu'on a consolés, nourris, bordés, grondés, parfois tenus dans ses bras. J'ai pensé à tous ces garçons et ces jeunes filles devenus si grands, si différents les uns des autres, j'ai pensé que j'aimerais écrire sur ce lien d'une infinie tendresse qui me lie aux amis de mes enfants et aux enfants de mes amis.

Je suis entrée dans le café et j'ai repéré L., assise à une table spacieuse. Je me suis assise. Tandis qu'elle terminait d'examiner le menu, le serveur s'est approché.

— Vous attendez la troisième personne pour commander ?

L. a levé les yeux vers lui, un sourire déçu aux lèvres.

— Je crois que nous allons commencer sans elle, elle nous rattrapera en route.

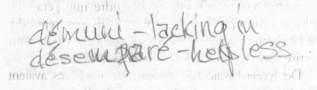

Nous avions fixé la date de mon déplacement à Tours au mois de mai. Et le mois de mai est arrivé.

À l'approche de ce voyage, l'angoisse est montée peu à peu, j'ai évité d'y prêter attention. La veille, en fin de journée, j'ai été prise d'une crise de panique. D'un seul coup, il m'est apparu que j'étais tout à fait incapable de rencontrer quatre ou cinq classes dans un lycée. Ce qui me tétanisait, c'était l'idée de devoir faire bonne figure, d'être en représentation, de répondre à des questions sur mon travail actuel alors que je me sentais si démunie, si désemparée. Tout est affaire de visualisation. Eh bien non, je ne me voyais pas, face à quatre-vingts adolescents, prétendre que j'étais en pleine écriture. Non, je ne me voyais pas répondre à l'incontournable question : « Qu'allez-vous pouvoir écrire *après ça* ? »

Des lycéens avaient lu plusieurs de mes livres, avaient préparé des questions, certains avaient effectué des travaux complémentaires (collages, courts-métrages) qu'ils avaient prévu de me montrer. Je ne pouvais décemment pas me désister. Mais j'étais incapable d'y aller.

Le soir, me voyant si angoissée, L. m'a proposé de se faire passer pour moi. Comme si c'était la chose la plus naturelle du monde, voilà, c'était une solution

comme une autre, les élèves ne seraient pas déçus, cela
éviterait de reporter une nouvelle fois la rencontre, de
changer les billets de train, de se retrouver face à la
même appréhension.

J'étais sidérée. À ma place ? Mais comment pouvait-
elle imaginer que personne ne s'en rendrait compte ?
Mais L. était tout à fait sûre de son coup. Ces gens
ne m'avaient vue qu'en photo, or, d'une manière générale, je devais bien admettre que la plupart des photos
étaient trompeuses et n'avaient pas grand-chose à voir
avec le réel. En outre, selon elle, les photos de moi dis-
ponibles sur Internet ne me ressemblaient pas. Elles ne
formaient pas un portrait cohérent, mais contribuaient
au contraire à créer une image fluctuante et illisible.
Les repères étaient brouillés. Tantôt j'avais les cheveux
frisés, tantôt j'avais les cheveux raides, sur certaines
j'avais l'air de revenir du Club Med, sur d'autres, de
sortir de prison, d'avoir trente-cinq ans ou cinquante-
cinq, d'être une bourgeoise ou une grunge échevelée,
bref, tout cela laissait une véritable marge de manœuvre
pour, selon ses propres termes, *me réinventer*. Quelques
détails bien choisis permettraient de jouer le tour. Elle
était certaine que ça pouvait marcher. Le risque n'était
pas si important. Par ailleurs elle avait lu toutes mes
interviews dans la presse (depuis le tout début, a-t-elle
précisé), elle m'avait entendue plusieurs fois à la radio,
elle se sentait parfaitement capable de répondre à ma
place aux questions traditionnelles sur la genèse de mes
livres ou sur l'écriture. Pour le reste, elle improviserait.

Je veux bien croire que cela paraît complètement
fou, mais j'ai accepté.

brouillé-muddy

Le lendemain matin à l'aube, L. a enfilé mes vêtements (nous avions choisi ceux que je portais sur les photos les plus visibles sur Internet, partant du principe qu'ils avaient laissé une trace dans l'inconscient de mes hôtes), puis j'ai passé une demi-heure à boucler ses cheveux, grâce au fer à friser que Louise avait laissé dans sa chambre. Les cheveux de L. étaient de la même longueur et à peine plus clairs que les miens. Le résultat nous a fait rire, surtout quand L. a commencé à imiter pour de bon mes gestes, mes intonations, comme si elle avait répété cet exercice des dizaines de fois, seule devant son miroir. Elle avait un vrai talent.

À 6 heures, billets de train en poche, elle a pris un taxi pour se rendre à la gare Montparnasse.

Elle m'a envoyé deux ou trois SMS depuis le TGV, puis je n'ai plus eu aucune nouvelle de la journée. Nous étions convenues qu'elle ne m'appelait que si elle se retrouvait au poste de police pour usurpation d'identité.

À part regarder mon téléphone toutes les dix minutes, je n'ai rien pu faire. Je me suis laissée aller à imaginer deux ou trois scénarios catastrophe : L. démasquée par des élèves lui jetant leurs livres à la figure, L. répondant n'importe quoi aux questions qui lui étaient posées, L. insultant un professeur qui lui aurait manqué de respect.

L. n'avait pas voulu que je vienne la chercher à la gare. Elle jugeait préférable que j'en profite pour rester seule. Vers 22 heures, alors que je n'y tenais plus, je l'ai entendue monter l'escalier.

Sur son visage, j'ai reconnu cette fatigue que je connaissais bien. L. m'a confirmé que tout s'était

enchaîné sans temps mort, le TGV, le déjeuner à la
cantine, la rencontre avec les classes, les dédicaces, le
goûter dans la salle des profs, le TGV. Sans un temps
mort et sans le moindre incident. Il y avait juste eu
ce court moment de flottement, à la gare de Tours,
lorsque la documentaliste l'avait accueillie. Cette dernière l'avait regardée plusieurs fois avant de s'avancer
vers elle, et puis, une fois qu'elles s'étaient saluées, la
documentaliste avait continué de lui jeter des regards en
biais. Après quelques secondes de perplexité, elle s'était
excusée de ne pas l'avoir tout de suite reconnue, elle
ne m'imaginait pas tout à fait comme ça. En revanche,
au lycée, les deux professeurs de Lettres n'avaient eu
aucune hésitation. Ils étaient ravis de me voir, les élèves
m'attendaient avec impatience. Pendant la rencontre,
un garçon avait provoqué l'hilarité générale lorsqu'il
avait demandé à L. si elle avait fait de la chirurgie
esthétique : elle paraissait plus jeune que sur les photos.
Son professeur l'avait sermonné. Les lycéens avaient
posé beaucoup de questions sur la dimension autobiographique de mes livres, notamment du dernier.
L. avait été frappée de voir que l'essentiel de leurs
interrogations portait sur ce point : pourquoi considé-
rais-je mon livre comme un roman, est-ce que tout était
vrai, qu'était devenu tel ou tel personnage, comment
le livre avait-il été accueilli par ma famille ? Autant de
questions que je connaissais bien et auxquelles j'avais
eu maintes fois à répondre.

Face à moi, L. ne pouvait dissimuler ni son excitation ni sa fierté : elle s'était fait passer pour moi et ça
avait marché ! Est-ce que je me rendais compte de ce
que cela signifiait ? Nous étions dorénavant devenues

interchangeables, en tout cas elle pouvait se substituer à moi. Il y avait sans doute moyen de parfaire la représentation, car elle pouvait s'améliorer, elle en était certaine, et cela pourrait me libérer de toutes sortes d'obligations si je le souhaitais.

— Tu sais, je peux le refaire, Delphine, chaque fois que tu en auras besoin. Et je suis sûre que ça peut marcher avec des gens qui te connaissent. Des libraires, des bibliothécaires, des journalistes. Sûre et certaine. Crois-moi, les gens ne savent pas regarder. Ils sont bien trop occupés par eux-mêmes. On fait l'expérience quand tu veux.

L. était aussi heureuse que si elle venait de remporter un grand prix d'interprétation.

Toute à sa joie, elle n'a pas perçu le malaise que je peinais pourtant à dissimuler. J'ai chassé la sensation bizarre qui m'étourdissait légèrement. Pour cette fois, elle m'avait sauvé la mise.

Je l'ai remerciée. Je crois même que j'ai ajouté : je ne sais pas quoi faire pour te remercier.

Le lendemain, L. m'a dit que nous avions reçu un mail très chaleureux de la part des enseignants. Ils avaient eu d'excellents retours, les élèves avaient adoré la rencontre qu'ils avaient trouvée vivante, passionnante et détendue.

On avait bien fait d'y aller.

Je suis quelqu'un de maladroit. Je me cogne dans les murs, me prends les pieds dans les tapis, je fais tomber des objets, renverse l'eau, le vin, le thé, je glisse, je trébuche, je me laisse entraîner dans des dérapages incontrôlés, tout cela parfois au cours d'une même journée. Ce n'est pas nécessairement dû aux irrégularités de terrain ni à la présence d'obstacles camouflés. Il s'agit plutôt d'une grande distraction, ou d'une forme sournoise d'inadaptation au monde qui m'entoure. À cela s'ajoutent d'autres paramètres : la fatigue, le regard de l'autre. Encore aujourd'hui, si je me sais observée, il m'arrive de traverser une pièce ou de descendre un escalier avec pour unique préoccupation de parvenir au bout sans tomber. Encore aujourd'hui, si je suis intimidée, il m'arrive de passer un repas entier à suivre la conversation d'une oreille distraite parce que je m'applique à ne pas avaler de travers, à ne rien laisser choir, et que cela requiert toute mon attention.

J'ai appris à dissimuler ce handicap et aujourd'hui je crois que je cache pas mal mon jeu. J'ai développé un certain nombre d'automatismes, de stratégies, de mesures préventives qui me permettent de passer des journées entières sans heurter aucune surface, ni me ridiculiser en public, ni mettre la vie d'autrui en danger.

Mais aujourd'hui, je sais aussi quels sont les moments d'épuisement, de tristesse, de contrariété qui m'obligent à redoubler d'attention.

Car il m'est arrivé à plusieurs reprises de m'illustrer, parfois publiquement, par des actes d'une invraisemblable maladresse. J'ignore si d'autres personnes de mon âge – c'est-à-dire disposant d'un certain nombre d'heures d'entraînement – se trouvent dans cette situation.

Un jour, il y a de cela quelques années, mon éditeur anglais m'a fait venir à Londres pour la traduction de l'un de mes romans. Je n'étais pas allée à Londres depuis longtemps et m'apprêtais, non sans appréhension, à répondre à ma première interview en anglais. Mon éditeur est venu me chercher à la gare de Saint-Pancras, nous avons pris un taxi pour aller directement au studio où l'émission était enregistrée. Peut-être portais-je une jupe ou une robe pour l'occasion. Dans la voiture, nous avons échangé quelques nouvelles. Mon éditeur anglais est une figure de l'édition. C'est un homme d'une cinquantaine d'années, extrêmement anglais et extrêmement séduisant. Il incarne à mes yeux l'essence même du chic britannique. Lorsque nous sommes arrivés à destination, il est descendu le premier de la voiture puis m'a tenu la portière, souriant. Il s'agissait seulement de sortir du taxi. Durant les quelques secondes qui ont précédé mon mouvement, une voix dans ma tête m'a prévenue : *Tu ne vas pas y arriver*. Cela n'avait aucun sens, ne reposait sur aucune raison objective, mais la peur était là, comme s'il me fallait maintenant, tout en haut du chapiteau, sauter d'un trapèze en mouvement vers un autre trapèze en mouvement. J'étais intimidée, je voulais faire bonne figure, je voulais me montrer fluide et féminine, je voulais lui plaire. Et soudain, descendre de cette voiture sous les yeux de mon éditeur anglais m'a paru insurmontable.

À cet instant précis, j'ai pensé cela : de certains mots, de certains regards, on ne guérit pas. Malgré le temps passé, malgré la douceur d'autres mots et d'autres regards.

Au moment où je suis sortie de la voiture, en vertu de je ne sais quel entremêlement de mes jambes ou de mes pieds, j'ai basculé vers l'avant, non pas dans un véritable vol plané, qui aurait eu au moins le mérite du spectacle, non, plutôt dans une sorte d'affaissement sec, misérable, je me suis retrouvée face contre terre, et le contenu de mon sac s'est répandu sur la chaussée. Mon éditeur anglais m'a tendu la main pour m'aider à me relever, dans un geste d'une délicatesse absolue, ne laissant paraître aucun étonnement, comme s'il s'agissait d'un phénomène fréquemment observé chez les écrivains français.

Au contact de L., en particulier dans la période où elle a vécu chez moi, cette maladresse n'a cessé de croître, de se développer, comme un virus réactivé qui aurait muté pour une forme plus nocive, plus tenace. Je me cognais sans cesse. Les objets m'échappaient des mains et semblaient dotés d'une énergie propre. Mes mouvements étaient déréglés. Les chocs, les chutes, les collisions se sont multipliés. Je ne comptais plus les bleus, ni la casse. L'inadaptation de mon corps à son milieu d'appartenance, dont je m'étais accommodée et que j'avais appris à dissimuler, s'était réveillée dans une sorte de hiatus permanent. J'évoluais sur un terrain accidenté, miné, à chaque instant me guettaient le dérapage, l'éboulement, l'effondrement. Où que j'aille, je craignais mon propre vacillement. Je me sentais fébrile et malhabile. Tremblante. La verticalité de ma personne n'était plus une donnée acquise, mais un phénomène précaire pour lequel il me fallait lutter.

François, qui m'avait souvent taquinée au sujet de ma maladresse (étais-je la fille cachée de Pierre Richard ou de Gaston Lagaffe ?), a commencé à s'inquiéter. Il s'est mis à m'observer en coin, comme s'il cherchait la preuve irréfutable que quelque chose ne tournait pas rond. Sous ses yeux, il m'est arrivé de tomber ou de lâcher un objet, comme ça, en plein milieu d'un mouvement, sans aucune raison, exactement comme si l'information « je porte un verre à ma bouche » ou « je tiens une casserole dans la main droite » disparaissait soudain de mon cerveau. Parfois, la connexion s'interrompait brutalement. Par ailleurs, comme je peinais de plus en plus à évaluer la distance entre mon corps et le reste du monde, il a été question, à plusieurs reprises, que je consulte un neurologue.

Si j'y réfléchis, la maladresse figure parmi différents symptômes survenus ou réapparus à cette période, symptômes plus ou moins invalidants dont j'ai accepté la coexistence, l'addition, la multiplication, sans donner l'alerte. Aujourd'hui, je suis capable de relier ces événements entre eux. Mais à l'époque, tout cela se fondait dans un état de tristesse, de solitude, dont j'ignorais la cause et pour lequel je refusais de consulter un médecin quel qu'il fût. J'étais triste, voilà tout, ce n'était pas la première fois, ni sans doute la dernière.

Parfois, oui, il m'est venu à l'esprit que L. pouvait être mêlée de près ou de loin à cet état.

En apparence, elle me portait, me soutenait, me protégeait. Mais en réalité, elle absorbait mon énergie. Elle captait mon pouls, ma tension, et ce goût pour la fantaisie qui pourtant ne m'avait jamais fait défaut.

Alors qu'en face d'elle je me vidais de toute substance, elle passait des heures à travailler, entrait et sortait, prenait le métro, préparait la cuisine. Quand je l'observais, il me semblait parfois me voir moi, ou plutôt un double de moi-même, réinventé, plus fort, plus puissant, chargé d'électricité positive.

Et bientôt il ne resterait de moi qu'une peau morte, desséchée, une enveloppe vide.

À mesure que je tente d'avancer dans ce récit, je perçois avec quelle constance j'essaie de multiplier les repères chronologiques, par une volonté sans doute maladroite d'ancrer cette histoire dans un temps partagé, objectif, tangible pour tous. Je sais que tout cela ne tardera pas à exploser et qu'il arrivera un moment où les marqueurs temporels ne signifieront plus rien, où il ne restera plus qu'une sorte de long couloir vide.

Si je le pouvais, je raconterais avec plus de détails les quelques semaines qui nous ont conduites jusqu'à l'été. Mais je n'en ai ni la trace ni le souvenir. Je suppose que ma vie a continué dans cette mascarade hésitante qui ne menait à rien.

Je suppose que L. a continué à travailler, à s'occuper de mes courriers et de mes papiers, et que j'ai continué à ne rien faire. Je suppose que nous sommes, elle et moi, sorties un soir ou deux pour boire des verres et nous changer les idées.

Louise et Paul sont rentrés deux fois pour le weekend. La première fois, L. en a profité pour partir en Bretagne chez sa mère. La seconde, elle m'a dit qu'elle préférait aller à l'hôtel pour ne pas nous déranger.

Un soir, alors que nous étions chez lui, je me souviens que François et moi nous sommes disputés. Je crois qu'il s'agissait de psychanalyse (la psychanalyse figure en bonne place parmi nos sujets de désaccord, devant le café allongé, l'usage des citations, la nostalgie, certains auteurs que je défends et qu'il n'apprécie pas, certains films qu'il adore et que je tiens pour des navets, et réciproquement). Nous nous disputons très rarement et cela ne dure jamais plus de dix minutes, mais ce soir-là j'avais saisi la première occasion pour le contredire, c'est quelque chose que je sais très bien faire quand une part de moi décide soudain d'en découdre (heureusement, cela n'arrive pas souvent). Le ton est monté sans que je m'en rende compte. J'étais tendue, il était fatigué, il y avait de l'électricité dans l'air.

Est-ce que chacun de nous a ressenti cela au moins une fois dans sa vie, la tentation du saccage ? Ce vertige soudain – tout détruire, tout anéantir, tout pulvériser – parce qu'il suffirait de quelques mots bien choisis, bien affûtés, bien aiguisés, des mots venus d'on ne sait où, des mots qui blessent, qui font mouche, irrémédiables, qu'on ne peut pas effacer. Est-ce que chacun de nous a ressenti cela au moins une fois, cette rage étrange, sourde, destructrice, parce qu'il suffirait de si peu de choses, finalement, pour que tout soit dévasté ? Voilà exactement ce que j'ai éprouvé ce soir-là : j'étais capable de prendre les devants, saboter moi-même tout ce à quoi je tenais, tout détruire pour n'avoir plus rien à perdre. Voilà ce qui m'a submergée, l'idée folle que le moment était venu de mettre fin à tout ça, la parenthèse enchantée et toutes les conneries de ce genre auxquelles j'avais fini par croire, je pensais avoir rencontré un homme capable de m'aimer, de me comprendre, de me suivre, de me supporter, mais en fait non, ha ha, tout cela n'était qu'un leurre, une belle arnaque à laquelle il était grand temps de mettre un terme. Et les mots de la blessure irréparable, je les connaissais, je connaissais le point faible, le talon d'Achille, il suffisait de viser juste, au bon endroit, en moins de temps qu'il ne fallait pour le dire, ce serait plié.

❮Voilà ce que L. avait réactivé : la personne insécurisée en moi capable de tout détruire.❯

L'espace d'une minute, je me suis tenue juste au bord du désastre, et puis j'ai reculé.

À cette période, François m'a proposé à plusieurs reprises de venir m'installer chez lui, au moins pendant quelque temps. Il s'inquiétait. Il n'était dupe de rien. Ni de mes bravades, ni de mon soi-disant travail en cours. Il pensait que les lettres anonymes m'atteignaient bien plus que je ne voulais l'admettre. Il pensait que je m'étais laissé rattraper par quelque monstre ou fantôme surgi du passé.

Je me souviens d'un autre soir, au retour de Courseilles, où nous avons eu une discussion étrange, comme si François percevait autour de moi un faisceau anormal sans être capable de l'identifier. Il faisait nuit depuis longtemps et la route était dégagée. Dans la voiture, il m'avait questionnée. Oui, il s'inquiétait pour moi. Il pouvait comprendre que j'aie besoin de solitude, que je protège mon travail, que je ne veuille pas parler avec lui de certaines choses. Mais j'allais trop loin, je me mettais en danger. Je refusais son aide. Peut-être, pour une fois – au moins pour une courte période –, pouvais-je accepter l'idée que quelqu'un s'occupe de moi. Selon lui, j'avais de nouveau érigé autour de moi une sorte de cordon sanitaire pour que personne, pas même lui, ne puisse avoir accès à ce qui me touchait ou me concernait vraiment. Il comprenait que je n'aie pas envie de tout partager, mais je n'avais pas besoin de déployer un tel système de défense. On n'était pas en guerre. Il n'était pas mon ennemi. Il m'avait connue plus apaisée.

Et puis ses yeux avaient quitté la route un instant pour m'observer.

— Tu sais parfois, je me demande s'il n'y a pas quelqu'un qui prend possession de toi.

J'ignore pourquoi je ne lui ai pas parlé ce jour-là. Pourquoi je n'ai pas mentionné L. et cette impression, à son contact, que les serres d'un rapace broyaient mon cerveau.

Quiconque a connu l'emprise mentale, cette prison invisible dont les règles sont incompréhensibles, quiconque a connu ce sentiment de ne plus pouvoir penser par soi-même, cet ultrason que l'on est seul à entendre et qui interfère dans toute réflexion, toute sensation, tout affect, quiconque a eu peur de devenir fou ou de l'être déjà, peut sans doute comprendre mon silence face à l'homme qui m'aimait.

C'était trop tard.

De l'âge de douze ans jusqu'après la naissance des jumeaux, j'ai écrit un journal intime. J'ai déjà évoqué ces petits cahiers d'écolier, remplis de mon écriture d'enfant, puis d'adolescente, puis de jeune adulte. Ils sont numérotés et rangés dans l'ordre dans une caisse en plastique hermétique que j'ai essayé de descendre plusieurs fois à la cave, mais que je finis toujours par remonter. Ces cahiers m'ont servi pour l'écriture de mon premier et de mon dernier roman. En dehors de ces deux moments (à dix ans d'intervalle), je ne les ai pas relus. S'il m'arrive un jour quelque chose, je souhaite que ces cahiers soient détruits. Je l'ai fait savoir dans mon entourage et consigné par écrit : je veux que personne ne les ouvre ni ne les lise. Je sais qu'il serait plus prudent de m'en séparer moi-même, de les brûler, mais je ne peux m'y résoudre. La boîte en plastique a trouvé sa place dans le cagibi qui jouxte ma cuisine, dans lequel je range toutes sortes de choses : aspirateur, linge de maison, boîte à outils, boîte à couture, boîte à fournitures scolaires, sacs de couchage et matériel de camping.

Un soir, alors que je m'apprêtais à sortir la table à repasser, j'ai remarqué que le couvercle de la caisse en plastique – la caisse des petits cahiers – était déplacé.

J'ai ouvert l'escabeau pour la descendre. Juste à ce moment-là, peut-être parce qu'elle avait entendu du bruit, ou parce qu'elle disposait réellement d'un sixième sens, L. est sortie de sa chambre. Elle m'a rejointe dans la cuisine.

Une fois la caisse posée au sol, j'ai entrepris de vérifier son contenu. Comme je m'assurais que tous les cahiers étaient là, L. a émis un sifflement admiratif.

— Eh ben dis donc, tu as de quoi faire.

Je n'ai pas relevé. Les cahiers étaient dans le désordre mais ils étaient tous là.

J'ai failli demander à L. si c'était elle qui avait ouvert la boîte, mais cela m'a semblé trop agressif, comme ça, sans preuve et sans motif, cela revenait à l'accuser d'avoir fouillé. Pourtant, c'était un scénario probable : L. connaissait l'existence des cahiers et l'endroit où ils étaient rangés, elle avait peut-être été interrompue pendant sa lecture, ce qui expliquait qu'ils aient été remis dans le désordre.

Elle ne m'a pas quittée des yeux tandis que je refermais la caisse et la remettais à sa place. J'ai pensé qu'il fallait que je trouve un autre endroit, dans les prochains jours, pour l'entreposer.

Le soir même, L. s'est intéressée à l'utilisation de ce journal. C'était, selon elle, un matériau incroyable, formidable. Plus de quinze années de souvenirs, d'anecdotes, de sensations, d'impressions, de portraits… Quelque chose dans sa façon d'en parler me confirmait qu'elle les avait lus, au moins en partie. Il m'est difficile d'expliquer cela : elle en parlait comme si elle savait de manière infuse, par intuition (et non par indiscrétion), ce que les cahiers contenaient. Si bien que si je m'étais insurgée, si je lui en avais fait le reproche, elle aurait aussitôt démenti.

Elle trouvait dommage que je refuse d'extraire de ces cahiers la matière précieuse du livre fantôme. Car il était bien là, elle le sentait, elle le savait, des pages et des pages bâillonnées qui attendaient le jour où j'accepterais de raconter.

— C'est comme une mine que tu aurais condamnée. Tu as une chance folle d'avoir écrit tout cela. Tu te rends compte ?

Oui, elle avait raison. C'était précieux. Ces cahiers étaient ma mémoire. Ils contenaient toutes sortes de détails, d'anecdotes, de situations que j'avais oubliés. Ils contenaient mes espoirs, mes questions, ma douleur. Ma guérison. Ils contenaient ce dont je m'étais délestée, afin de tenir debout. Ils contenaient ce que je croyais avoir oublié mais qui jamais ne s'efface. Ce qui continue d'agir, à notre insu.

L. ne m'a pas laissé le temps de lui répondre. Elle m'a parlé plus bas, mais aussi plus fermement :

— Je ne comprends pas que tu en sois encore à chercher un sujet alors que tu as ça entre les mains.

Je me sentais d'humeur amère.

— D'abord je ne cherche pas de sujet, comme tu dis, ensuite ce matériau n'a de valeur que pour moi-même.

— Moi je crois le contraire. Je crois que c'est à ça, à cette réalité-là, à cette vérité-là, que tu dois te confronter.

La colère m'a assaillie d'un seul coup, je ne l'avais pas sentie venir.

— Mais on s'en fout de cette vérité, on s'en contrefout !

— Non, on ne s'en fout pas. Les gens le savent. Ils le sentent. Moi je le sais, quand je lis un livre.

Pour une fois j'avais envie d'argumenter, de chercher à comprendre.

— Est-ce que tu ne crois pas que tu le sens, comme tu dis, simplement parce que tu le sais ? Parce qu'on a pris soin de te faire savoir d'une manière ou d'une autre qu'il s'agissait d'une histoire vraie, ou « inspirée de faits réels » ou « très autobiographique », et que cette simple étiquette suffit à susciter de ta part une attention différente, une forme de curiosité que nous avons tous, moi la première, pour le fait divers ? Mais tu sais, je ne suis pas sûre que le réel suffise. Le réel, si tant est qu'il existe, qu'il soit possible de le restituer, le réel, comme tu dis, a besoin d'être incarné, d'être transformé, d'être interprété. Sans regard, sans point de vue, au mieux, c'est chiant à mourir, au pire c'est totalement anxiogène. Et ce travail-là, quel que soit le matériau de départ, est toujours une forme de fiction.

Pour une fois, L. ne m'a pas répondu du tac au tac. Elle a réfléchi un instant avant de me demander :

— Eh bien qu'attends-tu pour le faire ?

— Faire quoi ?

— Ce travail dont tu parles.

Dans la nuit qui a suivi, j'ai fait un cauchemar étrange dont je garde un souvenir assez précis : je suis debout, face au tableau, dans une salle de classe dont les murs sont couverts de dessins d'enfant. Un professeur, dont le visage m'est parfaitement inconnu, m'interroge. Chaque fois, je me trompe de réponse et le professeur se tourne vers L. (qui est une enfant aussi, mais un peu plus âgée que moi) pour obtenir la réponse exacte. Les autres élèves ne me regardent pas, ils fixent leurs cahiers pour ne pas m'humilier davantage. Seule mon amie Mélanie me regarde et me fait des signes de plus en plus pressants pour que je m'enfuie.

Je me suis réveillée en sueur.

J'ai allumé la lumière, j'ai attendu que mon cœur reprenne un rythme normal. Je ne crois pas m'être rendormie.

Le lendemain, j'ai passé la matinée à classer ma correspondance. Je garde toutes les lettres que je reçois, le moindre petit mot écrit par mes enfants, les cartes postales, les messages qui accompagnent les fleurs, je garde tout. Tous les deux ou trois ans, je fais des tas, des paquets, je range dans des boîtes.

Dans l'après-midi, je suis sortie marcher.

Alors que je passais devant l'école maternelle, la phrase de Nathan (l'ami de Louise que j'avais croisé quelques semaines plus tôt dans le quartier) m'est revenue avec la puissance d'un boomerang :

Maman m'a dit que t'avais carrément envoyé un mail à tous tes potes pour les supplier de pas te contacter !

J'avais tenu cette phrase à distance, pendant tout ce temps. Elle était restée là, pas très loin, suspendue, en attente, parce que je n'avais pas eu le courage de chercher à l'éclaircir, d'affronter ce qu'elle signifiait, parce que je n'avais pas eu le courage ni la force de traiter normalement cette information.

J'étais dans la rue quand j'ai appelé Corinne, la mère de Nathan. Elle a décroché aussitôt et accueilli mon appel avec chaleur. Enfin, je sortais de ma grotte !

Corinne m'a confirmé que je lui avais envoyé un message, comme apparemment à tous mes contacts – à en juger par la longueur de la liste des destinataires – pour prévenir que je me mettais au travail et que j'avais besoin de me tenir à l'écart de toute tentation.

J'ai demandé à Corinne si je pouvais passer chez elle pour qu'elle me montre ce message. J'avais besoin de le voir. Corinne n'est pas du genre à se formaliser des bizarreries d'autrui, elle m'a dit de passer quand je voulais, elle était là, elle ne bougeait pas.

Lorsque je suis arrivée chez elle, elle avait retrouvé le message, signé de mon nom, adressé à tous mes amis et à la quasi-totalité de mes contacts.

Elle me l'a renvoyé depuis, je le reproduis ici :

Chers toutes et tous,
Comme vous le savez pour la plupart, je n'arrive pas à me remettre au travail. Cet échec s'accompagne d'une grande dispersion dans mes activités et d'une forme d'oisi-veté que je déteste et qui me ronge.

Aussi je vous demande, pendant quelques mois, de ne plus me faire signe, de ne pas m'inviter, de ne plus me proposer de nous retrouver ici ou là. Sauf cas de force majeure, bien sûr. De mon côté, je ne vous donnerai aucune nouvelle non plus, le temps d'écrire ce livre.

Cette mesure peut vous sembler radicale. Je suis sûre aujourd'hui qu'il me faut en passer par là.

Je vous embrasse.
Delphine

Le message était daté du mois de novembre, période à laquelle L. avait eu accès à mon ordinateur pour la première fois. Corinne y avait répondu par un mot d'encouragement et de soutien et, n'osant pas me téléphoner, m'avait écrit une ou deux fois depuis. (Comme la plupart de mes amis et certains membres de ma famille, je l'apprendrais plus tard. L. ne m'a évidemment transmis aucun de ces messages.)

J'ai remercié Corinne et lui ai promis de revenir la voir ou de l'appeler très vite pour boire un verre.

J'ai pris le chemin pour rentrer chez moi. Je me sentais très fatiguée.

En bas de mon immeuble, j'ai essayé de joindre François, qui était parti pour deux jours sur un tournage en province, mais je suis tombée sur sa messagerie. Je me comportais comme quelqu'un qui avait peur. C'était ridicule. Pourquoi n'attendais-je pas d'être à la maison pour l'appeler plus tranquillement ? Pourquoi parlais-je à voix basse quand L. était chez moi ?

L. m'attendait dans la cuisine. Elle s'est étonnée que je rentre si tard de ma balade, elle commençait à s'inquiéter. Elle avait préparé le thé rouge que je préfère et acheté des macarons. Elle avait quelque chose d'important à me dire. Je l'ai interrompue :

— Non, c'est moi qui ai quelque chose d'important à te dire.

Ma voix tremblait.

— Je sais que tu as envoyé un mail à tous mes amis pour leur demander de ne plus me contacter.

Je m'attendais à ce qu'elle nie. Ou au moins qu'elle soit prise de court. Mais L. n'a pas eu la moindre expression de surprise, ni de malaise, elle m'a répondu sans aucune hésitation, comme si elle était parfaitement sûre de son bon droit.

— Eh bien oui. Je voulais t'aider. C'est mon rôle, tu sais, créer les meilleures conditions pour que tu travailles. Éviter que tu te disperses.

J'étais soufflée.

— Mais enfin, tu ne peux pas faire ça. Tu te rends compte ? Tu écris à mes amis une lettre ridicule pour leur dire de ne plus me contacter, c'est grave, c'est très grave, tu n'as pas le droit de faire ça sans m'en parler, j'ai besoin de mes amis…

— Mais moi je suis là. Ça ne te suffit pas ?

— Non… Ce n'est pas la question, je n'en reviens pas que tu aies pu faire ça.

— C'était nécessaire. Et cela reste nécessaire. Fais attention. Tu as besoin de silence et de solitude pour écrire ce livre.

— Quel livre ?

— Tu sais bien lequel. Je ne crois pas que tu aies le choix, tu dois répondre à la demande de ton public.

C'est ce mot *public*, sans doute, qui m'a heurtée, qui m'a paru si dissonant. Ce mot qu'elle avait prononcé comme si j'étais une vedette de variété à la veille de sa tournée. Soudain, je ne pouvais plus ignorer que L. me prenait pour quelqu'un d'autre, projetait sur moi un fantasme qui n'avait rien à voir avec ce que j'étais. J'ai protesté d'un ton ferme, j'avais peur que ma voix parte dans les aigus, je voulais rester calme.

— Écoute-moi bien. Je vais te dire une chose : je n'ai jamais écrit pour faire plaisir à qui que ce soit, et je n'ai pas l'intention de commencer. Quand, par malheur, cette idée me vient à l'esprit, plaire ou faire plaisir, parce que oui, si tu veux savoir, elle me vient à l'esprit, je la piétine de toutes mes forces. Parce qu'au fond l'écriture est bien plus intime, bien plus impérieuse que ça.

L. s'est levée et faisait un effort manifeste pour me parler avec douceur.

— Eh bien justement, voilà de quoi je parle : du plus intime. Voilà ce que tes lecteurs attendent de toi. Que tu le veuilles ou non, tu es responsable de l'attention, de l'amour que tu as suscités.

Je crois que j'ai hurlé.

— Mais qu'est-ce que ça peut te foutre ? De quoi tu te mêles ? Qui es-tu pour savoir ce qui est bien ou mal, souhaitable ou regrettable ? Qui es-tu pour savoir ce qu'est la littérature ou ce qu'elle n'est pas, et ce que mes lecteurs attendent ? Pour qui tu te prends ?

Elle ne m'a pas regardée. Je l'ai vue se lever, attraper l'assiette sur laquelle elle avait disposé avec soin les macarons. Du bout du pied, elle a appuyé sur la pédale de la poubelle et, d'un geste dont la rapidité m'a surprise, les a jetés.

Elle est sortie de la cuisine sans me dire un mot. Nous n'avions pas encore touché au thé.

Dans la nuit, j'ai entendu L. se lever à plusieurs reprises, j'ai pensé qu'elle avait une insomnie. La lune était pleine et elle m'avait confié que cela perturbait son sommeil.

Le lendemain matin, lorsque je me suis levée, je l'ai trouvée prête à partir. Ses valises étaient rassemblées dans l'entrée. Son visage accusait une fatigue inhabituelle, ses yeux étaient cernés et il m'a semblé qu'elle n'était pas du tout maquillée. Elle avait dû passer la nuit à préparer ses bagages. Elle ne paraissait pas en colère (ou si elle l'était, elle le dissimulait parfaitement), d'une voix très calme elle m'a informée qu'elle avait trouvé un hôtel dans le dixième arrondissement, les chambres n'étaient pas grandes mais elle s'en accommoderait pour quelque temps. J'ai tenté de protester mais elle m'a arrêtée d'un geste de la main.

— Ce n'est plus le moment d'en discuter. Je sens bien que ma présence te pèse. Je ne veux pas t'empêcher d'écrire. Tu sais combien je respecte ton travail. Tu as sans doute besoin d'être un peu seule, avant que tes enfants reviennent pour les vacances. Je le comprends. Je pensais pouvoir t'aider à retrouver confiance en toi. J'ai cru que je pouvais t'éviter de perdre du temps, de tomber dans les pièges. Mais peut-être faut-il en passer par là. Je me suis trompée, excuse-moi. Tu as raison, toi seule sais de quelle manière tu dois travailler. Ce qui est bien pour toi. Je te demande pardon si j'ai pu dire quoi que ce soit qui t'ait blessée, ce n'était pas mon intention.

Soudain, je me suis sentie coupable. J'étais en train de jeter à la rue l'amie qui m'aidait depuis des semaines, qui se tapait le sale boulot.

L. a ouvert la porte d'entrée. Après une courte hésitation, elle est revenue vers moi.

— Tu sais, Delphine, j'ai peur pour toi. J'espère qu'il ne t'arrivera rien. J'ai un mauvais pressentiment. Fais attention à toi.

Sur ces paroles, elle est sortie et la porte s'est refermée derrière elle. Je l'ai entendue descendre les premières marches et puis je n'ai plus rien entendu. Elle avait posé les clés que je lui avais prêtées sur la table de la cuisine.

Dans l'après-midi, un autre garçon, aussi jeune que celui qui l'avait accompagnée, est venu chercher ses valises.

Les jours qui ont suivi, je n'ai eu aucune nouvelle de L.

Je n'ai pas tenté de l'appeler.

Je ne pouvais m'empêcher de penser à ses derniers mots. Ce n'était pas une mise en garde, c'était une malédiction. Un sort funeste et inéluctable que L. m'avait jeté.

III

TRAHISON

— *Puis-je vous demander quelque chose, Annie ?*
— *Bien sûr, mon cher.*
— *Si je vous écris cette histoire –*
— *Ce* roman *! Un gros et beau roman comme tous les autres, peut-être même plus gros !*
Il ferma les yeux un instant puis les rouvrit.
— *D'accord, si je vous écris ce roman, est-ce que vous me laisserez partir quand il sera terminé ?*
Pendant quelques instants, une expression qui trahissait son malaise s'attarda sur le visage d'Annie ; puis elle le regarda attentivement.
— *Vous parlez comme si je vous retenais prisonnier, Paul.*

(Stephen King, *Misery*)

De l'été qui a suivi le départ de L., j'ai peu de souvenirs.

Louise et Paul sont rentrés dans le courant du mois de juin pour passer deux semaines avec moi, puis nous sommes partis ensemble à Courseilles, où ils sont restés un moment avec nous avant de rejoindre leurs amis. Je me suis installée tout le mois de juillet à la campagne avec François. Face à la quantité de livres qu'il avait emportés, je me souviens de l'angoisse que j'éprouvais, un mélange de fascination et de dégoût. Le rituel était le même chaque été : une centaine de romans répartis en petits tas dans son salon, posés sur les tables ou à même le sol, obéissant à une organisation précise connue de lui seul. Je me souviens d'avoir pensé que L. avait raison, en tant qu'écrivain c'était suicidaire de côtoyer, d'aussi près, quelqu'un comme lui. Quelqu'un dont le métier était de lire des livres, de rencontrer et de recevoir des écrivains, de donner son avis sur leurs ouvrages. Des centaines de livres paraissaient chaque rentrée littéraire. Ce n'était pas seulement un chiffre mentionné par les médias. C'était là, sous mes yeux, rangés en piles et dans les cartons encore fermés qu'il ne tarderait pas à déballer : cinq ou six cents romans de tailles diverses à paraître entre la fin du mois d'août et la fin du mois de septembre.

J'avais rencontré François dans l'exercice de son métier. Chacun s'en était d'abord tenu à son rôle et il avait fallu quelques années avant que nous nous rencontrions vraiment.

Je l'aimais. Je l'aimais pour mille raisons, je l'aimais aussi parce qu'il aimait les livres. J'aimais sa curiosité. J'aimais le regarder lire. J'aimais nos ressemblances, nos désaccords, nos discussions interminables. J'aimais découvrir des livres avec lui, avant lui, grâce à lui.

Mais cette fois, tous ces romans m'insupportaient. Leurs couvertures, leurs bandeaux, leurs argumentaires narguaient mon impuissance. Étalée devant moi, une telle quantité de papier me paraissait soudain indécente et menaçante.

J'avais envie de les lui arracher des mains, de les jeter tous par la fenêtre.

À François qui parlait parfois de tout arrêter, les soirs de déception ou de grande fatigue, je rêvais de dire banco, chiche, voyons maintenant si tu en es capable, arrêtons tout, allons vivre ailleurs, réinventons-nous dans un autre lieu, une autre vie.

Au mois d'août, je suis partie avec Louise et Paul rejoindre nos amis de *la maison-des-vacances*. Au moment où j'écris ces lignes, je me rends compte que je n'ai aucun souvenir de la maison que nous avons louée cet été-là, les images m'échappent, elles se confondent avec d'autres, plus anciennes, je suis incapable de visualiser l'endroit, ni la petite ville aux abords de laquelle elle se situait.

Je me souviens seulement de la piste cyclable que nous empruntions à vélo pour gagner la mer, le vent de face qui entrait dans ma bouche, cette sensation de vitesse que je recherchais dans les descentes. J'étais heureuse d'être là, de ne pas manquer ce rendez-vous avec mes enfants et mes amis, l'angoisse a fini par desserrer son emprise pour quelques jours.

Après deux semaines de trêve, nous sommes rentrés par le train. Au moment où, avec Louise et Paul, nous avons pris possession du carré Famille qui nous attendait dans le TGV, je me suis trouvée projetée un an plus tôt, quasiment jour pour jour, derrière les rideaux gris-vert aux couleurs de la SNCF, dans un espace en tout point semblable à celui que nous occupions. En un instant, j'ai revu avec précision ce trajet que nous avions fait tous les trois, à la même époque, au retour de *la-maison-des-vacances* : le pique-nique étalé sur la tablette, la nouvelle coupe de cheveux de Paul, le tee-shirt rouge de Louise, leur peau bronzée. Soudain, comme si c'était hier, je retrouvais les pensées qui m'avaient occupée ce jour-là, tandis que mes yeux cherchaient à travers la vitre, dans ce même paysage qui défilait à toute vitesse, l'impossible point d'accroche. J'avais pensé à François dont l'année s'annonçait très chargée, j'avais pensé au livre que je m'apprêtais à écrire, j'avais pensé au documentaire sur le génocide arménien que j'avais commandé pour le montrer à mes enfants (ils sont d'origine arménienne par leur père), j'avais pensé aux ciels d'hiver et puis j'avais renversé la bouteille de soda et nous avions utilisé plus d'un paquet de kleenex pour éponger. Tout cela me revenait avec une précision étrange, je me suis souvenue que Paul avait voulu jouer à *Ni oui ni non*, comme quand ils étaient enfants, mais le jeu avait dégénéré dans des éclats de voix jugés trop bruyants par nos voisins.

Une année était passée, oui, une année entière depuis ce trajet, et je n'avais rien fait. Rien. J'en étais au même point. Enfin pas tout à fait. J'étais désormais incapable de me tenir assise devant mon ordinateur, d'ouvrir un fichier Word, de répondre à un mail, incapable de tenir un stylo plus de quatre minutes et de me pencher sur une surface blanche, lignée ou quadrillée. Bref, j'avais perdu la maîtrise des aptitudes élémentaires requises pour l'exercice de mon activité.

Au début du mois de septembre, Louise et Paul sont repartis.

Comme d'autres, je raisonne et parle en années scolaires, de septembre à juin, l'été apparaît alors comme une parenthèse, une période en creux, qui échapperait à la contrainte. J'ai longtemps pensé qu'il s'agissait d'une déformation de mère de famille, dont le rythme biologique aurait fini par se confondre avec le calendrier scolaire, mais je crois qu'il s'agit surtout de l'enfant qui reste en moi, en nous, dont la vie a pendant si longtemps été découpée en tranches : une trace tenace dans notre perception du temps.

C'était la rentrée. L'heure des fournitures neuves et des bonnes résolutions. Ce moment du commencement, ou du recommencement.

Mais ne circulait aucune molécule d'air et tout semblait figé.

Cette fois, je ne me suis pas promis de me remettre au travail. L'idée même de l'écriture s'était éloignée. Je n'avais plus la moindre idée de la forme que cela pouvait prendre, mon corps avait oublié ces sensations que j'aimais tant, de fatigue et d'excitation, les heures passées assise dans un rond de lumière, les doigts sur le clavier, la tension des épaules, les jambes étirées sous la table.

Mes enfants sont repartis et je me suis de nouveau retrouvée seule chez moi. À l'absence de Louise et Paul s'ajoutait désormais celle de L., une perte supplémentaire dont je commençais à mesurer la portée. Il me suffisait de regarder autour de moi. Le courrier s'entassait sur la table du salon, l'écran de mon ordinateur était recouvert d'une fine pellicule de poussière. Je me laissais flotter d'un jour à l'autre, continuant de faire semblant, je comblais le temps de toutes petites choses, étirées à l'extrême pour qu'elles durent, qu'elles remplissent le vide insondable que j'avais créé autour de moi sans m'en rendre compte, en l'espace d'une année blanche.

Ainsi vivaient sans doute les personnes âgées, dans une succession de pas précautionneux et minuscules, de gestes dont la lenteur suffisait à combler le vide. Ce n'était pas si douloureux.

J'imagine qu'il nous arrive à tous, un jour ou l'autre, de penser que le hasard n'existe pas. J'imagine que

chacun de nous a connu une série de coïncidences auxquelles il ou elle a attribué un sens particulier, un sens
incontournable, un sens que lui seul pensait pouvoir
déchiffrer. Qui d'entre nous, au moins une fois dans
sa vie, n'a pas pensé que telle ou telle coïncidence ne
devait rien au hasard, mais au contraire qu'il s'agissait
d'un message, dans le grand tourbillon du monde, à
elle ou lui seul adressé ?

Ceci m'est arrivé. Pendant deux ou trois semaines,
il m'a semblé que le message de L., ces intimes cer-
titudes qu'elle avait voulu me voir partager, n'avaient
plus besoin d'elle pour me parvenir : elles continuaient
de flotter dans l'air, se déplaçaient par leurs propres
moyens, choisissaient ici ou là de nouveaux vecteurs
pour me convaincre.

Un soir, j'ai reçu l'appel d'un réalisateur avec lequel
j'avais travaillé quelques années plus tôt sur le scénario d'un long-métrage qui, malgré différentes aides
et l'engagement de plusieurs organismes, n'avait pas
vu le jour. Le financement n'avait pu être bouclé et
le projet était tombé à l'eau. Le réalisateur voulait
que l'on prenne un verre afin de me faire part de
ses projets. Nous nous sommes retrouvés dans le
café où nous avions nos habitudes de travail. Il en
est rapidement venu au fait : il cherchait une histoire
vraie à adapter. C'était la seule chose qui marchait,
il suffisait de voir les affiches, le nombre de celles
qui précisaient en caractères presque aussi gros que
le titre du film que celui-ci était « inspiré de faits
réels », il suffisait de lire les magazines, de regarder
la télévision, et ses hordes de témoins et de cobayes

en tout genre, d'écouter la radio, pour comprendre ce que les gens voulaient.

« Le vrai, il n'y a que ça de vrai », avait-il conclu. Il savait que j'avais refusé les différentes propositions d'adaptation de mon dernier livre, il le comprenait, mais si j'avais une idée, si j'entendais parler de quelque chose – un fait divers ancien ou récent, un personnage oublié de l'histoire –, que je n'hésite pas à l'appeler, il serait très heureux de retravailler avec moi.

J'étais d'humeur maussade quand je suis sortie du café. C'était donc... vrai, voilà ce que les gens attendaient, le réel garanti par un label tamponné sur les films et sur les livres comme le label rouge ou bio sur les produits alimentaires, un certificat d'authenticité. Je croyais que les gens avaient seulement besoin que les histoires les intéressent, les bouleversent, les passionnent. Mais je m'étais trompée. Les gens voulaient que cela ait eu lieu, quelque part, que cela puisse se vérifier. Ils voulaient du vécu. Les gens voulaient pouvoir s'identifier, avoir de l'empathie, et pour cela, ils avaient besoin d'être rassurés sur la marchandise, exigeaient un minimum de traçabilité.

Dans les semaines qui ont suivi, chaque fois que j'allumais la télévision, que j'ouvrais un magazine, qu'apparaissaient de nouvelles affiches de films, il me semblait qu'il n'était plus question que de ça : le réel, le vrai, le véridique, fourrés dans le même sac, comme s'il s'agissait de la même chose, un lot promotionnel, un *package*, auquel, désormais, nous pouvions prétendre, auquel nous avions droit.

Au moment où j'écris ces lignes, je ne saurais dire s'il s'agissait de vraies coïncidences ou d'une vision subjective, faussée par ma propre préoccupation.

Vingt ans plus tôt, dans les quelques mois qui avaient précédé ma grossesse, et alors que celle-ci tardait à s'annoncer, n'avais-je pas eu la certitude d'être cernée par les femmes enceintes ? Une véritable épidémie, me disais-je alors, comme si toutes les femmes de mon quartier en âge de procréer s'étaient passé le mot pour tomber enceintes avant moi, d'ailleurs je ne voyais plus qu'elles et leurs ventres proéminents, ravissants, comblés.

Toujours est-il que ces signes convergeaient dans le sens de L.

Et si L. avait raison ? Et si L. avait appréhendé et compris une mutation profonde de notre manière de lire, de voir, de penser ? En tant que lectrice ou spectatrice, je ne faisais pas exception à la règle. La téléréalité provoquait chez moi une fascination que mes projets littéraires ne suffisaient pas à justifier, je me jetais sur la presse people chaque fois que j'allais chez le coiffeur ou chez le dentiste, j'allais régulièrement voir des biopics et des films inspirés du réel, et ensuite, je me précipitais sur Internet pour vérifier les faits, découvrir les vrais visages, avide de détails, de preuves, de confirmations.

Et si L. avait compris ce que je refusais d'admettre ? J'avais écrit un livre autobiographique dont les personnages étaient tous inspirés de personnes appartenant à ma famille. Des lecteurs s'étaient attachés à eux, m'avaient interrogée pour savoir ce que les uns et les autres étaient devenus. M'avaient avoué une affection particulière, pour tel ou tel de ces personnages. Des lecteurs m'avaient questionnée sur la réalité des faits. Ils avaient mené leur enquête. Je ne pouvais l'ignorer. Et le succès du livre, après tout, ne tenait peut-être qu'à cela. Une histoire vraie ou considérée comme telle. Quoi que j'en dise. Quelles que soient les précautions que j'avais déployées pour affirmer que la réalité était insaisissable et revendiquer ma subjectivité.

J'avais mis un doigt dans le vrai et le piège s'était refermé.

Et désormais, tous les personnages que je pourrais inventer, quelle que soit leur stature, leur histoire, leur blessure, ne seraient jamais à la hauteur. De ces personnages fabriqués de toutes pièces, il ne sortirait rien, aucune émanation, aucun fluide, aucun effluve. Quoi que je sois capable d'imaginer, ils seraient tous petits, rabougris, pâlichons, ils ne feraient jamais le poids. Exsangues, dispensables, ils manqueraient de chair.

Oui, L. avait raison. Il fallait en découdre avec le réel.

L'éditeur de textes classiques pour lequel j'avais écrit la préface du roman de Maupassant (enfin : pour lequel L. avait écrit cette préface que j'avais signée) organisait plusieurs fois par an des rencontres avec le public au Théâtre de l'Odéon. Lorsque la réédition du texte a paru, l'éditrice m'a téléphoné pour vérifier que je n'avais pas oublié ce rendez-vous, dont nous avions fixé la date lors de la signature du contrat. La rencontre était prévue dans la petite salle Roger-Blin qui contient une centaine de places. Elle durerait une heure environ et commencerait, si j'en étais d'accord, par un extrait du roman que je lirais à voix haute. Les questions de l'intervieweur tourneraient ensuite autour de ma lecture du texte, de mon goût pour l'auteur, l'idée étant de donner aux gens l'envie de découvrir ou relire ce roman moins connu de Maupassant.

Lorsque j'ai raccroché, ma première idée a été d'appeler L. et de lui demander d'y aller à ma place. Elle était toujours sur répondeur. À croire que ce numéro de téléphone m'était réservé et resterait fermé tant qu'elle serait fâchée. Je n'ai pas laissé de message.

Cette fois encore, je m'étais engagée, la rencontre était annoncée sur différents sites, il était bien trop tard pour me désister. Et en y réfléchissant, il n'était pas envisageable une seconde de demander à L. de jouer mon rôle. Je connaissais plusieurs personnes de la maison d'édition, et des lecteurs que j'avais déjà rencontrés en librairie étaient susceptibles de venir. Dans ce contexte, L. ne tiendrait pas deux minutes avant d'être démasquée.

La veille, j'ai relu le roman, et la préface que L. avait rédigée. Je n'ai pas fermé l'œil de la nuit.

Le soir de la rencontre, je suis arrivée en avance pour échanger un moment avec le conseiller littéraire du théâtre, qui s'apprêtait à mener l'entretien. Ce dernier, après avoir tenté de me rassurer (je devais avoir l'air particulièrement tendue), m'a reprécisé la règle du jeu. Et puis l'heure est venue de nous installer sur la petite estrade, face au public.

La salle était pleine. Pendant une dizaine de minutes, j'ai lu à voix haute un extrait du roman. Quand j'ai relevé les yeux, je l'ai vue.

Elle était là, assise au troisième rang, habillée comme moi. Non pas avec le même style de vêtements, non, habillée *exactement* comme moi : même jean, même chemise, même veste noire. Seule la couleur de ses bottines, à peine plus foncées, différait des miennes. J'ai eu envie de rire, L. me faisait une blague, L. s'était déguisée et avait décidé de jouer les doublures, comme au cinéma. L. me faisait savoir qu'en cas de problème elle se tenait prête à bondir sur la scène et à me remplacer au pied levé. Elle m'a adressé un clin d'œil discret, personne d'autre que moi ne semblait avoir remarqué son petit jeu.

Je garde un souvenir assez diffus de la présentation du livre. Mes réponses étaient médiocres et, à mesure que l'heure tournait, il me semblait m'enfoncer dans un discours tiède et d'une terrible vacuité. Je regardais L., qui se trouvait maintenant au milieu des auditeurs, je revenais malgré moi à son visage attentif, impassible, qui me rappelait l'imposture dans laquelle je me vautrais. Malgré son sourire, malgré ses acquiescements répétés (comme elle eût encouragé un enfant au spectacle de fin d'année), je ne pouvais m'empêcher de penser que sa place était là, sur l'estrade, et que ses réponses auraient été infiniment plus pertinentes que les miennes.

À l'issue de la rencontre, les gens sont restés un moment avant de se disperser. J'ai signé quelques livres, échangé quelques mots. De loin, j'ai vu L. qui se mêlait au petit groupe, puis qui parlait avec l'éditrice qui m'avait commandé la préface. J'ai frémi. Personne ne semblait la remarquer. Personne ne semblait remarquer que L. me ressemblait ou m'imitait. L. se fondait dans le décor, ne suscitait ni étonnement ni suspicion. Alors soudain m'est venu à l'esprit que tout cela n'était que pure projection de ma part. Un fantasme narcissique. Un délire d'interprétation. L. n'était pas habillée comme moi, elle était habillée comme la plupart des femmes de notre âge. Qui étais-je, pour qui me prenais-je, pour imaginer que L. avait fait en sorte de me copier ? Voilà ce qu'il me fallait admettre : j'avais développé autour de L. une crainte qui était disproportionnée. L. était une amie un peu intrusive, certes, mais elle avait essayé de m'aider, de me conseiller, et en retour je ne lui avais offert que méfiance et soupçons. Personne d'autre que moi ne la trouvait bizarre et j'étais la seule à lui jeter des coups d'œil inquiets.

Plus tard, lorsque la salle s'est vidée, je suis allée boire un verre avec les gens de la maison d'édition. Nous nous sommes installés autour d'une grande table dans le café le plus proche du théâtre. J'étais heureuse d'être là, en bonne compagnie, l'ambiance était simple et chaleureuse, je me sentais bien.

Après une dizaine de minutes, j'ai vu L. passer devant la vitrine du café, elle m'a adressé un signe triste, et puis elle a disparu.

Au lendemain de cette soirée, j'ai tenté de joindre L. à plusieurs reprises, mais son portable était toujours sur répondeur. Un soir, elle m'a envoyé un SMS pour me dire qu'elle pensait à moi, et qu'elle m'appellerait dès qu'elle « y verrait un peu plus clair ».

Nous avions cohabité pendant plusieurs semaines, nous avions partagé la même salle de bains et des dizaines de repas, nous avions fait en sorte de conjuguer nos humeurs respectives, et puis L. était partie. Il ne subsistait aucune trace d'elle dans mon appartement, aucun vêtement ni objet oublié, pas de petit mot collé sur le frigo. Elle avait tout repris, tout remballé, n'avait rien laissé derrière elle.

Une ou deux semaines sont passées ainsi, dont je ne garde aucun souvenir. Je n'ai pas allumé une seule fois mon ordinateur.

Et puis François a dû partir de nouveau pour l'étranger.

J'aurais pu téléphoner à mes amis, reprendre contact, faire savoir que j'étais parfaitement joignable et disponible, mais je n'en avais pas la force. Il m'aurait fallu raconter L., expliquer pour quelle raison elle s'était installée chez moi, pour quelle raison elle avait eu un accès illimité à mon ordinateur, il m'aurait fallu avouer mon incapacité à écrire, cette phobie qui ne faiblissait pas. Ou bien il m'aurait fallu mentir, et admettre que j'avais moi-même écrit ce message stupide qui les avait éloignés de moi.

Je me retrouvais seule, prisonnière d'un mensonge qui n'offrait aucune possibilité de retour en arrière.

empirer - get worse
minable - pathetic

Un matin du mois d'octobre, j'ai trouvé dans ma boîte une nouvelle lettre anonyme. L'enveloppe était la même. J'en reproduis ici le contenu.

Delphine,

Enfant déjà, tu faisais peur. Tu transpirais le malaise. Tout le monde le voyait, le disait. Tout le monde. Ça ne s'est pas arrangé. Ça a même beaucoup empiré. Parce que maintenant madame fait dans la littérature.

Mais aujourd'hui plus personne n'est dupe. Ton heure de gloire, tes manigances, tes coups bas minables, terminés. Tu n'apitoies plus personne. J'essuie chaque jour des commentaires désobligeants quant à tes publications, partout, chez les commerçants, dans la rue, dans les dîners. J'entends partout des moqueries, des ricanements, tu ne fais plus illusion. Et tout le monde s'en fout. De tes histoires et de ton humour qui ne fait rire que toi. Je sais que ton enfance et ton adolescence ont été très mentales, pathologiques même, tu les racontes très bien. Ton livre a bouleversé les foules. Mais c'est fini.

meddlers

```
Les fouille-merde dans ton genre finissent
toujours par s'en mordre les doigts. Ta conduite
ne fait qu'aggraver ton état psychiatrique. Tu
crois qu'il suffit de te retirer de la surface
médiatique pour faire oublier que tu couches à
des fins utiles ? Tu es définitivement grillée.
Et le pire, c'est que tu ne t'en rends pas
compte.
```

J'ai remis la feuille dactylographiée dans l'enveloppe et j'ai rangé la lettre avec les autres. L'angoisse s'est répandue dans mon appartement comme une flaque de sang.

Je ne pouvais plus nier que les lettres me blessaient, me salissaient.

Je n'ai rien dit à François, ni à personne.

Je n'ai pas parlé de cette compression permanente du thorax, ni de l'invasion d'un fluide acide dans mon ventre, dès le réveil, qui se répandait ensuite dans tout le corps.

Quelques jours plus tard, dans le métro, deux adolescents qui sortaient d'une séance de cinéma se sont assis en face de moi. L'un des deux expliquait à l'autre que le film qu'ils venaient de voir, d'après ce qu'il avait lu sur AlloCiné, était très proche de la réalité : presque tout était vrai. Le deuxième a acquiescé avant de s'étonner.

— T'as vu le nombre de films qui sortent qui sont tirés d'histoires vraies ? C'est à se demander si les mecs, ils sont pas en manque d'inspi !

Le premier a réfléchi quelques instants avant de lui répondre.

— Ben non… C'est surtout parce que le réel a les couilles d'aller beaucoup plus loin.

C'est cette phrase qui m'a sidérée, cette phrase dans la bouche d'un môme de quinze ans, campé dans des Nike qui avaient l'air d'avoir été fabriquées pour marcher sur une autre planète, cette phrase si banale dans son propos, mais formulée de manière si singulière : le réel avait des couilles. Le réel était doté d'une volonté, d'une dynamique propre. Le réel était le fruit d'une force supérieure, autrement plus créative, audacieuse, imaginative que tout ce que nous pouvions inventer. Le réel était une vaste machination pilotée par un démiurge dont la puissance était inégalable.

Un autre soir, alors que je rentrais chez moi, j'ai senti dans l'entrée de l'immeuble le parfum de L. J'ai pensé que c'était un hasard, ou peut-être une hallucination olfactive.

Lorsque j'ai ouvert la porte de mon appartement, les lumières de la ville éclairaient une partie du salon et projetaient sur le sol l'ombre des meubles. Je n'ai pas allumé la lumière tout de suite, et sans doute me suis-je sentie observée car je n'ai pas tardé à regarder par la fenêtre. Dans la cage d'escalier de l'immeuble d'en face, il m'a semblé distinguer une silhouette. Alors que mes yeux s'habituaient peu à peu à l'obscurité, et tentaient de la déchiffrer, cette impression s'est transformée en certitude. Quelqu'un se tenait là, debout, parfaitement immobile, la minuterie de l'escalier était éteinte et cette personne pensait sans doute ne pas pouvoir être vue. À cette distance, il était impossible de distinguer un visage, ni de voir s'il s'agissait d'un homme ou d'une femme.

Je suis restée comme cela un court instant, scrutant l'obscurité, cherchant à deviner un signe, un vêtement, une corpulence. Et puis la silhouette s'est reculée jusqu'à disparaître complètement.

J'ai fermé les rideaux, immobile encore un moment derrière le tissu opaque, guettant par un minuscule interstice le retour de la silhouette. Mais celle-ci n'a pas réapparu.

Le lendemain matin, lorsque j'ai regardé par la fenêtre à la lumière du jour, je me suis demandé si je n'avais pas rêvé. Tout paraissait tellement habituel.

Une ou deux heures plus tard, alors que je sortais de chez moi pour me rendre au marché du boulevard Richard-Lenoir, je suis tombée dans l'escalier. Il m'est difficile de décrire cette chute. Je crois tout simplement avoir oublié que j'étais en train de descendre l'escalier. L'espace d'une fraction de seconde (un minuscule instant de déconnexion), j'ai posé un pied devant l'autre comme si j'évoluais sur une surface plate. J'ai atterri une dizaine de marches plus bas, à l'étage inférieur, dans un bruit sourd. Au bout de quelques minutes, j'ai constaté que je ne pouvais pas me relever. C'est une de mes voisines qui a appelé les pompiers. Ils ont garé leur camionnette devant mon immeuble et ont insisté pour que je m'allonge sur un brancard. Ils m'ont transportée à l'intérieur du véhicule, un petit attroupement de curieux s'était déjà constitué autour de

la camionnette, tenu à distance par l'un des hommes.
Au moment où les portes se refermaient, j'ai vu L.
surgir du petit groupe, l'air affolé. Les pompiers l'ont
informée qu'ils m'emmenaient à l'hôpital Saint-Louis,
elle m'a crié qu'elle prenait sa voiture et venait m'y
retrouver.

Sur le moment, je ne me suis pas demandé par quel
hasard elle avait débarqué comme ça, à point nommé.
J'étais heureuse de voir un visage familier, quelqu'un
que je n'avais pas eu besoin d'appeler au secours, qui
tombait à pic, jailli de nulle part comme par enchan-
tement.

L. m'a rejointe aux urgences une demi-heure plus
tard. En temps normal, les proches ne sont pas admis
dans les zones de soins, mais L. n'a pas attendu très
longtemps avant de convaincre quelqu'un de la laisser
franchir les portes pare-feu pour rester auprès de moi.
Elle n'a pas tardé non plus à trouver une chaise et s'est
assise à côté du brancard où j'étais allongée. Je lui ai
demandé comment elle avait fait pour entrer, elle m'a
dit qu'elle avait expliqué à l'interne de garde que j'étais
en grave dépression et qu'il était préférable qu'elle soit
à mes côtés pour me rassurer. Je n'ai pas su si c'était
de l'humour ou si elle le pensait. Quoi qu'il en soit,
je connaissais son pouvoir de persuasion.

J'avais très mal au pied mais pour le reste, à
part quelques contusions, tout semblait fonctionner.
L'urgence était relative, j'ai attendu un long moment
avant d'être amenée à la radio. Tout ce temps, L. est
demeurée près de moi. Je ne l'avais pas vue depuis
plusieurs semaines et je dois dire que je la retrouvais
avec plaisir. Les dernières discussions que nous avions

eues s'étaient éloignées et je n'arrivais pas à lui en vouloir vraiment. Je crois qu'à ce moment-là j'avais parfaitement intégré le fait que L. était bizarre, névrosée, excessive, imprévisible, mais je ne prenais pas la mesure du danger. Des gens bizarres, névrosés, imprévisibles, excessifs, j'en connaissais un certain nombre et j'étais moi-même sans doute bizarre, névrosée, imprévisible et excessive. En outre, les soupçons que j'avais eus à son égard étaient peut-être infondés. Oui, dans l'espoir de favoriser ma concentration, elle s'était permis d'envoyer un mail à mes amis. Elle ne s'était peut-être pas rendu compte de la portée de son geste. Mais je n'étais pas sûre de vouloir me fâcher définitivement avec elle pour cela. Car il y avait tout le reste. Ce qu'elle avait fait pour moi. Pendant des semaines, L. m'avait offert son aide, sa présence et son réconfort.

Et cette fois encore, assise à côté de moi, elle faisait preuve de sa capacité à comprendre, à rassurer, à trouver les bons mots. En quelques minutes, nous avions retrouvé la complicité qui nous liait.

C'est au cours de cette attente que L. a commencé à se confier à moi pour la première fois.

Je ne saurais dire comment nous sommes arrivées à cette conversation, sans doute parlions-nous des hôpitaux, de la vie dans les hôpitaux, et L. avait d'abord fait allusion au fait qu'elle avait passé plusieurs mois dans une clinique psychiatrique. J'ai posé des questions. Au début, elle s'est montrée vague, et puis elle m'a raconté. Au lendemain des obsèques de son mari, elle avait perdu l'usage de la parole. Comme ça, du jour au lendemain. Sans signe avant-coureur. Une nuit, elle s'était réveillée, ses os étaient douloureux et son souffle court. Elle avait de la fièvre. Sous les draps, elle sentait la chaleur dégagée par son propre corps. Elle avait pensé qu'elle avait attrapé la grippe ou un quelconque virus, elle était restée allongée dans son lit à attendre que le jour se lève. Par la fenêtre, elle regardait les lumières s'allumer dans les immeubles alentour et le ciel passer lentement du noir au gris. Quand son réveil avait sonné, elle s'était levée pour préparer du thé. Et là, seule dans la cuisine, elle avait essayé de parler. Comme si, par intuition, elle avait déjà compris ce qui lui arrivait. Aucun son n'est sorti de sa bouche. Dans la salle de bains, elle s'est regardée dans la glace. Elle s'est brossé les dents. Elle a examiné l'intérieur de son palais, tâté les ganglions de son cou. Essayé de tousser. Rien, pas même un murmure. Sa gorge n'était pas enflammée, les ganglions n'étaient pas gonflés. Elle a passé la journée chez elle, elle n'est pas sortie. Elle a tenté à plusieurs reprises de parler, sans pouvoir proférer un son.

Au bout de quelques jours, des gens de sa famille se sont inquiétés de n'avoir aucune nouvelle. Quelqu'un l'a emmenée dans une clinique, elle ne se souvenait pas qui.

Elle y est restée six mois. Elle avait vingt-cinq ans. Elle évitait, autant que faire se peut, d'avaler les médicaments qu'on lui donnait. Elle s'est enfermée dans le silence : un coton épais qui se serait coincé dans sa gorge et, de là, aurait grandi, pour l'envelopper tout entière. Une matière douce et compacte qui la protégeait.

Un jour elle a compris qu'elle ne pourrait pas rester
muette toute sa vie. Qu'il allait lui falloir faire ce chemin
à l'envers et recouvrer l'usage de la parole. Qu'elle
allait devoir affronter cette chose. Pendant plusieurs
jours, elle s'est entraînée à parler toute seule la nuit,
sous ses couvertures. Elle chuchotait, articulait à voix
basse des mots brefs, les mains plaquées sur sa bouche
pour ne pas être entendue.

Hello.

Il y a quelqu'un ?

Oui.

Moi.

L.

Vivante.

Capable de parler.

La chaleur de son haleine dans ses mains. Les mots
recueillis, un à un, tout doucement. Alors, elle a su
qu'elle allait recouvrer l'usage de la parole et qu'elle
n'arrêterait plus jamais de parler. Elle a prononcé des
nouveaux mots.

C'est un mardi qu'elle a parlé pour la première fois.
L'infirmière est entrée dans sa chambre avec le petit
déjeuner. Le soleil projetait l'ombre des barreaux de la
fenêtre sur le mur voisin de son lit. La jeune femme lui
parlait avec ce ton enjoué qu'on entend dans les hôpitaux, les cliniques ou les maisons de retraite, partout
où des gens bien-portants s'occupent de gens désarmés.
Elle a posé le plateau sur sa table roulante.

L. l'a regardée faire. Elle a eu envie de dire quelque
chose. Un souvenir d'un poème qu'elle avait appris lui
est soudain revenu.

Affronter - face, confont

— J'ai tant rêvé de toi que mes bras habitués en étreignant ton ombre à se croiser sur ma poitrine ne se plieraient pas au contour de ton corps peut-être.

Alors l'infirmière s'est arrêtée et lui a dit sur ce même ton : n'est-ce pas merveilleux, vous avez retrouvé votre voix. Elle aurait voulu lui sourire, mais elle s'est mise à pleurer. Pas des sanglots, juste des larmes silencieuses, involontaires, qui roulaient sur ses joues.

Jean était mort, mais elle était vivante.

L. a terminé son récit. Son émotion était palpable.

Elle avait passé six mois de sa vie sans prononcer un mot. Je sentais combien ce souvenir restait douloureux.

Je crois que c'est à ce moment-là que l'idée m'est venue, pour la première fois.

À cause de ce récit, de cette première confidence.

Alors qu'autour de nous ne cessaient d'arriver des gens blessés, abîmés, terrifiés, des gens qui souffraient, dont la vie avait basculé, pour la première fois, l'idée m'est venue d'écrire sur L.

C'était un projet en soi. Une aventure. Il me faudrait mener l'enquête, et ce ne serait pas simple. L. ne se livrait pas facilement. Savait garder ses secrets.

Mais soudain tout s'éclairait. Tout prenait sens. Notre étrange rencontre, la rapidité avec laquelle elle avait pris tant de place dans ma vie, et même cette chute dans l'escalier. Soudain les choses se mettaient en place, trouvaient leur raison d'être.

Soudain, je n'ai plus pensé qu'à cela : un roman autour de L. Ce que je savais d'elle. Ses lubies, ses phobies. Sa vie.

inescapable

C'était évident. Incontournable.

Elle avait raison. Il n'était plus l'heure de créer des personnages de toutes pièces et de les agiter dans le vide, pauvres marionnettes usées.

Le moment était venu de raconter la vraie vie.

Et la sienne, plus que la mienne, avait l'air d'un roman.

L. est retournée dans la salle d'attente pendant que je passais la radio. Les clichés ont révélé une fracture du cinquième métatarse non déplacée.

Un peu plus tard, je suis sortie des urgences, le pied immobilisé par une attelle qui montait jusqu'au genou.

L. a approché sa voiture. Nous avions refusé l'ambulance qu'il nous aurait fallu attendre encore au moins une heure.

Avec précaution, elle m'a aidée à m'asseoir à l'avant. Nous nous sommes arrêtées à la pharmacie pour acheter les antalgiques et les cannes anglaises prescrites par l'hôpital.

D'après les médecins, je devais garder l'attelle au minimum quatre semaines sans poser le pied par terre.

Une fois dans la voiture, alors qu'elle me raccompagnait chez moi, L. est restée silencieuse. Au bout d'un moment, elle m'a fait remarquer qu'avec mes six étages sans ascenseur, en l'absence de François, ma vie risquait d'être vraiment compliquée. Déjà, il n'allait pas être simple de me hisser là-haut, en prenant appui sur un seul pied. Mais une fois arrivée, il ne serait plus question de redescendre. Pour moi qui ne supportais pas de passer une journée sans sortir, cela s'annonçait difficile.

Je ne me souviens plus de quelle manière elle a amené l'idée de partir à Courseilles, mais je suis sûre que cette idée est venue d'elle, pas de moi. Pour moi, Courseilles était avant tout le territoire de François. Même si au cours des années précédentes il n'avait cessé de multiplier les égards et les attentions pour que je m'y sente bien (de fait, une pièce particulièrement agréable, en rez-de-chaussée, était devenue mon bureau), je continuais de considérer que cet endroit était le sien, vibrait de sa propre énergie. Je n'y allais jamais sans lui.

C'est sans doute l'une des raisons pour lesquelles, lorsque je lui ai téléphoné pour lui raconter l'accident et lui demander si je pouvais m'installer quelque temps à Courseilles, François, une fois l'inquiétude passée, s'est immédiatement enthousiasmé. Mais oui, c'était une excellente idée, surtout si je n'étais pas seule. La maison était de plain-pied et j'y avais un endroit pour travailler. Il lui était malheureusement impossible de rentrer plus tôt (il était parti avec une équipe de quatre personnes, les vols, le plan de tournage, les rendez-vous avec les écrivains étaient fixés depuis longtemps), mais il serait plus tranquille de me savoir là-bas avec une amie, plutôt que seule chez moi, recluse en haut de mes six étages. Puisque j'avais les clés, nous n'avions qu'à prendre la route. Au cours de cette conversation, François est revenu à plusieurs reprises sur ma chute, inquiet : comment *avais-je fait mon compte* ? J'ai pensé que je n'avais fait le compte de rien, rien du tout. Mais maintenant j'avais un projet. Un projet d'ampleur. Car l'idée d'écrire sur L. ne m'avait pas quittée. Et dans cette perspective, partir avec elle à la campagne, l'avoir sous la main, me réjouissait.

À la fin de notre conversation, François m'a demandé de nouveau avec qui je partais, et lorsque j'ai prononcé pour la deuxième fois le prénom de L., un court silence s'est ensuivi. Il m'a recommandé d'être prudente, je crois qu'il ne pensait à rien d'autre qu'à la route que nous avions à faire et à mon pied immobilisé.

Quand j'ai raccroché, L. m'a déposée dans un café en bas de chez moi pour que je me mette un peu au chaud, le temps qu'elle organise notre départ. Elle m'a proposé de monter elle-même dans mon appartement pour rassembler quelques affaires. J'ai accepté. J'étais épuisée par ma chute, ces heures passées aux urgences, la douleur qui recommençait d'affluer par vagues. Je n'avais pas la force de grimper les six étages.

Elle m'a dit qu'elle en profiterait pour arroser mes plantes et baisser le chauffage. Ensuite, elle irait chercher ses affaires à l'hôtel.

Je suis restée plus d'une heure assise dans le café, peut-être un peu plus. J'étais sonnée. Je me souviens d'avoir regardé plusieurs fois l'horloge.

Et puis j'ai vu la voiture de L. s'arrêter de nouveau devant la vitrine. Elle m'a fait signe qu'elle descendait pour venir me chercher à l'intérieur.

Tout était prêt.

Nous avons pris la route sans attendre.

La sortie de Paris était un peu chargée. Alors que nous roulions depuis une vingtaine de minutes, sans que j'aie posé la moindre question, L. m'a raconté comment elle avait rencontré son mari, un soir de grève des transports où la ville était paralysée. Dans les embouteillages, un premier homme avait frappé au carreau de sa voiture. Par un réflexe de méfiance un peu absurde, elle avait verrouillé la portière et avancé jusqu'au feu. L'homme était revenu à sa hauteur, elle avait cru un instant qu'il allait recommencer, mais elle l'avait vu monter dans une autre voiture. Alors il avait eu ce sourire ironique et elle avait eu honte de sa réaction. C'est sans doute la raison pour laquelle, un peu plus loin, elle avait accepté un autre autostoppeur. Grand, plus âgé qu'il ne lui avait d'abord semblé, il s'était glissé sur le siège à côté d'elle, et puis il l'avait observée. Elle avait été aussitôt prise par le parfum de cet homme, de tabac et de cuir mêlés. Ils avaient roulé un moment sans parler. Plus tard, ils s'étaient garés dans une petite rue, ils étaient montés ensemble dans un hôtel parisien dont les chambres étaient presque toutes vides. L. avait voulu Jean. À la seconde où il avait pris place dans sa voiture, à la seconde où elle avait respiré son odeur. Elle avait su, dès les premières heures du jour, qu'elle resterait avec lui. Parce que tout ce qui avait précédé paraissait soudain n'avoir jamais existé. Elle avait dix-neuf ans, il en avait vingt-huit.

Elle a marqué une pause dans son récit. Je me souviens que je lui ai fait remarquer que c'était une rencontre romanesque, ou cinématographique. Je suis certaine, à ce moment-là, que je ne pensais à rien en particulier.

Alors que la voiture filait sur la nationale et que je surveillais malgré moi le compteur, j'ai continué de poser des questions. Pour la première fois, L. répondait. J'ai appris qu'elle avait vécu six ans avec Jean. Et puis il était mort. Quand elle l'avait rencontré, Jean était chirurgien-dentiste. Il s'était associé dans un cabinet avec deux autres praticiens. Quelques mois avant leur mariage, ils avaient pris un appartement ensemble. Et puis au bout d'un an ou deux, Jean avait arrêté son activité. Il avait fait six ou sept ans d'études mais être chirurgien-dentiste ne l'intéressait plus. Tandis que L. commençait à travailler comme nègre, Jean avait travaillé comme coursier, puis comme barman. Il parlait d'ouvrir une épicerie fine, ou bien une brocante dans leur quartier. Et puis il avait été question de partir vivre à l'étranger. Et puis il n'avait plus été question de rien du tout. Doucement, à côté d'elle, Jean s'était enfoncé dans une tristesse muette dont elle n'avait pas mesuré la menace.

Nous avons roulé une dizaine de minutes en silence. Et puis L. m'a raconté la mort de son mari. Je crois qu'elle a choisi ce moment parce que nous étions dans l'impossibilité de nous faire face. J'avais remarqué cela avec Louise et Paul quand ils étaient plus jeunes, ils me parlaient lorsque nous marchions dans la rue, lorsque nous étions assis côte à côte dans le métro, dans le train, ou pendant que je préparais le repas. Au cours de leur adolescence, nos échanges les plus intenses avaient eu lieu ainsi, lorsque nous étions plus ou moins occupés à autre chose.

Voilà ce à quoi j'ai pensé, alors que nous roulions sur la N12 et que L. commençait ce récit qu'elle avait toujours évité : c'est parce que nous n'étions pas dans le face-à-face, parce que je pouvais seulement voir son profil, qu'elle avait pu, enfin, me raconter la mort de son mari.

L. aimait la montagne. L'isolement, la confrontation avec les éléments. Elle et Jean y étaient allés souvent ensemble. Depuis longtemps, elle avait le projet de passer plusieurs semaines dans un refuge au cœur des Alpes, isolé de tout. Alors qu'ils venaient de fêter leur troisième anniversaire de mariage, elle avait proposé à Jean de venir avec elle. Il n'avait pas envie, elle avait insisté. Elle pensait que cela pouvait le sortir de sa torpeur, que cela leur donnerait une chance de se retrouver. Il avait fini par accepter. Jean s'était pris au jeu des préparatifs, avait fait lui-même des recherches pour savoir ce qu'ils devaient emporter. Ils avaient rassemblé de quoi vivre en complète autarcie, des vêtements, des sacs de couchage, un camping-gaz, des produits déshydratés, des conserves de toutes sortes. À partir du dernier village, il fallait une journée de marche pour accéder au refuge. Jean avait voulu prendre une carabine au cas où ils seraient attaqués par un animal sauvage. Un client du bar lui avait prêté l'arme.

Ils étaient montés par une journée claire et ensoleillée. La cabane était composée d'une grande pièce, avec un poêle et des fenêtres, et d'une petite chambre sans ouverture sur l'extérieur.

Partout autour, c'était la neige. Et ce silence déchiré par des bruits qu'ils avaient appris, peu à peu, à identifier. Ils étaient seuls, loin de tout. Le temps s'étirait, ne ressemblait plus à rien de ce qu'ils connaissaient.

Au bout d'une semaine, Jean avait voulu rentrer. Il se sentait mal, oppressé. Il avait besoin de retrouver la ville, le bruit des voitures, des klaxons, les éclats de voix. Mais L. n'avait aucune envie de renoncer. Ils s'étaient promis de tenir autant de temps que les provisions le leur permettaient. Elle voulait poursuivre l'expérience jusqu'à son terme.

Jean voulait partir. Elle lui avait dit de redescendre sans elle, elle avait mis à l'épreuve sa loyauté. Elle avait eu cette remarque un peu acide (au moment où L. a mentionné ce détail, sa voix s'est étranglée), elle n'était plus très sûre des termes qu'elle avait employés, mais les mots étaient durs, et lui reprochaient, une fois encore, de se dérober.

Jean était resté.

Chaque jour, ils sortaient pour marcher avec les raquettes. Ils lisaient beaucoup. Ils ne faisaient plus l'amour. Le soir, ils s'endormaient d'un coup, épuisés par le froid. Malgré le poêle, le froid était une lutte de chaque instant. Une lutte qui dilatait le temps. Elle avait fini par oublier que Jean allait mal, parce que Jean n'allait plus si mal.

Un soir, il avait même dit qu'il était heureux.

Pendant quelques jours, la tempête avait été si violente qu'ils n'avaient pas pu sortir. Ils étaient restés à l'intérieur, la buée sur les vitres n'avait cessé de s'épaissir. Pendant quelques jours, ils n'avaient rien entendu d'autre que le cri du vent et le son de leurs propres voix. Alors une idée affreuse lui était venue à l'esprit et ne l'avait plus quittée. Cet homme qu'elle avait aimé, elle ne l'aimait plus.

Le quatrième jour, quand la tempête s'était enfin calmée, L. était sortie prendre l'air. Elle avait laissé Jean à l'intérieur du chalet, recroquevillé sous les duvets. Elle marchait seule vers la forêt lorsque soudain, derrière elle, une détonation avait retenti. Le coup de feu avait résonné dans le silence et pourtant, quelques secondes plus tard, il n'en restait rien. Aucun écho. Elle s'était demandé si elle ne l'avait pas rêvé.

De retour au refuge, elle avait découvert le corps de Jean. Ce n'était plus vraiment Jean car sa tête manquait. Sa tête avait été arrachée et il y avait du sang partout. L. avait regardé ses pieds et puis elle avait reculé lorsqu'elle avait compris qu'elle marchait sur un morceau de crâne de son mari. Les cheveux noirs étaient collés par le sang.

Elle avait hurlé mais personne ne l'avait entendue.

L. a terminé son récit et je n'ai pas pu parler pendant plusieurs minutes. J'aurais voulu trouver des mots de compassion, de consolation, à la hauteur de la confidence qu'elle venait de me faire.

J'ai fini par dire :

— Comme tu as dû souffrir.

L. m'a souri.

— C'était il y a longtemps.

Nous avons roulé en silence, la nuit tombait.

Quand nous sommes arrivées à destination, j'ai laissé L. sortir de la voiture pour ouvrir le portail. Dans la lumière des phares, je l'ai observée tandis qu'elle tirait les portes l'une après l'autre, d'un geste puissant, énergique, *c'est elle qui détient les clés*, ai-je pensé, une phrase surgie d'un repli de ma conscience ou d'un roman policier, dont le double sens ne m'a pas échappé. Lorsqu'elle a eu terminé, elle s'est tournée vers moi, victorieuse, ses cheveux électrisés formaient une auréole scintillante autour de son visage. Et puis elle est revenue vers la voiture.

L. a repris le volant pour se garer devant la maison et m'a fait remarquer que le jardin était un champ de mines. En effet, à plusieurs endroits, dans la partie qui longeait la rue, des trous profonds avaient été creusés pour la mise en place du tout-à-l'égout. Les travaux concernaient tout le village, les barrières rouges et blanches signalaient, ici ou là, la présence du chantier.

L. a ouvert la porte d'entrée puis elle a posé mes bagages et les siens à l'intérieur. Je lui ai fait visiter le rez-de-chaussée mais je l'ai laissée monter à l'étage, je ne maniais pas encore assez bien les béquilles pour la suivre.

Nous avons décidé de nous installer dans les deux chambres d'amis du bas. L'escalier qui permettait d'accéder à la chambre où nous dormions habituellement avec François me paraissait trop dangereux.

Dans le garde-manger, nous avons trouvé des soupes en brique et des pâtes.

Je me suis couchée juste après le dîner, épuisée.

Le lendemain, j'ai indiqué à L. comment se rendre à l'Intermarché le plus proche. Nous avons dressé ensemble la liste des courses qui nous permettraient de tenir une bonne semaine.

Après le départ de L., j'ai ouvert la porte de mon bureau, une petite pièce située au rez-de-chaussée, de l'autre côté de la maison. J'ai allumé le chauffage au maximum. J'ai ouvert les rideaux. De la fenêtre, je pouvais voir le portail qu'elle avait pris soin de refermer. Le ciel était bas, d'une couleur de ciment, rien ne semblait pouvoir le déchirer.

J'ai senti quelque chose battre à l'intérieur de mon corps, de mes mains, une pulsation familière, une forme d'élan, d'espoir, que le moindre signe de précipitation risquait de compromettre.

Je n'ai pas essayé d'allumer l'ordinateur, ni de prendre un papier et un crayon. Je me suis assise doucement. J'ai rapproché la chaise de la table. Alors, plutôt que de tenter d'écrire, l'idée m'est venue d'utiliser la fonction dictaphone de mon téléphone portable.

J'ai enregistré la rencontre de L. avec son mari, et puis la mort de Jean, telle qu'elle me les avait racontées, avec tous les détails dont je me souvenais.

J'ai dicté ce récit comme si je l'écrivais, phrase après phrase.

Je m'y suis reprise à plusieurs fois pour retrouver les mots de L. et les mettre en forme.

Le récit de L. m'avait hantée une partie de la nuit. Il résonnait en moi comme si je le connaissais, comme si je l'avais déjà entendu.

La question du suicide (et ce qu'elle induit d'impuissance, de culpabilité, de regrets) restait pour moi sensible. Le récit de L. avait réactivé la terreur que j'avais éprouvée en découvrant le corps de ma mère, quelques années plus tôt, et le souvenir des semaines qui avaient suivi, saturées d'adrénaline.

Mais ce n'était pas ça. Pas seulement. Quelque chose de familier, que je ne parvenais pas à expliquer, me perturbait.

L. avait souvent laissé entendre des douleurs, des blessures, qu'elle ne m'avait jamais racontées. Cette fois, elle m'avait confié une partie de l'histoire qui éclairait deux ou trois choses que je savais d'elle : la solitude dans laquelle elle vivait, les amis qui s'étaient éloignés et ne venaient plus à son anniversaire, une forme de brutalité dans sa manière d'être.

L. abritait sans doute bien d'autres récits, des fossiles intacts, enfouis dans le limon de sa mémoire, des histoires tenues secrètes, préservées de la lumière.

Quelque chose qui pouvait s'écrire. Qui devait s'écrire.

J'ai profité de l'absence de L. pour enregistrer par mémo vocal d'autres éléments dont je me souvenais, disséminés au cours de nos conversations. Ils étaient peu nombreux. Quelques pièces éparses d'un casse-tête dont je mesurais la complexité.

Mais oui, j'allais écrire. À voix haute s'il le fallait.

J'allais commencer par raconter cette fête où elle m'avait abordée, et tout ce qui avait suivi.

J'allais écrire ma fascination pour L., et ce lien étrange qui s'était tissé entre nous.

J'allais trouver le moyen de la faire parler. De recueillir ses confidences.

J'allais tenter de savoir qui elle était, elle qui m'avait dit un jour : « je pourrais finir toutes tes phrases » ou bien « je ne t'ai pas rencontrée, je t'ai reconnue ».

Le portail s'est ouvert alors que j'étais en train d'énumérer une série de questions qu'il me semblait indispensable de lui poser. Pendant que L. rapprochait la voiture de la maison, j'ai vérifié que le fichier audio avec ma voix figurait bien dans la liste des enregistrements. Puis j'ai refermé la porte derrière moi et me suis dirigée vers elle.

L. était souriante. Le coffre était rempli de victuailles, j'ai pensé qu'elle avait vu grand, ou bien qu'elle avait prévu de rester plusieurs semaines.

Appuyée sur mes béquilles, je l'ai regardée sortir les paquets sans pouvoir l'aider. Alors qu'elle se dirigeait une nouvelle fois vers la cuisine, j'ai attrapé dans le coffre le dernier sac qui me semblait léger. L. est revenue vers la voiture.

— Tu ne peux pas rester tranquille deux minutes !
Qu'est-ce que tu as besoin de venir par là, je me
débrouille très bien toute seule ! Je ne veux pas te
voir dans mes jambes.

Elle a refermé le coffre, puis m'a tendu la béquille
que j'avais posée contre la portière. Dans un rire
étrange, que je ne lui connaissais pas, elle a ajouté :

— Sinon je te casse le deuxième pied.

J'ai attendu le moment qui me semblait opportun pour demander à L. pour quelle raison elle se trouvait en bas de chez moi, le jour de ma chute. Elle m'a expliqué ce qui s'était passé. Alors qu'elle marchait dans la rue, une douleur fulgurante dans le pied l'avait immobilisée pendant quelques minutes. Et puis elle avait eu cette pensée, aussi limpide que ça : il m'était arrivé quelque chose. Un pressentiment, ou plutôt une certitude, m'avait-elle expliqué, si bien qu'elle avait décidé de venir me voir aussitôt. Au coin de ma rue, elle était tombée sur le camion des pompiers.

Pour différentes raisons, je fais partie des personnes susceptibles de croire, sans chercher d'explication plus rationnelle, un tel récit. Le jour où Paul s'était cassé le bras, au milieu des vacances de Pâques (dans un square de notre quartier, il était tombé sous mes yeux du haut d'une structure de jeu), Louise, qui séjournait chez une amie de sa classe, avait demandé à la mère de cette dernière de me téléphoner. En plein après-midi, à des centaines de kilomètres de là, alors qu'elle était attablée devant une brioche et un pot de Nutella, elle avait dit à cette femme : Paul s'est fait mal, il faut que j'appelle ma maman.

Une autre fois, alors que les jumeaux étaient encore bébés et dormaient dans la même chambre, Paul s'était mis à hurler au milieu de la nuit. Un cri étrange, qui ne ressemblait à aucun autre. J'avais allumé la lumière en entrant dans la pièce. Paul pleurait mais c'est le visage de Louise qui était couvert de boutons.

Encore aujourd'hui, Louise n'a pas besoin d'attribuer une sonnerie spécifique à son frère pour savoir que c'est lui qui l'appelle.

Je suis incapable de me souvenir si j'ai raconté l'une ou l'autre de ces anecdotes à L. Toujours est-il que je l'ai crue sur parole.

À l'heure du déjeuner, j'ai annoncé à L. que je commençais à travailler sur un projet de livre qui interrogeait ma construction intellectuelle, affective, émotionnelle. Quelque chose de très personnel.

Non, je ne pouvais pas lui en dire davantage, par peur d'enrayer cet élan inattendu.

Oui, il s'agissait d'un texte très autobiographique.

J'ai vu le visage de L. s'illuminer. Ses traits se sont soudain détendus et, comme elle ne pouvait réprimer un sourire de contentement, je me suis empressée d'ajouter que rien n'était gagné, il ne fallait pas se réjouir trop vite.

J'ai confié à L. que je ne pouvais pas encore allumer l'ordinateur, ni même prendre des notes sur du papier. À la seule idée d'accomplir l'un de ces gestes, mes mains recommençaient à trembler. Mais cela allait changer. Je le sentais. J'étais sûre que les choses allaient reprendre un cours normal dès que je m'engagerais durablement sur un nouveau texte, c'était une affaire de temps. En attendant, j'allais procéder d'une autre manière. Je lui ai expliqué que j'allais essayer d'écrire à voix haute, chaque jour, jusqu'à ce que je puisse, enfin, tenir de nouveau un stylo. Puisqu'il s'agissait d'une sorte de confession, d'introspection, je me contenterais dans un premier temps d'enregistrer vocalement un premier jet, à partir duquel je pourrais retravailler lorsque j'irais mieux.

L. était heureuse. Folle de joie.

Elle avait gagné.

Dans les heures qui ont suivi l'annonce de cette nouvelle, son visage s'est ouvert, son attitude s'est modifiée. Je ne l'avais jamais vue si sereine. Apaisée. À croire que sa vie entière, depuis des mois, était suspendue à cette capitulation.

Le deuxième soir, nous avons ouvert une bouteille de champagne pour fêter mon retour à l'écriture. L., qui s'empêchait depuis la veille de m'interroger de manière plus précise, n'a pas tenu plus longtemps :

— Ce que tu as commencé, est-ce que ça a quelque chose à voir avec ton livre fantôme ?

J'ai hésité une seconde avant de répondre. Le fameux livre fantôme. Que s'était-elle imaginé ? Quelle histoire d'enfance ou d'adolescence voulait-elle me voir raconter ? Qu'avions-nous de commun, de manière réelle ou fantasmée, qui l'intéressait tant ?

J'ai vu cet espoir dans ses yeux, une lueur intermittente qui guettait mon approbation, et sans l'avoir prémédité, j'ai répondu oui. Oui, bien sûr, cela avait quelque chose à voir avec le livre fantôme. J'ai ajouté qu'il serait difficile d'écrire ce livre, comme elle pouvait l'imaginer. Mais elle avait raison. Il était grand temps de m'y mettre.

J'ai entendu l'inflexion de ma propre voix, grave, assurée, et j'ai pensé que le vent avait tourné. Je n'étais plus l'écrivain exsangue que L. portait à bout de bras depuis des mois, j'étais le vampire qui se nourrirait bientôt de son sang. Un frisson de peur et d'excitation a parcouru ma colonne vertébrale.

— Tu sais, ce qui m'intéresse, ai-je poursuivi, c'est de comprendre de quoi nous sommes constitués, fabriqués. Par quelle opération nous parvenons à assimiler certains événements, certains souvenirs, qui se mélangent à notre propre salive, se diffusent dans notre chair, quand d'autres restent comme des cailloux coupants au fond de nos chaussures. Comment déchiffrer les traces de l'enfant sur la peau des adultes que nous prétendons être devenus ? Qui peut lire ces tatouages invisibles ? Dans quelle langue sont-ils écrits ? Qui est capable de comprendre les cicatrices que nous avons appris à dissimuler ?

— Les tiennes ? m'a-t-elle demandé.

Il n'y avait aucune suspicion dans sa voix.

J'ai hésité de nouveau et j'ai répondu oui.

Il s'est produit exactement ce que j'avais espéré.

Me croyant dans une introspection nécessaire à l'écriture du livre caché, L. s'est mise à me parler d'elle. En signe d'encouragement, de solidarité, elle a commencé à me raconter des événements précis de son enfance, de sa vie de jeune fille, dont elle ne m'avait jamais parlé. Sans doute considérait-elle ces confidences comme des stimuli susceptibles de m'aider à convoquer mes propres souvenirs, à exhumer mes propres blessures. J'avais vu juste. Il me suffisait de lui faire croire que j'avançais dans mon travail pour qu'elle me livre, peu à peu, les éléments qui nourriraient le texte à son insu.

À partir de L., j'allais créer un personnage dont la complexité, l'authenticité, seraient palpables.

Bien sûr, un jour, lorsque le livre serait suffisamment avancé, peut-être terminé, il me faudrait lui avouer la vérité. Alors, je lui rappellerais ce refus qui était le sien de toute écriture détachée de la vie. Je lui rappellerais ces convictions qu'elle avait tant voulu me voir partager et auxquelles j'avais fini par me rendre. Je lui parlerais de notre rencontre, de ces mois passés près d'elle, de l'évidence qui m'était apparue qu'elle seule pouvait être le sujet du livre. Je lui parlerais de la nécessité qui s'était imposée à moi de rassembler les fragments qu'elle avait bien voulu me confier, de leur offrir un ordre nouveau.

En tout point maintenant, j'étais dépendante de L.

D'abord, parce que je ne pouvais pas poser le pied par terre. Et ensuite parce que j'avais besoin de ses mots, de ses souvenirs, pour nourrir le début d'un roman dont elle ignorait tout.

Mais cet état de dépendance ne me faisait pas peur.

Il était justifié par un projet supérieur, qui s'élaborerait à son insu.

De son côté, L. travaillait sur un texte qu'elle avait commencé avant l'été. Un de ces livres à gros enjeux sur lesquels elle s'engageait, par contrat, à ne rien dire. Un livre qui serait signé par quelqu'un d'autre qui prétendrait l'avoir écrit.

J'ai questionné L. pour savoir de qui il s'agissait. Quelle actrice, quelle chanteuse ou quelle femme politique avait, cette fois, fait appel à sa plume ?

L. était désolée, mais elle ne pouvait rien me dire. La clause de confidentialité était plus longue que le contrat lui-même, et elle ne pouvait prendre aucun risque. Une fois, il lui était arrivé de se laisser aller à une confidence, et la personne l'avait trahie involontairement. J'ai tenté une ou deux suppositions : Mireille Mathieu ? Ségolène Royal ?

Le visage de L. restait impassible, je n'ai pas insisté.

Au bout de quelques jours, nous avons retrouvé les rituels de notre récente cohabitation. L. se réveillait plus tôt que moi. De la chambre, j'entendais le bruit de la douche, puis celui de la machine à café. Je me levais et nous prenions ensemble un rapide petit déjeuner avant qu'elle se mette au travail. Dès le premier jour, elle s'était installée dans une petite pièce près de la cuisine. La lumière du jour n'y entrait pas, elle aimait cette ambiance. Sur une petite table, elle avait posé son ordinateur et étalé ses brouillons, ses plans, sa documentation.

À l'autre bout de la maison, je m'enfermais un peu plus tard dans mon bureau. Je m'asseyais dans la même position que celle que j'aurais adoptée pour écrire, le haut du corps légèrement penché en avant. Je gardais mes béquilles à portée de main, calées par le manche sur le tiroir de la console. Je m'enveloppais dans un

châle et, d'une voix murmurée, je commençais à dicter.
Compte tenu de la distance qui nous séparait, il était
impossible que L. m'entende.

Pourtant, plusieurs fois par jour, je ne pouvais m'empêcher de vérifier que la porte était bien fermée. Et
qu'elle n'était pas derrière.

Vers 13 heures, je rejoignais L. dans la cuisine pour
partager une soupe ou un plat de pâtes qu'elle avait
préparés.

En début d'après-midi, nous nous remettions au
travail, chacune de son côté. Tandis que L. avançait
sur son texte, je continuais d'enregistrer à voix haute,
et à son insu, le compte rendu de nos échanges, de
plus en plus intimes.

Au bout de quelques jours, afin de procéder à une
sauvegarde des fichiers audio enregistrés sur mon téléphone portable, j'ai réussi à allumer l'ordinateur.

En fin de journée, nous sortions parfois faire un tour.

À mesure que mes bras se musclaient, notre périmètre de promenade s'élargissait.

Le soir, nous buvions un verre de vin dans la cuisine tandis que L. préparait le repas. Assise, je pouvais
l'aider : je coupais le saucisson, la mozzarella, j'épluchais
les oignons, les légumes, je hachais les fines herbes.
L. s'occupait de tout le reste.

Nous commencions par parler de tout et de rien,
avant de dériver, insensiblement, sur les sujets qui
m'intéressaient. Je racontais à L. mes propres souvenirs. Des souvenirs d'enfance, d'adolescence, lorsqu'ils
pouvaient entrer en écho avec les siens.

Après le dîner, L. allumait un feu, et nous nous rapprochions de la cheminée, offrant nos mains à la chaleur des flammes. Je la connaissais bien. Avec le temps, j'avais appris à déchiffrer ses réponses, ses émotions, ses réactions. Je savais lire sur son visage les signes les plus fugaces de joie ou de contrariété. Je savais reconnaître, dans la posture de son corps, le moment où elle s'apprêtait à dire quelque chose d'important, et celui où elle reprenait de la distance. Au fil des semaines, la syntaxe de L., sa manière de contourner certains sujets puis de les affronter dans un revers soudain, au moment où je m'y attendais le moins, m'étaient devenues familières. Je ne l'avais jamais vue si calme. Si reposée.

Selon L., je ne m'étais pas cassé le pied par hasard. La fracture était une manière visible de signifier l'empêchement, l'empêtrement, qui m'assignait au silence. La *chute* devait s'entendre dans tous les sens du terme : au-delà de la perte concrète d'équilibre, j'étais tombée pour mettre fin à quelque chose. Pour clore un chapitre. Tomber ou somatiser, au fond, cela revenait au même. D'ailleurs, selon L., nos somatisations avaient pour fonction principale de révéler une angoisse, une peur, une tension que nous refusions d'admettre. Elles nous adressaient un message d'alerte.

L. ne m'avait pas exposé de théorie depuis longtemps. Elle avait pris ce ton qui m'amusait, un ton docte dans lequel on devinait aisément un soupçon d'autodérision. Nous avions ri. La théorie de L. me semblait assez juste : selon elle, afin de ne pas solliciter toujours les mêmes organes, au fil du temps, nous changions

clore = close

de mode de somatisation, passant de la migraine aux
brûlures d'estomac, puis des brûlures d'estomac aux
ballonnements, puis des ballonnements aux douleurs
intercostales. L'avais-je remarqué ? Chacun de nous,
s'il y réfléchissait, avait connu différentes périodes de
somatisation et avait mis à l'épreuve différents organes
afin de ne pas épuiser toujours le même. Il suffisait
d'écouter les gens parler de leurs petits maux. Les
chutes n'étaient rien d'autre qu'une manière plus spectaculaire de compléter, dans des moments charnière,
un système d'alerte régulier. Il fallait prendre la peine
de les déchiffrer.

François m'appelait tous les jours. Je prenais mes
béquilles et me dirigeais vers le fond du jardin, puis
je me hissais tant bien que mal sur le monticule de
terre qui me permettait de capter le réseau. Nous nous
parlions quelques minutes, moi en appui hasardeux
sur mes cannes, lui, dans une chambre d'hôtel du
Midwest ou du Montana. Il n'a pas tardé à sentir que
j'allais mieux, il m'a demandé si j'arrivais à écrire. Je
lui ai dit que j'avais décidé de commencer un nouveau projet, plus important, je tenais quelque chose,
j'étais impatiente de le lui raconter. Je n'en ai pas
dit davantage.

Dans la maison de Courseilles, L. avait trouvé ses
marques avec une facilité déconcertante. Elle faisait
partie de ces gens capables de s'adapter en un temps
record à un espace étranger. En quelques heures, elle
avait repéré l'emplacement de chaque chose. Aucun
tiroir, aucun recoin, n'avait échappé à son radar. Elle

était *comme chez elle*, et je dois dire qu'à la voir évoluer sans la moindre hésitation dans ce lieu qui semblait lui être parfaitement familier, cette expression prenait tout son sens.

J'ai retrouvé dans l'ordinateur de Courseilles certains fichiers audio sauvegardés dans les premiers jours de notre séjour. Au-delà du sentiment d'étrangeté que nous ressentons tous à entendre notre propre voix, j'ai du mal à reconnaître la mienne. Je parle bas, de peur que L. m'entende. Je reproduis ici le contenu de ces fichiers.

FICHIER AUDIO DU 4 NOVEMBRE 2013

La mère de L. est morte quand elle avait sept ou huit ans.

C'est elle qui l'a trouvée comme ça, par terre. Sa mère était étendue dans le couloir, sur le parquet. Elle a soulevé ses cheveux et dégagé son oreille pour qu'elle l'entende mieux. Elle n'a pas réagi. Et puis, elle a senti que quelque chose ne tournait pas rond et elle s'est allongée sur elle, de tout son long. Sa mère portait cette robe à fleurs jaunes que L. aimait tellement. Elle est restée un moment comme ça, dans cette position, elle s'est même endormie, les bras ballants, le long des flancs de sa mère, la tête posée sur sa poitrine (cette image m'a bouleversée).

Ensuite le téléphone a sonné et l'a réveillée. Elle s'est levée pour prendre l'appareil, le cheveu encore humide de la sueur de son sommeil. Quand elle a décroché, elle

*a entendu une amie de sa mère qui voulait lui parler.
Elle a dit maman elle dort, l'amie s'est inquiétée car sa
mère ne dormait jamais dans la journée. Elle a demandé
si elle était malade, L. a répondu que non, mais qu'elle
ne se réveillait pas. L'amie lui a demandé d'attendre
tranquillement à la maison, auprès de sa maman. Elle
a dit qu'elle arrivait tout de suite.*

L. est retournée s'allonger.

*Après la mort de sa mère, L. est restée enfermée dans
l'appartement. Je n'ai pas réussi à savoir combien de temps.
Un certain temps. Je crois qu'elle n'allait pas à l'école.*

*À creuser : je crois que le père de L. lui interdisait de
franchir le pas de la porte sauf cas de force majeure. Je
crois qu'elle avait tellement peur de lui qu'elle a passé
plusieurs semaines, voire plusieurs mois, sans sortir. Seule
dans l'appartement.*

Elle n'allait pas à l'école.

Elle ne devait ouvrir la porte sous aucun prétexte.

*Son père la convoquait dans son bureau pour trans-
mettre ses consignes. Elle devait se tenir bien droite,
menton levé. Au garde-à-vous.*

*L. imaginait un monde peuplé d'ennemis. Elle ignorait
ce qu'elle trouverait dehors, si elle venait à s'échapper.
Elle imaginait des humains carnassiers, des enfants armés.*

linger

*Revenir sur ce que L. a évoqué sans s'y attarder : ce
moment où elle s'est dit qu'elle ne sortirait pas vivante
de cet appartement. L'idée du suicide.*

*Revenir si possible sur le père de L.
Je sens que le terrain est glissant.*

L. rechigne à raconter dans l'ordre. Je sens qu'elle me livrera des épisodes, épars, et que je devrai me débrouiller pour les relier entre eux.

untangle

Phrase de L., hier soir, à propos de son père : Tout ce qu'il y a en moi d'incertain, d'inadapté, de brisé, vient de lui.

FICHIER AUDIO DU 6 NOVEMBRE 2013

J'essaie de retrouver les mots exacts employés par L. Elle les choisit avec soin et il me semble que chacun de ces mots est important.

Je regrette de ne pas pouvoir l'enregistrer à son insu avec l'iPhone, mais c'est trop risqué.

À un moment quelqu'un a dû intervenir, car elle est retournée à l'école. Puis au collège.

Elle a vécu avec son père dans une atmosphère de reproche permanent. Chacun de ses gestes, chacune de ses paroles était susceptible d'être interprétée, disséquée, sortie de son contexte. Chacun de ses mots se retournait un jour contre elle et lui revenait en pleine face.

La manière dont il l'observait, le regard accusateur.

La rage muette qui emplissait la maison et rendait parfois l'air si difficile à respirer.

Il cherchait la faille, le signe de trahison, la preuve de sa culpabilité. Il rôdait partout en quête de raisons de se mettre en colère.

Sa violence contenue pesait comme une menace permanente.

L. me parle ensuite de ce contrôle de soi que cela exige.

Car tout débordement de sa personne (joie, enthou-siasme, volubilité) était perçu comme pathologique.

Elle revient souvent là-dessus : l'adolescence impos-sible.

La force destructrice de ce regard, à l'âge où elle deve-nait une femme.

Mais il y a quelque chose dans sa personne qui s'est façonné pendant ces années, une sorte de dispositif sus-ceptible d'assurer sa survie en milieu hostile.

L. évoque à demi-mot cet être sur le qui-vive, en alerte, prêt à se battre, qu'elle est devenue.

Quand elle était au collège, puis au lycée, son père ne voulait pas qu'elle sorte avec des amis. Ni qu'elle reçoive quelqu'un chez elle.

Histoire bizarre avec un voisin (essayer d'y revenir) à laquelle L. a fait allusion deux fois.

Fichier audio du 7 novembre

Pendant plusieurs années, L. a eu une amie imaginaire qui s'appelait Ziggy.

Ziggy passait ses journées avec elle. L. dormait en chien de fusil d'un seul côté du lit, pour lui laisser une place, la laissait passer dans l'encadrement des portes, veillait à ce qu'elle puisse s'asseoir à côté d'elle à table, parlait avec elle à voix haute quand elles étaient seules.

Le père de L. ignorait l'existence de Ziggy.

Le soir, elle rêvait de s'enfuir avec Ziggy. Faire du stop, prendre des trains, partir très loin.

Un jour, Ziggy a demandé à L. si elle voulait toujours partir. L. a dit oui, mais cela lui semblait impossible à cause de son père.

Ziggy a dit qu'elle allait arranger les choses.

Comment ?

Ziggy a posé ses doigts sur ses lèvres, une manière de dire : ne me demande rien car tu pourrais ne pas aimer la réponse.

Quelques jours plus tard la maison a brûlé. Tout est parti en fumée.

Meubles, vêtements, tous ses jouets d'enfant, toutes les photos.

Tout.

Ils ont déménagé dans une autre maison.

Je n'ai pas réussi à savoir quel âge avait L. quand c'est arrivé.

J'ai dû la relancer plusieurs fois pour avoir des précisions chronologiques. Comme si L. refusait que je puisse établir des liens entre certains événements, elle a fait mine de douter de l'ordre dans lequel ils étaient arrivés.

J'ai demandé à L. ce que Ziggy était devenue. Elle a hésité une seconde avant de me répondre que Ziggy s'était fait renverser. Un jour qu'elles marchaient toutes les deux dans la rue, Ziggy a glissé du trottoir, elle est passée sous les roues d'une voiture.

Même si elles me semblaient parfois confuses, les confidences de L. confirmaient l'intuition que j'avais eue : L. avait été victime d'une violence invisible que le langage peinait à décrire, une violence tortueuse, insidieuse, qui avait façonné en profondeur sa manière d'être. Mais L. s'était arrachée à l'emprise. Sa capacité à se construire, à se reconstruire, l'exercice de sa volonté : voilà, chez L., ce qui continuait de m'impressionner. Un jour, bien avant que je la rencontre, elle était devenue cet être sous haute protection, volontaire, tenace, dont l'armure, je le savais, pouvait se fendre d'un seul coup.

Au cours des premiers jours, L. a pris la voiture une ou deux fois pour aller chercher du pain ou des produits frais. Le reste du temps, le portail demeurait fermé.

L. était d'humeur joyeuse et redoublait d'attentions à mon égard. Durant cette période, elle ne m'a jamais fait sentir qu'elle s'occupait pratiquement de tout. Il m'est arrivé de penser que cette sollicitude, ce soin constant qu'elle me prodiguait, étaient une autre forme d'emprise.

Mais qui, de nous deux, dominait le jeu, je n'aurais su le dire.

Une chose est sûre : dès que j'entendais le pas de L. approcher du bureau où je m'enfermais, j'arrêtais mon enregistrement et, pendant quelques minutes, le temps que son pas s'éloigne, je percevais, dans tout mon corps, l'accélération de mon rythme cardiaque. J'étais terrorisée à l'idée qu'elle comprenne ce que j'étais en train de faire.

À plusieurs reprises, avant la tombée de la nuit (et
malgré la chute brutale des températures), j'ai vu L.
s'approcher du petit bassin situé devant la maison. Penchée au-dessus de l'eau, elle restait un long moment à
observer les deux poissons rouges que François et sa
fille avaient achetés quelques mois plus tôt dans une
animalerie des environs. Un soir, alors qu'elle rentrait
dans la maison après l'une de ces étranges séances
d'observation, L. m'a déclaré que ces poissons étaient
carnivores. Selon elle, si nous refusions de leur donner
à manger en conséquence, ils finiraient par se dévorer
entre eux. J'ai pris cette remarque pour l'une de ses
nombreuses lubies (il s'agissait a priori de vulgaires
poissons rouges).

Dans la nuit qui a suivi, j'ai rêvé que L. découvrait ce que j'étais en train de faire. Elle avait fouillé
dans mon téléphone portable à mon insu, trouvé les
fichiers audio et m'obligeait à m'asseoir pour écouter
ma propre voix en train de raconter sa vie. Ensuite,
elle jetait le téléphone au sol et le piétinait avec rage
jusqu'à ce qu'il n'en reste que quelques débris qu'elle
me demandait d'avaler. Comme je n'y arrivais pas (les
débris étaient trop gros, je m'étouffais et crachais du
sang), elle m'ordonnait de les jeter à la poubelle. Au
moment où je me levais pour le faire, elle prenait un
balai et tapait à toute force dans mon pied. C'est cette
douleur qui m'a sortie du rêve, une douleur réelle :
mon attelle s'était coincée entre le mur et le matelas et
me tordait le pied. Je me suis réveillée dans une sorte

de gémissement qui partait du rêve et se prolongeait dans la nuit.

J'ai fini par calmer ma respiration et guetté à travers les volets l'arrivée du jour, comme si l'obscurité allait emporter avec elle cet horrible cauchemar.

Une autre nuit, je me suis réveillée en sursaut, avec la certitude que quelqu'un était dans ma chambre. Je me suis assise dans mon lit, tous les sens en alerte, j'ai scruté l'obscurité, tentant de déchiffrer la forme noire, parfaitement immobile, qui se trouvait devant moi. J'entendais mon cœur battre à tout rompre dans ma poitrine, je le sentais pulser dans mes tempes, un bourdonnement paniqué qui m'empêchait de décrypter le silence. L'air de la pièce me semblait épais, saturé, comme si quelqu'un d'autre que moi en avait consommé tout l'oxygène. Quelqu'un était là, j'en étais sûre, quelqu'un me surveillait. Il m'a fallu plusieurs minutes pour trouver le courage d'allumer la lumière et me rendre compte que la forme n'était rien d'autre qu'un vêtement que j'avais suspendu sur un cintre, accroché à l'étagère, la veille au soir. Et encore plusieurs minutes pour que le sang se remette à circuler normalement sous ma peau frigorifiée.

Pourtant, au cours des premiers jours, aucun signe n'indiquait que L. pouvait avoir des doutes au sujet de mon activité. La version officielle semblait la satisfaire pleinement : j'enregistrais à voix haute les fragments qui me serviraient bientôt à écrire le livre caché.

Petit à petit, à l'issue de nos conversations du soir, j'ai commencé à noter quelques mots sur des Post-it, d'une écriture mal assurée, fébrile. Je les collais ensuite à l'intérieur d'un cahier, afin d'éviter que L. ne les découvre, si elle venait, en mon absence, à entrer dans mon bureau. Le lendemain, ces repères me permettaient de retrouver les confidences de L. et de les énoncer. Au point où j'en étais, je continuais à avoir du mal à faire le lien entre elles, à trouver un sens, une ligne directrice. Chaque jour, penchée sur le dictaphone, j'essayais d'ordonner les éléments épars que L. avait consenti à me confier, dont je ne percevais pas encore la cohérence, persuadée qu'un jour celle-ci finirait par m'apparaître.

Pour la première fois depuis longtemps, je parvenais à tenir un stylo, à m'asseoir chaque jour devant un bureau, à écrire quelques mots : je progressais. J'avais repris espoir. Bientôt, l'impasse dans laquelle j'étais depuis des mois, l'incapacité physique d'écrire, les nausées face à l'ordinateur, tout cela ne serait plus qu'un mauvais souvenir.

Nous entamions la troisième semaine – et je commençais tout juste à pouvoir prendre appui sur l'attelle – lorsque, un matin, j'ai entendu le hurlement de L. Un hurlement de terreur. Nous venions tout juste, l'une et l'autre, de nous mettre au travail. Pendant quelques secondes, je suis restée figée. Aujourd'hui que je raconte cet instant, ma réaction me paraît étrange. Je ne me suis pas précipitée au secours de L., je n'ai pas eu le réflexe d'aller la retrouver, je suis restée ainsi, immobile, retranchée, guettant le moindre bruit. Et puis j'ai entendu les pas précipités de L. et, avant que j'aie eu le temps de comprendre qu'elle se dirigeait vers mon bureau, elle était là, face à moi, rouge et haletante, dans un état de panique invraisemblable. Elle avait refermé la porte derrière elle et parlait à toute vitesse, il était question de souris dans la cave, au moins deux, elle en était sûre, qui ne tarderaient pas à trouver le chemin de la cuisine, elle les avait entendues un soir sans vouloir y croire, mais maintenant elle n'avait plus aucun doute, il y avait des souris dans la maison. L. avait du mal à reprendre son souffle, à se calmer, je ne l'avais jamais vue comme ça, si vulnérable. Je me suis levée pour lui laisser ma place. Elle s'est laissée tomber sur ma chaise, cherchant à retrouver son souffle, ses mains réunies dans une sorte de nœud d'angoisse, les doigts blanchis par la pression qu'elles exerçaient l'une sur l'autre.

J'ai commencé à lui parler d'une voix douce. La porte de la cave fermait parfaitement, il n'y avait aucune raison que les souris réussissent à entrer dans la maison, nous allions mettre des tapettes ou du produit pour les tuer, j'allais appeler François pour lui demander conseil, il ne fallait pas qu'elle s'inquiète.

Au bout de quelques minutes, elle a fini par se calmer. Alors ses yeux se sont posés sur le Post-it jaune, collé à l'intérieur du cahier laissé ouvert sur ma table, Post-it sur lequel j'avais écrit la veille au soir avant de me coucher :

Essayer d'en savoir plus sur départ de chez son père. Revenir sur conséquences mort de Jean.

J'ai vu les yeux de L. posés sur le Post-it, l'espace d'un dixième de seconde, et cet imperceptible mouvement de recul de son corps, un point d'impact, à peine visible, au niveau du sternum. Elle a relevé les yeux vers moi, incrédule.

Elle avait forcément vu. Et elle avait forcément compris ce que j'étais en train de faire.

Elle n'a posé aucune question. Dans un soupir, elle m'a demandé si je pouvais aller fermer la porte de la cave. Elle était tellement paniquée qu'elle l'avait laissée ouverte et se sentait incapable d'y retourner.

Je n'avais pas le choix. J'ai pris mes béquilles et j'ai sautillé jusqu'à la cuisine.

J'ai refermé la porte et je l'ai appelée sur un ton qui se voulait léger : le terrain était sécurisé, il n'y avait pas l'ombre d'une souris à l'horizon, elle pouvait revenir.

Je ne sais plus si nous avons réussi à nous remettre au travail ou si nous avons traîné dans la cuisine jusqu'à l'heure du déjeuner.

En début d'après-midi, L. a pris la voiture pour faire les courses de la semaine. Je me suis installée pour lire dans le salon, près du feu de cheminée qu'elle avait lancé avant de partir. Mais j'étais incapable de me concentrer. Au bout de quelques lignes, mon esprit se mettait à vagabonder vers d'hypothétiques scénarios et, même si j'évitais les pires, je n'avais pas l'esprit tranquille. Si elle avait compris, je n'allais pas tarder à le savoir et je la connaissais suffisamment pour craindre la violence de sa réaction. Si elle avait seulement un doute, elle reviendrait sur le sujet, et me poserait des questions.

Peu à peu la nuit est tombée et des lambeaux de brouillard se sont accrochés aux arbres. L. est restée si longtemps partie qu'il m'est venu à l'idée qu'elle m'avait abandonnée là, sans voiture et sans autre forme de préavis.

L. est revenue vers 19 heures. Par la fenêtre du salon, je l'ai vue sortir de la voiture, souriante. Elle est entrée dans la maison les bras chargés de paquets, m'a demandé si je ne m'étais pas inquiétée. Elle avait essayé plusieurs fois de me joindre sur mon portable, sans succès. La plupart du temps, mon portable ne captait le réseau qu'à l'extérieur de la maison, ce n'était donc pas très étonnant. Tandis qu'elle rangeait les courses, elle m'a raconté son périple : n'ayant pas trouvé tout ce qu'elle cherchait à l'hypermarché, elle avait fait le détour par une droguerie du centre-ville, où elle avait trouvé conseil pour l'extermination des souris. Victorieuse, elle a ouvert sous mes yeux le sac qu'elle avait rapporté, rempli de tapettes et de rodenticides, de quoi éliminer plusieurs colonies de rongeurs. Le vendeur lui avait expliqué où disposer le poison et les pièges, ce à quoi elle s'est affairée sans plus attendre, me demandant toutefois de descendre moi-même placer ceux de la cave, dans laquelle elle était désormais incapable de mettre un pied. J'ai posé mes béquilles à l'entrée de l'escalier de pierre, pris appui sur mes deux bras, et, poussant le mur de chaque côté, marche après marche, je suis descendue jusqu'en bas. Cela m'a pris un temps fou, après quelques semaines d'immobilité, mes muscles s'étaient atrophiés.

Du haut de l'escalier, L. m'a lancé les pièges et le bloc de poison afin que je les dépose aux endroits qu'elle m'avait indiqués.

Je suis remontée lentement, mon pied me faisait mal.

Lorsque je suis revenue dans la cuisine, L. m'a annoncé qu'elle avait prévu une surprise. Elle s'est tournée vers moi, je ne lui avais jamais vu cet air de défi.

— Il y a toujours quelque chose à fêter, n'est-ce pas ? Le début d'un livre, la fin d'une histoire…

Elle s'est penchée pour attraper une cagette fermée qu'elle avait posée par terre et que je n'avais pas remarquée. Elle l'a ouverte avec précaution avant d'en extraire deux homards vivants, les deux derniers d'un arrivage exceptionnel en provenance de Bretagne, m'a-t-elle précisé, achetés au rayon poissonnerie de l'hypermarché. J'ai observé leurs mouvements, hagards et désorientés.

J'ai débouché la bouteille de vin que L. avait achetée, un premier cru dont elle avait pris plusieurs bouteilles, puisque désormais il n'était plus question d'ouvrir la porte de la cave. Assise à la table de la cuisine, j'ai coupé quelques légumes, tandis qu'elle s'apprêtait à faire cuire les deux crustacés.

L. a d'abord préparé un court-bouillon, auquel elle a ajouté quelques oignons. Lorsque l'eau est arrivée à ébullition, elle a pris les homards un par un et les a enfoncés vivants dans la marmite sans la moindre hésitation. Alors j'ai vu l'expression de son visage, et ce sourire satisfait lorsqu'elle s'est emparée de l'écumoire pour leur maintenir la tête sous l'eau. Il m'a semblé entendre leur carapace craquer.

Nous avons dîné toutes les deux, un dîner de fête que L. avait imaginé.

Je me suis laissée glisser dans ce temps suspendu, un de ces temps de paix qui souvent précèdent les drames et dont, si j'avais été dans mon état normal, je me serais méfiée. Je ne sais pas si l'alcool suffit à expliquer la manière dont l'angoisse a reflué, cet apaisement des sens, cette confiance retrouvée. L. a réussi à endormir en moi toute inquiétude et à me faire croire à la possibilité de ma victoire.

Car oui, ce soir-là, j'ai continué de croire que j'allais vaincre la peur, le doute, la nausée – tout ce qui, depuis des mois, me paralysait et m'empêchait d'écrire.

Nous avons bu du vin blanc jusque tard dans la nuit.

Je crois me souvenir que L. avait acheté un dessert dans une pâtisserie, un genre de fraisier dont nous nous sommes resservies. L'ambiance était douce et amicale. Tout avait l'air normal.

Plus tard, alors que nous buvions une tisane, d'elle-même, L. m'a raconté ce qui s'était passé un jour avec le voisin d'à côté. Elle y avait fait allusion une ou deux fois dans les jours précédents mais, jusque-là, avait reculé devant le récit.

Lorsque je me suis couchée, épuisée, j'étais rassurée.

Je crois que j'avais tout simplement réussi à me persuader qu'il était possible que L., dans l'état de panique dans lequel elle se trouvait en débarquant dans mon bureau, n'ait pas vu le Post-it, ou plutôt qu'elle l'ait vu sans le voir.

Le lendemain matin, malgré une très grande fatigue, une fatigue inhabituelle, je me suis assise à ma table pour enregistrer le souvenir que j'avais de notre conversation de la veille.

J'ai retrouvé ce fichier dans mon ordinateur, c'est le dernier que j'aie pu y transférer.

FICHIER AUDIO DU 12 NOVEMBRE

L. est revenue sur l'histoire du voisin. Elle y est revenue sans que je pose de question, comme si elle me devait cette précision, comme si ce supplément d'information m'était dû.

Cela s'est passé dans la deuxième maison, celle où elle a vécu après l'incendie.

Le voisin était le père du petit garçon que L. gardait parfois après l'école. Il était gentil avec elle, son regard était doux. Quand il venait chercher son fils, il parlait quelques minutes avec L., si son père n'était pas là. Elle riait avec lui.

Un jour, il a sonné en plein après-midi tandis que L. était seule chez elle.

Sans un mot, il s'est collé derrière elle, debout, près du mur. Puis sa main a glissé à l'intérieur de son pantalon, sous l'élastique de sa culotte. Ensuite ses doigts – d'abord un, puis plusieurs – sont entrés en elle et lui ont fait mal.

Lorsque le voisin a sorti sa main, elle était couverte de sang.

L. n'a jamais rien dit.

Il faut que je garde en mémoire les détails de ce récit, sa brutalité.

Lorsque j'ai eu terminé l'enregistrement, je me suis sentie vidée. Une fatigue qui ressemblait à celle que j'éprouvais *avant*, à l'époque où j'étais capable de passer des heures à écrire sans relever la tête et que j'en sortais titubante, les muscles tétanisés. Pourtant, je n'étais dans mon bureau que depuis une vingtaine de minutes et je m'étais contentée d'énoncer quelques éléments de vive voix.

Le ciel était clair, je me suis assise dehors, sur le petit banc de pierre. J'avais besoin de lumière. J'avais besoin de sentir le soleil sur mon visage, que cette chaleur peu à peu réchauffe ma peau. Je suis restée là plusieurs minutes, espérant que le soleil finirait par chasser le frisson intérieur qui me faisait trembler.

Un peu plus tard, nous avons déjeuné toutes les deux dans la cuisine, comme d'habitude. Ensuite je me suis sentie si faible que je suis allée m'allonger dans ma chambre. J'ai lu et somnolé.

Pour le dîner, L. avait préparé une soupe de poisson. Je n'aime pas ça mais je n'ai pas voulu la contrarier, car je l'avais entendue dans la cuisine et savais qu'elle y avait passé une partie de l'après-midi.

Au cours du dîner, L. s'est montrée volubile et joyeuse. Elle m'a parlé de Ziggy, son amie imaginaire. Je crois qu'elle m'a raconté d'autres choses que j'ai oubliées.

Je n'ai aucun souvenir du moment où j'ai regagné ma chambre. Ni de celui où je me suis couchée. Lorsque je me suis réveillée, au milieu de la nuit, les draps étaient trempés et me collaient au corps. Je n'étais vêtue que d'une culotte, je sentais le battement de mes veines sous la surface de ma peau, mes cheveux étaient mouillés et me paraissaient gelés. Soudain, je me suis penchée hors du lit et j'ai vomi.

J'aurais voulu me lever pour me rincer la bouche et me laver le visage, mais j'étais incapable de tenir debout. Je me suis rallongée. J'ai pensé à la soupe de poisson et j'ai vomi une nouvelle fois.

L. m'a sans doute entendue. Elle est entrée dans la chambre et s'est approchée de moi. Elle m'a aidée à sortir du lit, m'a soutenue jusqu'à la salle de bains où elle m'a assise sur un tabouret, le temps de fermer la baignoire et de laisser couler l'eau. Mon corps était secoué de spasmes, je grelottais de tous mes membres. Quand la baignoire a été remplie, elle m'a aidée à me relever. J'ai vu son regard aigu balayer mes épaules, mes seins, mes jambes. Elle m'a attrapée sous les bras pour que j'entre dans l'eau puis elle a tenu mon pied cassé afin qu'il reste posé sur le rebord. Elle a enveloppé l'attelle d'une serviette pour la protéger. Après s'être assurée que j'étais stable, elle est allée chercher dans la cuisine un verre d'eau fraîche, qu'elle m'a tendu avec deux comprimés. Elle m'a dit que j'étais brûlante et qu'il fallait faire tomber la fièvre. J'ai pris les cachets

fussed

et je suis restée dans l'eau tandis qu'elle s'affairait pour changer mes draps et revenait toutes les deux minutes, pour vérifier que tout allait bien.

J'ai senti de nouveau le sommeil me gagner. Un sommeil lourd, irrépressible. Je crois que je me suis endormie dans la baignoire. Quand j'ai rouvert les yeux, l'eau était froide et L. me regardait, assise sur le tabouret. Sans un mot, elle est allée chercher un drap de bain. Elle m'a aidée à sortir de l'eau et regagner mon lit. Je crois que c'est elle qui m'a enfilé un pyjama. J'étais frigorifiée.

Dans la matinée, mon téléphone a sonné. J'ai reconnu la sonnerie de François. J'ai cherché mon portable près de mon lit mais je ne l'ai pas trouvé. L. est entrée dans ma chambre, elle a pris le portable qui était posé sur la table, hors de ma portée. J'ai entendu L. répéter « allô, allô » plusieurs fois et puis elle est sortie dans le jardin.

Plus tard, elle m'a dit qu'elle avait parlé à François et l'avait prévenu que j'étais malade, selon toute vraisemblance une intoxication alimentaire. Il s'était montré inquiet mais elle l'avait rassuré. Elle avait promis de lui donner des nouvelles tant que je n'étais pas en état de le faire moi-même.

À partir de ce moment, j'ai perdu toute notion du temps. L. m'apportait du thé ou du lait tiède, parfois du bouillon. Elle me tenait la tête pour boire. J'ai cessé de vomir mais un goût de métal est resté dans ma bouche. Entre deux visites de L., je dormais. Des heures lourdes, contre lesquelles je ne pouvais pas lutter. Je m'enfonçais dans ce sommeil épais, compact, presque douloureux.

Lorsque je me réveillais, je constatais qu'il faisait jour, ou nuit, tantôt je transpirais, tantôt je grelottais, et L. était là, presque chaque fois, immobile et attentive. Je me levais pour aller aux toilettes, de l'autre côté du couloir, me tenais au mur pour avancer. J'ignorais depuis combien de temps j'étais dans cet état. Un soir, je n'ai pas eu la force de me mettre debout. L. s'est chargée de changer les draps mouillés.

J'ai demandé à L. de prévenir Louise et Paul pour éviter qu'ils s'inquiètent de ne pas avoir de mes nouvelles. Elle m'a dit l'avoir déjà fait.

Le temps est devenu indéchiffrable.

Encore aujourd'hui, j'ignore combien de temps cela a duré : deux jours, quatre jours, six jours ?

Une nuit, je me suis réveillée et j'ai cherché mon téléphone. J'ai regardé partout autour de moi, il n'y était pas.

C'est à ce moment que j'ai compris que L. le gardait près d'elle et qu'elle avait eu tout le temps d'écouter les fichiers. Je les avais copiés sur l'ordinateur pour les sauvegarder, mais je ne les avais pas effacés du téléphone.

Une vague d'effroi m'a envahie.

Bien sûr que L. savait.

Bien sûr qu'elle avait compris.

Mais il était trop tard. Trop tard pour tout.

Je n'avais plus la force de lui expliquer le livre que je voulais écrire, je n'avais plus la force de la convaincre, et pas davantage de m'excuser.

Un soir, dans un état de semi-conscience, j'ai entendu la sonnette de la porte d'entrée. Quelqu'un avait réussi à passer le portail et venir jusqu'à la maison. La sonnette a retenti plusieurs fois, j'ai entendu le pas de L. dans le couloir, juste devant ma porte, elle est restée là quelques minutes et n'a pas ouvert.

François avait peut-être prévenu un ami ou un voisin. Quelqu'un avait commencé à s'inquiéter. Quelqu'un était venu voir. Avait sans doute regardé par la fenêtre. Avait pu voir des signes de notre présence.

À moins que L. ait fermé tous les volets.

Le soir même, je n'ai pas réussi à boire le bouillon que L. m'avait apporté. La nausée était si forte que je ne pouvais pas déglutir. Comme elle insistait, je me suis mise à pleurer, je l'ai suppliée, je ne pouvais pas, elle devait me croire, ce n'était pas de la mauvaise volonté. L. s'est laissé amadouer.

Dans la nuit, je me suis sentie moins ankylosée. Quand je me suis levée pour aller aux toilettes, j'en ai profité pour boire. Un filet d'eau sortait du robinet, j'ai collé ma bouche à l'embout plusieurs minutes.

Je me suis réveillée au petit matin et me suis levée avant l'arrivée de L. Je tenais un peu mieux sur mes jambes. Je me suis entraînée à marcher près du lit. À petits pas. Je pouvais maintenant prendre appui sur l'attelle sans souffrir. Quand j'ai entendu L. s'approcher, je me suis recouchée. La tête me tournait un peu. Elle est entrée dans la chambre avec un plateau. Elle l'a posé devant moi et puis elle est restée assise sur le lit. Je n'ai bu que quelques gorgées du chocolat chaud, prétextant qu'il me soulevait le cœur. J'ai dit que j'avais mal au ventre. J'ai aperçu ce voile de contrariété dans les yeux de L. Je lui ai demandé de laisser le bol près de moi, j'ai promis de le boire dès que je pourrais.

Un peu plus tard, j'ai entendu que L. parlait au téléphone, j'en ai profité pour vider le chocolat dans les toilettes. J'ai réussi à rester éveillée une partie de la matinée.

C'est alors que j'ai eu la certitude que L. m'empoisonnait.

Toute la journée, j'ai refusé d'ingérer ce qu'elle m'apportait. J'ai feint d'être trop faible pour me redresser et de dormir tout l'après-midi. Les yeux fermés, je cherchais mentalement une issue. Je me suis souvenue que François rangeait un autre jeu de clés dans l'un des tiroirs de la cuisine, parmi lesquelles je trouverais celle du portail. Encore me fallait-il arriver jusque-là. Mais comment m'enfuir sans qu'elle me voie ? Sans qu'elle me rattrape.

Le soir, L. est venue avec un nouveau plateau. Elle avait préparé un velouté de potiron. Elle m'a soulevée pour m'adosser aux oreillers. Sur un ton dont la douceur ne cachait pas la menace, elle m'a demandé de faire un effort. Elle a pris l'assiette creuse dans une main, et de l'autre, elle a tenté de me nourrir.

D'un geste habile, précis, elle portait la cuiller à ma bouche, comme elle l'eût fait pour un bébé. Alors j'ai remarqué qu'elle utilisait de nouveau sa main droite. La mascarade était finie.

Nous n'étions plus deux êtres semblables, aux affinités multiples, aux histoires concordantes, nous n'étions plus deux amies dont les gestes obéissaient au même

élan, se confondaient. Non. Nous étions deux personnes distinctes, et l'une était à la merci de l'autre.

Comme si elle lisait dans mes pensées, elle a mur-
muré :

— J'ai tout fait pour t'aider. C'est toi qui as tout
gâché.

J'ai avalé une ou deux cuillers du potage, et puis
j'ai dit que je ne pouvais plus. Je n'ai plus ouvert la
bouche. L. a jeté un regard circulaire autour d'elle,
comme si elle cherchait l'ustensile qui lui permettrait
de me desserrer les dents. L'idée de m'enfoncer la
cuiller dans la bouche lui a traversé l'esprit, j'en suis
sûre, et sans doute celle de me gifler. Elle a poussé
un soupir de rage, a repris l'assiette et elle est sortie.
J'ai pensé qu'elle allait revenir avec un dessert, ou une
tisane, mais je ne l'ai pas revue de la soirée.

L. n'allait pas tolérer longtemps mes refus. Si je continuais, elle trouverait une autre solution pour m'affaiblir.
À cette pensée, une décharge d'épouvante m'a envahie.

Je ne pouvais pas attendre.

Il fallait que j'arrive à sortir de la maison.

Il fallait que j'atteigne le portail.

Une fois sur la route, j'arrêterais la première voiture.

gifler-slap

La nuit était tombée depuis longtemps quand il s'est mis à pleuvoir. Une pluie forte, coléreuse, qui cognait aux carreaux. De la chambre, j'entendais les bourrasques de vent et, au loin, le bruit des pneus qui roulaient dans les flaques. Je ne savais pas si je rêvais ces voitures ou si je les entendais. Je ne savais pas si j'étais capable de parcourir la distance qui nous séparait du village. Les yeux clos, j'imaginais ma silhouette trempée surgissant au milieu de la route, les bras en l'air dans la lumière des phares. J'imaginais ce moment où une voiture freinerait, où la portière s'ouvrirait, où je serais délivrée.

Malgré moi, je me suis endormie.

Quand je me suis de nouveau réveillée, tout était éteint. Je n'avais aucune idée de l'heure mais j'ai pensé que L. s'était couchée. Comme les nuits précédentes, elle avait laissé la porte de sa chambre ouverte pour guetter le moindre bruit.

La probabilité que je parvienne à me lever et à marcher jusqu'à la cuisine sans la réveiller était infime. Je le savais. L'attelle frappait le sol et mes béquilles avaient disparu.

La probabilité que je réussisse à prendre la clé dans le tiroir, à sortir de la maison et à ouvrir le portail sans qu'elle se réveille était nulle. Mais je n'avais pas d'autre choix.

J'ai enfilé un pull par-dessus le tee-shirt que je portais. Je n'avais aucun autre vêtement à portée de main. La valise qui avait servi à transporter mes affaires avait disparu. L. avait tout pris.

Je me suis assise sur le lit et je suis restée comme ça, quelques minutes, presque en apnée. Je n'osais même pas avaler ma salive. Et puis j'ai rassemblé toutes mes forces et me suis levée.

Je suis allée jusqu'à la cuisine, j'ai ouvert le tiroir, j'ai pris la clé. J'entendais ma propre respiration, haletante et douloureuse.

Je suis sortie, j'ai senti la pluie glaciale sur mes cuisses, l'attelle s'enfonçait dans le gravier dans un crissement de ferraille. En l'espace de quelques secondes, mes cheveux ont été trempés, ils me fouettaient le visage, j'avais du mal à marcher contre le vent. J'ai essayé de courir mais la douleur était trop forte.

Je suis arrivée à hauteur du portail. C'est à ce moment-là seulement que j'ai remarqué que la voiture de L. n'était plus là. Je me suis appuyée au mur pour reprendre mon souffle. Sous l'effet d'une bourrasque, les feuilles du saule se sont soulevées dans un bruissement intense. On aurait dit une cascade de verre brisé.

Sans me retourner vers la maison, j'ai ouvert le portail, je me suis avancée en boitant sur la route étroite et j'ai pris la direction du village.

L. était forcément à l'arrêt quelque part, moteur coupé, et me guettait. J'étais certaine, d'un instant à l'autre, d'entendre sa voiture démarrer et de la voir surgir et foncer sur moi.

Voilà quel était son plan. Me laisser m'enfuir à moitié nue, me capturer dans la lumière de ses phares, et me renverser comme une quille. (pin)

J'ai marché le long de la route, malgré la douleur qui augmentait à chaque pas. Je ne voyais rien à cause de la pluie, seulement une fenêtre allumée, au loin, qui se découpait dans l'obscurité.

Je n'étais plus qu'à quelques mètres de la première maison du village lorsque je suis tombée dans une tranchée creusée pour le tout-à-l'égout, en bordure de la route. Je n'ai gardé aucune image de ce moment, seulement la sensation de la boue et l'éboulement. J'ai perdu connaissance.

J'ai un souvenir très confus du transport en ambulance. Aujourd'hui, il ne me reste que l'image de cette couverture de survie, dorée et scintillante, dans la lumière du gyrophare. La sensation du brancard dans mon dos. La vitesse de la camionnette.

Je me suis réveillée dans une chambre de l'hôpital de Chartres. Une infirmière est entrée peu après. Elle m'a raconté ce qui s'était passé. Elle m'a dit que *mon mari* était en route, ou plutôt en vol, quelqu'un l'avait prévenu.

C'est l'un des ouvriers du chantier municipal qui m'a trouvée, alors que le jour commençait à poindre. Le médecin m'a dit que j'étais sans doute tombée peu de temps avant que l'homme me découvre, sinon je n'aurais pas survécu. J'étais dans un état grave d'hypothermie.

On ne m'a posé aucune question sur les raisons qui m'avaient amenée jusque-là, en culotte et en pull, quelques heures avant l'aube. On m'a dit de prendre mon temps, pour réfléchir à tout cela. On m'a donné des cachets pour la douleur et d'autres pour dormir.

L'attelle de mon pied a été remplacée par une botte en résine. On m'a fourni de nouvelles béquilles. Jusqu'à l'arrivée de François, j'ai dormi presque tout le temps.

Je l'ai trouvé le lendemain matin à mon chevet, les traits tirés, l'air inquiet. Il m'a serrée dans ses bras. Il fallait que je me repose. L'important était que je sois là, saine et sauve.

Plus tard j'ai appris qu'on avait trouvé des traces de plusieurs somnifères, et de mort-aux-rats, dans mes tests toxicologiques.

Plus tard, quand on a jugé que le moment était venu de me demander ce qui s'était passé, j'ai compris que l'ensemble du corps médical – et sans doute François – était convaincu que j'avais absorbé moi-même ce mélange. Et puis j'avais paniqué et j'étais sortie en pleine nuit pour trouver de l'aide.

L. était partie avant que je sorte de la maison. L. m'avait laissée seule, avec la possibilité de m'enfuir, mais aussi celle de m'endormir pour ne plus jamais me réveiller.

L. a disparu de ma vie comme elle y était entrée. J'ai bien conscience qu'une telle phrase donne un sentiment de déjà-lu. Elle laisse à penser que l'histoire est bouclée, qu'elle n'est plus qu'un souvenir. Qu'elle a trouvé dans le mouvement du récit une forme de sens – si ce n'est de résolution. Le fait est que L. a disparu, sans laisser de traces.

Il m'a fallu plusieurs semaines pour accepter de revenir à Courseilles. J'ai attendu d'aller mieux, de remarcher normalement. D'être capable de vaincre l'appréhension qui m'envahissait à la seule idée de franchir le portail.

Quand François y est retourné pour la première fois, alors que j'étais encore à l'hôpital de Chartres, il a trouvé la maison en parfait état. Le lave-vaisselle avait tourné, le ménage était fait. Tout était impeccable. Plié, rangé, remis à sa place. L. avait pris le temps de couper l'eau, de vider les poubelles, de baisser le thermostat des radiateurs. Elle avait organisé son départ et veillé à laisser place nette derrière elle. Dans la chambre où elle avait dormi, le matelas était nu. Les draps avaient été lavés, séchés, et remis dans l'armoire, ainsi que les serviettes de toilette. Les sanitaires étaient propres.

Les seules traces de notre séjour se trouvaient dans ma chambre : lit défait, bols vides et sales, un tee-shirt jeté à même le sol.

François n'a jamais retrouvé ma valise, ni mon téléphone, ni aucune des affaires que j'avais apportées.

Lorsque je lui ai demandé de me raconter exactement ce que L. lui avait répondu, le soir où elle avait décroché mon téléphone à ma place, j'ai bien vu qu'il doutait de ma mémoire. J'ai entendu ce ton indulgent qu'il a pris pour m'expliquer qu'il n'avait jamais parlé à L. au téléphone, ni ce soir-là, ni plus tard. Ce ton saturé de précautions que l'on adopte pour ramener les fous à la raison.

François m'a raconté qu'il avait en effet tenté de me joindre toute une journée sans que je décroche ou ne donne signe de vie en retour. Plus tard, il était tombé directement sur mon répondeur, mon portable était fermé. Il s'était inquiété. Nous ne laissions jamais passer une journée sans nous parler. Le soir, il avait fini par appeler son ami Charles, qui habite de l'autre côté du village, pour lui demander d'aller voir. Lorsque Charles avait escaladé le mur d'enceinte, il n'y avait pas de voiture dans le jardin, aucune lumière dans la maison, et tous les volets étaient fermés. François en avait conclu que nous étions rentrées à Paris (c'est sans doute ce que L. souhaitait qu'il pense). Un peu plus tard, l'idée que je puisse avoir un amant l'avait traversé. Et puis il avait reçu cet appel de la secrétaire du maire, le matin où l'on m'avait retrouvée, et il avait pris le premier avion.

Quelques jours après cette conversation, François m'a demandé de lui expliquer, de nouveau, comment j'avais rencontré L.

J'ai raconté, encore une fois, cette soirée après le Salon du Livre, chez une amie de Nathalie, et cette femme qui m'avait abordée.

François trouvait étrange de ne l'avoir jamais rencontrée. Pendant tout ce temps où je côtoyais L. à Paris, où elle avait vécu chez moi, comment était-il possible qu'il ne l'ait jamais croisée ?

Le fait est qu'en temps normal, pour diverses raisons, je venais chez lui bien plus souvent qu'il ne venait chez moi. Et durant la période où L. était là, je m'étais arrangée pour qu'il ne vienne pas une seule fois.

Il m'a demandé de lui expliquer, une fois encore, pourquoi j'avais décidé, sur un coup de tête, de partir avec elle à Courseilles, pourquoi je n'avais pas proposé à quelqu'un d'autre, une amie plus proche, plus fiable, de venir avec moi. Quelle était la marque de sa voiture, pour quelle raison était-elle sur place, comment avait-elle pu se libérer, comme ça, sur-le-champ ? Pourquoi avions-nous vécu ainsi, volets fermés ? Pourquoi aurait-elle éteint mon portable ?

Sous cet air de ne pas vouloir me heurter ni me contrarier, j'ai fini par reconnaître le soupçon.

Peut-être parce qu'il pouvait imaginer une tout autre trahison, François est la seule personne à qui j'ai tenté de tout raconter. Depuis le début. Comment j'avais rencontré L., comment je m'étais attachée à elle. Ce qu'elle avait fait pour moi, ce qu'elle avait fait à ma place. Ce qu'elle savait avant qu'on le lui dise, ce qu'elle comprenait si bien. Ce qu'elle pensait de mes livres, ce qu'elle attendait de moi. Il m'a fallu admettre la mascarade et les mensonges. Ces semaines où j'avais fait croire à tout le monde que j'étais en pleine écriture, alors que je passais mes journées à errer dans la rue ou dans les rayons des Monoprix.

J'ai expliqué comment, aux urgences de l'hôpital Saint-Louis, l'idée m'était venue d'écrire sur L., de m'inspirer de sa vie. Combien cette idée m'était apparue évidente, impérieuse, et, pour la première fois depuis si longtemps, digne d'intérêt. C'est pourquoi la perspective d'un séjour en huis clos avec elle à Courseilles m'avait paru tomber du ciel. C'était une opportunité inespérée ! Non, je n'avais pas eu peur. Le besoin d'écrire, la certitude que je tenais enfin un livre, avaient aboli toute méfiance. Mais L. avait découvert mon projet et les choses avaient dérapé.

Face à moi, François affichait cette moue de perplexité que je connais bien. J'ai senti qu'il ne prenait pas la moitié de mon récit au sérieux.

Il m'a demandé plusieurs fois, sous couvert de plaisanterie, si L. n'était pas un homme. Mais au fond, je crois surtout qu'il pensait que je m'étais débrouillée pour m'enfuir seule à Courseilles avec la volonté de m'isoler, de me couper de tout.

Plus tard, sans qu'il me l'avoue, je crois qu'il s'est rangé à l'avis des médecins. J'avais traversé un épisode dépressif sévère. Les médicaments que j'avais pris avaient provoqué un état de confusion, voire des hallucinations, qui pouvaient expliquer en grande partie ce qui s'était passé. Dans une sorte de crise nocturne dont je gardais un souvenir déformé, j'étais sortie à moitié nue de la maison et j'étais tombée dans une tranchée municipale. J'avais des antécédents psychiatriques.

La vérité était tout autre : L. avait essayé de m'empoisonner. De m'affaiblir. Elle m'avait mise en danger.

J'aurais pu porter plainte contre elle, ou au moins chercher à la retrouver.

Je ne l'ai pas fait. Je n'avais pas la force. Et puis il m'aurait fallu répondre à toutes sortes de questions, donner son signalement, raconter encore et encore, fournir des détails, des preuves. Et des preuves, je n'étais pas sûre d'en avoir.

Lorsque je suis rentrée chez moi, à Paris, après trois jours passés en observation à l'hôpital, j'ai allumé l'ordinateur. L'intuition que j'avais eue s'est avérée juste : L. avait effacé tous les messages que nous avions échangés dans les premiers mois de notre relation. Tous. Pas un seul ne lui avait échappé.

Vu le temps qu'elle avait passé chaque jour sur ma machine, à l'époque où elle vivait chez moi, elle avait eu tout le loisir de trier, de vider les corbeilles, pour ne laisser aucune empreinte.

Je n'avais plus rien : pas la moindre trace. En revanche, elle avait laissé tous les e-mails qu'elle avait écrits à ma place : ils étaient signés de mon nom et rien ne prouvait (en dehors de ma parole) que je n'en étais pas l'auteur.

J'ai découvert ainsi plusieurs messages d'encouragement, de soutien, des pensées douces, que mes amis m'avaient adressés après avoir reçu le mail de L. où je (elle) leur demandais de ne plus se manifester. Évidemment, L. s'était bien gardée de me les signaler.

J'ai passé plusieurs jours sans sortir de chez moi. Dehors, j'avais peur. Et seule dans mon appartement, j'avais peur aussi.

Mes amis ont appris que j'étais souffrante et sont venus me rendre visite. Ils étaient contents de me voir, après tout ce temps. Et moi aussi. Ils me parlaient tout doucement.

Une nuit, j'ai rêvé de L. Elle se traînait sur le sol de la cuisine de Courseilles, la tête à moitié enfoncée, aveuglée par le sang. Elle cherchait à atteindre la porte d'entrée et appelait Ziggy. Je la regardais, incapable de lui venir en aide.

Je me suis réveillée en nage, assise dans mon lit. La terreur ne m'a pas quittée jusqu'au matin.

Au bout d'une semaine ou deux, peu à peu, j'ai recommencé à sortir.

Dès que quelqu'un marchait dans mon dos ou me suivait d'un peu trop près, je changeais de trottoir. Il m'arrivait de percevoir une présence derrière moi (le frottement de mon écharpe sur le cuir de mon blouson, le cliquetis d'une boucle de ceinture) et de me retourner brusquement sur le vide. Je me sentais épiée, suivie, salie. Je sursautais au moindre bruit, je sentais chacun de mes muscles, tendu à l'extrême. Mon corps entier était sur le qui-vive. J'étais sûre de l'imminence d'un danger, sans en connaître la forme, sans savoir si ce danger était tapi à l'intérieur ou à l'extérieur de moi.

Quelle que soit l'heure, j'ouvrais la porte de mon appartement avec la peur au ventre, certaine que le jour viendrait où je trouverais quelqu'un qui m'attendrait, assis sur mon canapé ou tapi sous mon lit, venu pour me régler mon compte.

Louise et Paul sont rentrés à la maison très souvent pour me voir. François a décidé de rester à Paris, j'ai remis à plus tard tout projet d'écriture.

Je suis retournée à l'hôpital Saint-Louis pour les radios de contrôle. On m'a enlevé la botte en résine. Au début, je n'osais pas poser le pied par terre. Après deux ou trois séances de rééducation, j'ai recommencé à marcher sans boiter.

Pendant quelques semaines, j'ai continué à entendre des grincements ou des bruits bizarres sur le palier. À vérifier par le judas, plusieurs fois par jour, que personne n'écoutait à ma porte. J'ai continué de fermer les rideaux, de jour comme de nuit, dès que je rentrais chez moi. Il m'est venu à l'idée que L. avait pu dissimuler dans mon appartement des caméras et des micros. J'ai glissé mes mains partout, sous les tables, sous les coussins, à l'intérieur des luminaires et dans tous les recoins. Pour vérifier.

On peut considérer ces diverses manifestations comme la conséquence d'un traumatisme psychologique ou comme l'aggravation d'une tendance paranoïaque préexistante. Je n'ai pas d'avis sur la question.

Néanmoins, petit à petit, j'ai repris ce qu'on appelle *une vie normale*.

Je pensais à L., bien sûr. J'y pensais comme à un mauvais rêve ou un souvenir un peu honteux, sur lequel on préfère ne pas s'attarder. À mesure que cette période s'éloignait, le souvenir de L. s'enveloppait d'une membrane opaque. Je me demandais s'il s'agissait de le préserver intact, à l'abri de la lumière, pour éviter qu'il ne s'altère, dans l'idée, peut-être, de l'écrire un jour, ou au contraire de le faire disparaître. Aujourd'hui je connais la réponse.

Au mois d'avril, j'ai accepté l'invitation du festival littéraire de Chalon-sur-Saône. Il était prévu que je rencontre, devant un plus large public, un groupe de lecteurs qui avait lu, tout au long de l'année, l'ensemble de mes livres. J'ai accepté cette invitation parce que je connais depuis longtemps le programmateur du festival, qui est lui-même écrivain.

Et puis sans doute ai-je voulu me mettre à l'épreuve, me prouver à moi-même que je pouvais y arriver seule.

En sortant du train, j'ai déposé mes affaires à l'hôtel. Je me suis allongée une demi-heure. C'est un moment que j'aime, me retrouver ainsi comme téléportée dans une chambre que je ne connais pas, dans une ville qui

m'est inconnue, ce temps retranché qui précède l'exposition. Un peu plus tard, j'ai marché pour rejoindre le
théâtre. J'ai échangé quelques mots avec les membres
du groupe de lecture, tandis que, peu à peu, le public
prenait place. J'ai couvert la grande salle d'un regard
circulaire, radar silencieux balayant la foule sans s'attarder sur les visages. Comme mes yeux revenaient au
centre, j'ai compris ce que j'étais en train de faire. Je
cherchais L. Ou plutôt, je vérifiais que L. n'était pas
dans la salle. Une fois rassurée, j'ai inspiré pleinement
et l'échange a commencé.

Les questions du groupe portaient sur tous mes
livres, et sur le lien qui les unissait. L'ambiance était
chaleureuse. Bienveillante. J'étais heureuse d'être là. Je
me suis souvenue que j'aimais rencontrer les lecteurs,
apprendre de leur lecture, parler de mon travail. Que
j'aimais chercher l'image, l'émotion, l'étincelle qui était
à l'origine de mes livres, m'interroger sur l'écriture, et
tenter de trouver, à voix haute, les réponses qui me
semblaient les plus justes.

Et puis sont venues d'autres questions, posées par le
public. Elles concernaient essentiellement mon dernier
roman. Aucune de ces questions ne m'était tout à fait
inconnue. Mais je n'y avais pas répondu depuis longtemps. Et ce temps avait modifié mon rapport au texte.
Mes lignes avaient bougé, j'avais pris du recul. Il était
loin le jour où, face à une vingtaine de libraires, alors
que je présentais mon roman pour la première fois,
je m'étais mise à pleurer. J'avais eu honte, ensuite, de
ne pas avoir su contenir les larmes. De m'être donnée
en spectacle.

Mais ce soir-là à Chalon, il me semblait que j'étais, enfin, à la bonne distance.

Après quelques échanges, une femme assise au premier rang a pris la parole au nom d'une jeune fille, Léa, qui n'osait pas s'exprimer mais qui était présente dans la salle. La femme, micro en main, s'est levée. Son ton avait quelque chose de grave.

— En fait, Léa voudrait savoir si vous êtes sincère. Parfois, en lisant votre livre, elle a eu des doutes, elle s'est demandé s'il n'y avait pas des choses inventées. Ce que vous racontez, est-ce que c'est la vérité ? Est-ce que tout est vrai ?

Un instant, j'ai eu envie de répondre à Léa qu'elle avait visé dans le mille. Car non, bien sûr que non, tout cela n'était que pure affabulation, rien de ce que je racontais n'avait eu lieu, rien du tout, d'ailleurs, chère Léa, à l'heure où je vous parle, ma mère se roule dans l'herbe quelque part dans la Creuse, elle n'est pas morte, pas le moins du monde, elle porte des santiags été comme hiver, des robes de satin doré, vit avec un vieux cow-boy fou amoureux d'elle qui ressemble à Ronald Reagan, elle est toujours aussi belle et drôle et chiante, elle héberge une dizaine de sans-papiers, venus des quatre coins du monde, dans sa grande maison remplie de plantes et de désordre, elle lit Baudelaire et regarde *The Voice* à la télé.

Au lieu de cela, j'ai tenté d'expliquer à quel point j'avais essayé d'être sincère au sens où elle l'entendait, oui, autant que faire se peut, et sans doute cela avait-il nui au livre, car aujourd'hui me sautaient aux yeux les détails inutiles, les précisions absurdes, les noms que j'aurais dû travestir, les fidélités parasites, tout ce tribut justement que je croyais devoir payer au réel et dont j'aurais dû m'affranchir. Et puis j'ai tenté de dire, comme je l'avais déjà fait plusieurs fois dans ce genre de rencontre, combien le réel me paraissait inaccessible. J'ai tenté d'expliquer cette idée à laquelle je revenais sans cesse, selon laquelle, quoi que l'on écrive, on était dans la fiction :

— Même si cela a eu lieu, même si quelque chose s'est passé qui ressemble à cela, même si les faits sont avérés, c'est toujours une histoire qu'on se raconte. *On se la raconte.* Et au fond, l'important, c'est peut-être ça. Ces toutes petites choses qui ne collent pas à la réalité, qui la transforment. Ces endroits où le papier calque se détache, sur les bords, dans les coins. Parce qu'on a beau faire, ça gondole, ça frise, ça frouille. Et c'est peut-être pour ça que le livre vous a touchée. Nous sommes tous des voyeurs, je vous l'accorde, mais au fond, ce qui nous intéresse, nous fascine, ce n'est peut-être pas tant la réalité que la manière dont elle est transformée par ceux qui essaient de nous la montrer ou nous la raconter. C'est le filtre posé sur l'objectif. En tout cas, que le roman soit certifié par le réel ne le rend pas meilleur. Voilà ce que je crois.

Un homme a pris la parole. Sa voix était forte, il n'avait pas besoin du micro.

— Vous avez tort. Ce n'est pas ça. Nous, ce qui nous plaît dans votre livre, c'est l'accent de vérité. On le sent, on le reconnaît. L'accent de vérité, ça ne s'explique pas. Vous avez beau dire, c'est ce qui fait la force de ce que vous avez écrit.

L'homme guettait mon assentiment. Que pouvais-je répondre à cela ? J'étais la personne la moins bien placée pour déterminer ce qui plaisait ou déplaisait dans mon livre. Mais je voulais en finir avec l'accent de vérité.

— Je ne crois pas à l'accent de vérité, monsieur. Je n'y crois pas du tout. Je suis presque certaine que vous, nous, lecteurs, tous autant que nous sommes, pouvons être totalement dupes d'un livre qui se donnerait à lire comme *la vérité* et ne serait qu'invention, travestissement, imagination. Je pense que n'importe quel auteur un peu habile peut faire ça. Multiplier les effets de réel pour faire croire que ce qu'il raconte a eu lieu. Et je nous mets au défi – vous, moi, n'importe qui – de démêler le vrai du faux. D'ailleurs, ce pourrait être un projet littéraire, écrire un livre entier qui se donnerait à lire comme *une histoire vraie*, un livre soi-disant *inspiré de faits réels*, mais dont tout, ou presque, serait inventé.

À mesure que je parlais, ma voix n'était plus si sûre, elle recommençait à trembler. Un instant, j'ai eu la certitude que L. allait surgir du fond de la salle. Mais j'ai continué.

— Est-ce que ce livre serait moins sincère qu'un autre, je n'en suis pas sûre. Peut-être serait-il au contraire d'une grande sincérité.

Un murmure a parcouru la salle.

L'homme a repris la parole.

— Vous me parlez d'une arnaque. Mais les lecteurs n'aiment pas se faire arnaquer. Ce qu'ils veulent, c'est que la règle du jeu soit claire. Nous, on veut savoir à quoi s'en tenir. C'est vrai ou ce n'est pas vrai, un point c'est tout. C'est une autobiographie ou c'est une pure fiction. C'est un contrat passé entre vous et nous. Mais si vous arnaquez le lecteur, il vous en veut.

Le parfum de L. flottait dans l'air, pas loin de moi, l'effluve se rapprochait, me tournait autour. J'ai scruté les visages qui me faisaient face, je n'arrivais plus à me concentrer sur l'échange.

Je n'ai pas répondu. Une rumeur déçue a parcouru la salle tandis que je buvais d'un trait mon verre d'eau.

Le soir, quand je me suis couchée, j'ai repensé à cette expression de *pure fiction* que l'homme avait utilisée et qu'il m'était arrivé d'employer aussi. En quoi la fiction était-elle pure ? De quoi était-elle soi-disant exempte ? N'y avait-il pas toujours, dans la fiction, une part de nous-même, de notre mémoire, de notre intimité ? On parlait de *pure* fiction, jamais de *pure* autobiographie. On n'était donc pas complètement dupe. Mais après tout, peut-être que ni l'une ni l'autre n'existaient.

Alors une image m'est revenue : dans la cuisine de la maison de Pierremont, mes mains d'enfant, malhabiles, cassant des œufs au-dessus d'un récipient, afin de séparer le blanc du jaune. Ce geste délicat, précis, que Liane, ma grand-mère, m'avait montré plusieurs fois, ce geste qui consiste à faire passer le jaune d'une moitié de la coquille à l'autre, afin que le blanc coule dans la jatte sans être souillé. Car il faut que le blanc soit pur pour être monté en neige. Mais souvent, un tout petit bout de jaune, ou un minuscule morceau de coquille, se détache. Une fois tombé dans le plat, perdu dans le blanc translucide, l'éclat se dérobe sous le doigt, échappe à la cuiller, impossible à rattraper.

J'ai fermé les yeux et j'ai entendu la voix de ma grand-mère, cette voix chantante dont j'entretiens religieusement le souvenir, qui me demandait :

— Ma petite reine, c'est vrai ce mensonge ?

J'ai cessé de sursauter au moindre bruit, de vérifier en permanence que je n'étais pas suivie, de me sentir sans cesse observée. J'ai cessé de voir L. partout – dans la file d'attente des boulangeries, devant ou derrière moi dans la salle du cinéma, à l'autre bout du wagon dans le métro, j'ai cessé de me méfier de toutes les chevelures blondes et de toutes les voitures grises qui pénétraient dans mon champ de vision.

J'ai recommencé à appeler mes amis, j'ai repris contact avec des gens que je n'avais pas vus depuis longtemps. J'ai entamé une période de *resocialisation*, c'est ainsi que je l'ai appelée, pour pouvoir en rire. J'ai accepté de collaborer à l'écriture d'un scénario.

Pendant quelques semaines, j'ai eu le sentiment de ramasser les pots cassés, de réparer les meubles, de reconstruire le socle. J'ai accepté ce temps comme celui de la convalescence.

Quatre ou cinq mois après la disparition de L., un vendredi soir, j'ai reçu un SMS de mon éditrice :
Bien reçu ton manuscrit. Quelle surprise ! Je lis très vite et t'appelle ce week-end. Tu imagines comme je me réjouis…

J'ai commencé par penser qu'elle s'était trompée de destinataire, je voyais bien quelle précipitation pouvait conduire, par erreur, à envoyer un SMS destiné à quelqu'un d'autre. J'ai ensuite envisagé une version paranoïaque de l'incident (ce n'était pas une erreur de manipulation mais une vile stratégie, destinée à me faire savoir que les autres auteurs, eux, continuaient d'écrire et rendaient même leurs manuscrits). Puis je suis revenue à l'hypothèse initiale et n'ai pas pris la peine de répondre. Mon éditrice se rendrait bien compte par elle-même de son erreur.

Mais dans la nuit de dimanche à lundi, j'ai reçu un nouveau SMS de sa part :

Je viens de terminer. C'est périlleux et formidable. Bravo. T'appelle dans la matinée.

Je me suis dit qu'elle poussait le bouchon un peu loin. Elle pouvait quand même faire attention à ne pas envoyer n'importe quoi à n'importe qui.

J'ai envisagé différents SMS en retour, du plus simple (« *erreur destinataire* ») au plus assassin (« *trop tard, j'ai signé ailleurs* »), mais finalement je n'ai pas répondu. Un des auteurs de la maison avait écrit un texte *périlleux* et *formidable* qui comblait mon éditrice… Je m'en voulais de ressentir de l'envie, de la jalousie, c'était pitoyable et puéril, mais c'est bien ce que je ressentais. D'autres écrivaient des trucs périlleux et formidables et ça me rendait triste.

Dans la matinée, mon éditrice m'a appelée. Sans que j'aie eu le temps de placer un mot, elle s'est lancée dans une tirade enthousiaste, émue, transportée, elle était sens dessus dessous, c'était un texte intelligent, elle l'avait lu d'une traite sans pouvoir le lâcher, c'était perturbant et captivant, sans aucun doute ce que j'avais écrit de meilleur, comme quoi, toutes ces inquiétudes, cette crainte d'être arrivée au bout du chemin, cela n'avait pas de sens, au contraire, elle le savait, elle en était sûre, c'était le début d'un nouveau cycle.

J'ai fini par réussir à l'interrompre pour lui dire, d'une voix exaspérée, que je n'avais pas écrit le texte dont elle me parlait. Et pour que les choses soient bien claires, j'ai ajouté :

— Je ne t'ai rien envoyé, Karina, tu comprends ? Rien. Ce n'est pas moi.

Elle a eu ce rire de surprise que je connais bien, et qui compte parmi les raisons qui m'attachent à elle.

— Mais oui, je comprends, d'ailleurs c'est ce qui est troublant dans ton texte, cette réflexion en filigrane sur l'auteur et ses doubles, ces personnages romanesques auxquels tu laisses le soin de s'affronter…

J'étais abasourdie. Quel putain de texte pouvait-elle bien avoir entre les mains ? J'ai veillé à donner à ma voix son accent le plus ferme pour lui répéter que je n'avais RIEN écrit depuis trois ans et ne lui avais envoyé aucun manuscrit. Elle s'est esclaffée de nouveau avant de me répondre avec tendresse :

— Je ne suis pas sûre que l'on puisse tenir cette position sur le plan médiatique, mais si tu le souhaites, on peut en discuter. En tout cas je veux que tu saches à quel point je suis confiante. Je vais le relire, on se voit dès que tu veux. C'est bien, vraiment bien…

Je lui ai raccroché au nez. Elle m'a rappelée dans la seconde et m'a laissé un message chaleureux et rassurant. Elle comprenait que ce n'était pas simple pour moi, le texte était sur le fil, il jouait avec le feu, mais c'est ce qui faisait sa force.

J'ignore combien de temps je suis restée ainsi, immobile sur mon canapé. Dans cet état de sidération. Le regard dans le vide, incapable de replier mes jambes ou d'étendre mes bras, de m'envelopper dans le plaid posé à côté de moi. Assez longtemps pour percevoir le refroidissement progressif de mon corps. Mes doigts gelés.

C'est le froid qui m'a sortie de ma torpeur. Je me suis levée, le dos raide, les jambes ankylosées, j'ai chassé les fourmis de mes pieds en les frappant sur le sol.

Et puis soudain, j'ai compris.

L. avait écrit ce texte à ma place et l'avait envoyé.

L. avait écrit un texte *formidable* et *périlleux* qui provoquait chez mon éditrice un engouement sans précédent.

L. avait usurpé mon identité pour écrire un texte infiniment meilleur que tous ceux que j'avais écrits.

J'aimerais pouvoir décrire l'expression de François quand j'ai tenté de lui expliquer que mon éditrice avait reçu un manuscrit qu'elle espérait publier à la rentrée suivante, dont j'étais soi-disant l'auteur mais dont je n'avais pas écrit un traître mot.

Ces quelques secondes où il s'est demandé dans quelle galère il s'était embarqué (ce n'était pas la première fois). Cet instant de doute, et peut-être de découragement, avant qu'il me pose cette question qui, à elle seule, résumait son état d'esprit :

— Qu'est-ce que c'est que cette histoire ?

Je pense que mon éditrice et lui se sont croisés une semaine plus tard et que cette dernière a achevé de le convaincre qu'elle avait en sa possession un manuscrit de grande qualité dont l'auteur, selon elle, ne faisait aucun doute. J'imagine qu'ils ont dû débattre des raisons pour lesquelles je prétendais ne pas avoir écrit ce texte, qu'il a été question de ma fragilité depuis la parution de mon précédent roman, des lettres anonymes que j'avais reçues, de la manière dont je m'étais isolée, repliée, de mes attitudes phobiques voire paranoïaques, de mes toquades, et de la peur que j'éprouvais sans doute à l'idée de me trouver de nouveau exposée.

Après tout, tout cela était vrai. De là à en conclure qu'il fallait me laisser du temps pour être capable de porter ce texte, de l'assumer, il n'y avait qu'un pas.

Le jour où j'ai expliqué à François que L. avait eu accès à mon ordinateur, à mon journal intime, à tout ce que j'avais écrit jusque-là, et qu'elle était sans aucun doute l'auteur du roman reçu par mon éditrice, il a eu cette mine indulgente qu'il affiche quand il ne veut pas me contrarier.

Pour faire bonne figure, il m'a posé quelques questions sur L. (questions que, pour la plupart, il m'avait déjà posées à ma sortie de l'hôpital). Derrière chacune de ces questions se dissimulait le doute.

C'est alors que je me suis mis en tête de retrouver L.

De prouver qu'elle avait écrit ce manuscrit, de comprendre pourquoi elle l'avait fait en mon nom. Était-ce un piège ? Un cadeau ? Une manière de demander pardon ?

Le numéro de portable de L. n'était plus attribué.

Je suis retournée devant l'immeuble où elle habitait avant de s'installer chez moi et où j'étais venue, le soir de son anniversaire. Le code avait changé. J'ai attendu une dizaine de minutes avant que quelqu'un entre. Je suis montée jusqu'à l'appartement de L., j'ai sonné. Une jeune femme d'une vingtaine d'années m'a ouvert. Elle avait emménagé quelques mois plus tôt, l'appartement était loué par une agence, elle n'avait aucune idée de la personne qui habitait là avant elle. Par la porte entrouverte, j'ai reconnu l'appartement de

L., à cette différence près que, cette fois, il paraissait vraiment habité. La jeune fille m'a donné les coordonnées de l'agence qui assurait la gestion de la location. Comme celle-ci était dans le quartier, j'y suis allée dans la foulée. Le chargé de clientèle responsable du secteur n'était pas là. Face à mon insistance, son collègue a accepté de jeter un œil au dossier. Le mandat dont disposait l'agence était récent, la première locataire était celle que j'avais vue. Le collègue n'a jamais voulu me transmettre le numéro du propriétaire. Lorsque le lendemain j'ai rappelé le responsable des locations pour le supplier de me donner ne serait-ce qu'un nom, il m'a raccroché au nez.

J'ai téléphoné à Nathalie pour lui demander les coordonnées de l'amie chez qui avait eu lieu la soirée au cours de laquelle j'avais rencontré L. Il m'a fallu lui préciser un certain nombre de détails pour qu'elle retrouve de quelle soirée je lui parlais. Nathalie n'avait aucun souvenir de la femme que je lui décrivais, dans son souvenir elle était partie assez tôt et ne se rappelait pas du tout m'avoir vue parler avec qui que ce soit. J'ai téléphoné ensuite à Hélène, l'amie de Nathalie, qui se souvenait vaguement de ma présence à sa fête mais ne voyait pas, parmi les invités, qui pouvait être cette L., blonde, sophistiquée, que je lui décrivais. J'ai insisté. J'ai donné toutes sortes de précisions : L. et moi étions restées parmi les derniers. Nous avions bu de la vodka dans sa cuisine, assises autour de la table. Hélène ne voyait pas. Pas du tout. Cette femme avait sans doute été amenée par quelqu'un, mais qui ?

Quelques jours plus tard, j'ai appelé Lionel Duroy pour lui demander s'il connaissait une femme, L., qui était nègre, avec laquelle il avait été en concurrence plusieurs fois, notamment pour écrire le livre de Gérard Depardieu. Lionel n'a pas semblé très étonné, des nègres, il y en avait d'autres que lui, mais il était sûr d'une chose : pour Gérard, il n'avait jamais été question d'un autre écrivain que lui. Il l'avait rencontré un soir pour dîner et, dans la nuit qui avait suivi, le comédien l'avait appelé pour lui dire oui. Il ne connaissait pas cette femme, il n'en avait jamais entendu parler.

J'ai ensuite écrit un petit mot à Agnès Desarthe pour lui rappeler que nous étions en khâgne ensemble et lui demander si elle avait souvenir d'une jeune fille, prénommée L., qui était dans notre classe (mais malheureusement pas sur la photo) et si, le cas échéant, elle savait ce qu'elle était devenue. Au moment de glisser le mot dans l'enveloppe, j'ai ajouté au stylo rouge un post-scriptum pour préciser que ma question était urgente et importante. Si elle avait gardé quelques contacts de cette période, je lui serais très reconnaissante de leur poser également la question. Agnès m'a répondu deux jours plus tard que ni elle, ni Claire, ni Nathalie, ni Hadrien, avec lesquels elle était toujours amie, ne se souvenaient d'une L.

Une nuit, m'est revenu le souvenir du lycée de Tours où elle était allée à ma place. Je me suis levée, j'ai allumé l'ordinateur pour retrouver les échanges que L. avait eus avec la documentaliste, avant et après « ma » venue. Mais bizarrement, même s'ils avaient été écrits en mon nom, aucun de ces messages n'apparaissait dans mon ordinateur. L. les avait tous effacés. Je ne me rappelais pas le nom du lycée, mais avec un peu de chance, je trouverais sur Internet une trace de « ma » venue, voire une photo de L. au milieu des élèves. Les lycées aimaient poster ce genre de souvenirs sur leur blog.

C'est en effectuant cette recherche que je suis tombée sur une vieille interview de moi, parue dans le petit journal d'un lycée de Reims, où je mentionnais *Les gens normaux n'ont rien d'exceptionnel* et *Comment font les gens*, ainsi que *Grande Petite* de Sophie Fillières, parmi les films qui avaient compté pour moi.

Ainsi m'est-il apparu que ces coïncidences étranges, incroyables, qui nous reliaient, L. et moi, n'étaient sans doute pas si étranges.

L. était surtout très bien renseignée.

Sur Internet, je n'ai pas retrouvé trace du passage de L. à Tours. Le lendemain, j'ai téléphoné aux quelques lycées de la ville. Au deuxième appel, j'ai été mise en relation avec le professeur documentaliste qui m'avait invitée. J'ai senti dès les premiers mots que cette femme avait hésité à me répondre au téléphone. Son ton était glacial. Lorsque j'ai voulu savoir si elle se souvenait de « ma » visite quelques mois plus tôt, elle a eu une toux sèche avant de me demander si je me foutais de sa gueule. Elle n'a pas dit « vous plaisantez ? » ou « vous vous moquez de moi ? ». Non, d'une voix blanche dont elle ne cherchait pas à minimiser la violence, elle a dit : « Vous vous foutez de ma gueule ? » Car non seulement je n'étais pas venue, mais je n'avais pas prévenu. Une centaine d'élèves avait préparé cette rencontre, avait lu mes livres, avait attendu ce jour avec impatience. Elle m'avait envoyé les billets de train, elle m'avait guettée sur le quai de la gare, un jour de grand froid. Et je n'étais pas venue. Je n'avais pas jugé utile de m'excuser, ni de répondre à la lettre furieuse qu'elle m'avait envoyée.

J'ai raccroché. Le sol se dérobait sous mes pieds, ce n'était pas une image, c'était le parquet qui tanguait en silence, aimanté par des lignes de fuite situées aux quatre coins de la pièce.

L. m'avait dupée.

L. avait disparu, s'était volatilisée.

L. n'avait laissé aucune trace.

Les jours qui ont suivi ne m'ont apporté que vertige et confusion.

Chaque détail, chaque souvenir auquel je pensais pouvoir me raccrocher, chaque preuve que j'espérais pouvoir brandir, n'avait de réalité que dans ma mémoire.

L. n'avait laissé aucune empreinte. Aucune preuve tangible de son existence.

Pendant tout ce temps, elle s'était arrangée pour ne croiser personne de mon entourage. Et j'avais été une complice hors pair. Je ne l'avais pas présentée à mes enfants, ni à François, ni à mes amis. J'avais vécu avec elle une relation exclusive, sans témoin. J'étais allée avec elle dans des endroits bondés où il n'y avait aucune raison que l'on se souvienne de nous. Elle n'avait commis aucun crime qui nécessite une recherche d'indices ou d'ADN. Et s'il me venait à l'idée d'expliquer

dans un commissariat, six mois après les faits, que les
somnifères et la mort-aux-rats que l'on avait retrouvés
dans mon sang m'avaient été administrés à mon insu,
on m'aurait prise pour une folle.

J'étais une romancière qui avait montré, à plusieurs
reprises, des signes graves de perturbation, de vulné-
rabilité, voire de dépression.

Je passais des nuits entières, les yeux grands ouverts,
à chercher l'indice, la faille.

Un soir, alors que je tentais d'expliquer à François
l'angoisse qui me saisissait par moments, m'empêchait
de respirer, alors qu'il m'écoutait pour la vingtième fois
reprendre tout depuis le début, multiplier les détails, les
anecdotes, les souvenirs de conversations, il a eu cette
phrase dont il espérait sans doute qu'elle me permettrait
de tourner la page :

— Peut-être que tu l'as inventée pour l'écrire.

Alors j'ai compris que c'était peine perdue et que
je me battais contre des moulins à vent.

Bien sûr, j'ai eu envie de lire le manuscrit. Pendant
quelques jours, j'ai réfléchi à la manière dont je pouvais
le récupérer, ou au moins savoir de quoi il parlait, sans
éveiller davantage les soupçons sur ma santé mentale.
Pendant quelques jours, j'ai pensé donner à mon éditrice le feu vert pour mettre en fabrication et publier ce
roman *périlleux* et *formidable*, quitte à prendre le risque
de voir L. dénoncer publiquement mon imposture. Au

moins réapparaîtrait-elle et prouverais-je ainsi que je ne l'avais pas inventée.

C'était tentant. Un livre écrit, clé en main, prêt à l'emploi. Et bon avec ça. Un livre plus trouble, plus puissant, que tous ceux que j'étais capable d'écrire.

J'ai caressé cette idée pendant quelques jours, peut-être quelques semaines.

Et puis un matin, j'ai demandé à mon éditrice de me rejoindre dans un café. Elle s'est inquiétée de me voir si fatiguée. Je lui ai demandé, de la manière la plus solennelle possible, de jeter ou brûler le texte qu'elle avait entre les mains. J'ai affirmé d'un ton sans appel que je ne le publierais jamais.

En réponse à sa question, j'ai admis que je n'en avais aucune sauvegarde informatique. Mais si toutefois elle tenait à notre relation, si elle pensait qu'un jour je serais capable d'écrire un nouveau livre, je lui demandais, je la suppliais, de jeter celui-ci.

Ébranlée par ma détermination, et sans doute par les cernes violets qui me donnaient l'air d'avoir été battue, elle m'a promis qu'elle le ferait.

Je ne suis pas dupe. Je sais que ce texte est rangé quelque part dans son bureau.

Un matin, j'ai trouvé dans ma boîte une nouvelle lettre.

```
Delphine,
Tu penses sans doute t'en tirer comme ça.
Pouvoir passer à autre chose. Tu es plus solide
qu'il n'y paraît. Mais tu n'es pas tirée d'af-
faire. Crois-moi.
```

Cette fois, elle était signée.

L'idée m'était venue que L. pouvait être l'auteur de ces lettres. Mais je m'étais trompée. Ce n'était pas elle. J'aurais préféré.

C'est la dernière que j'ai reçue.

Quelques semaines plus tard, Paul est rentré à la maison. Un matin que nous discutions tous les deux d'un livre qu'il venait de terminer et qui l'avait beaucoup perturbé, un matin, donc, où je parlais avec mon fils de la manière dont certains textes peuvent nous hanter pendant des jours, voire des semaines, j'ai évoqué devant Paul le premier roman de David Vann, *Sukkwan Island*, dont la lecture m'avait empêchée de dormir plusieurs soirs de suite, et cette fameuse page 113 restée dans la mémoire des lecteurs de ce livre comme un choc hallucinant (le roman y bascule dans un drame que l'on pressent depuis le début, mais d'une manière à la fois terrible et tout à fait inattendue). Je me suis levée pour attraper l'exemplaire rangé dans ma bibliothèque. Le livre est d'une noirceur absolue et je n'avais pas spécialement envie que Paul le lise, mais je cherchais confirmation du souvenir terrifiant que cette page m'avait laissé. Devant lui, alors que je lui résumais en quelques mots l'histoire et lui racontais ce que j'avais appris ensuite des raisons qui avaient amené David Vann à écrire ce roman, j'ai ouvert mon exemplaire à la page 113, cornée. J'ai commencé à parcourir les lignes et me suis arrêtée de parler.

La description que j'avais sous les yeux était, quasiment mot pour mot, celle que L. m'avait faite du suicide de son mari. À mesure que j'avançais dans cette lecture, ce qui pouvait d'abord apparaître comme une coïncidence, de toute évidence ne pouvait en être une : L. s'était inspirée de ce livre, de ces mots, pour me raconter la mort de Jean. L'isolement, la neige, cette petite cabane qui leur servait de refuge, le coup de feu, le retour dans la cabane et cette vision d'horreur qu'elle m'avait décrite dans la voiture, rien ne manquait.

Dans la panique, j'ai jeté le livre par terre.

Nous sommes partis nous promener tous les deux. Le frisson d'effroi que j'ai ressenti ne m'a pas quittée de l'après-midi.

Plus tard dans la soirée, maintenue éveillée par une intuition confuse, je suis restée devant ma bibliothèque à lire à voix haute, comme L. le faisait, les titres de mes livres, serrés les uns contre les autres. Tous. Rayonnage par rayonnage.

Quand je me suis couchée, allongée sur le dos, incapable de trouver le sommeil, à l'affût du moindre bruit, j'ai compris : tout ce que L. m'avait raconté de sa vie, chaque anecdote, chaque histoire, chaque détail, venait d'un livre de ma bibliothèque.

J'ai enfilé un pull et un jean, j'ai allumé toutes les lumières de mon salon et j'ai fermé les rideaux. Jusqu'au petit matin, j'ai procédé avec méthode : je me suis remémoré les confidences de L., une par une.

Et puis j'ai laissé glisser mes doigts sur la tranche des livres, et j'ai trouvé.

L. avait puisé un peu partout, sans prédilection de genre, dans des romans français ou étrangers. Les textes qui l'avaient inspirée avaient en commun d'être écrits par des auteurs contemporains. La scène de la mort de sa mère venait sans aucun doute possible d'un roman de Véronique Ovaldé. La description de la personnalité de son père s'inspirait très largement d'un roman de Gillian Flynn. J'ai retrouvé, quasiment mot pour mot, la terrible visite du voisin dans le premier roman d'Alicia Erian. Le récit du matin où elle s'était réveillée la gorge sèche, incapable de proférer un son, et celui du retour de sa voix, ressemblaient à s'y méprendre à ces mêmes phénomènes décrits dans un roman de Jennifer Johnston. Quant à la rencontre avec son mari, un soir de grève des transports, elle sortait tout droit d'un livre d'Emmanuèle Bernheim.

Dans les semaines qui ont suivi, j'ai continué de découvrir les liens qui unissaient les différents récits de L. et ma bibliothèque.

L'histoire de Ziggy, son amie imaginaire, était un étrange mélange entre une nouvelle de Salinger et un roman de Xavier Mauméjean que Paul avait étudié au collège et qui, pour une raison que j'ignore, était rangé avec les miens dans la bibliothèque du salon.

J'avais éprouvé un sentiment étrange, familier, en entendant L. évoquer certains de ces souvenirs. Ils avaient trouvé en moi un écho qui me laissait croire que nous avions en commun quelque chose de profondément intime. Quelque chose qui ne s'expliquait pas. Une empreinte venue d'un autre temps. Je comprenais seulement maintenant la nature de cet écho.

Encore aujourd'hui, j'ignore pourquoi elle m'a joué cette comédie. En vertu de quel défi, de quel déni. Mais je suis romancière et j'ai tour à tour envisagé différentes hypothèses.

L. s'est volontairement nourrie de mes lectures, de mes livres, pour me proposer une version de sa vie composée de scènes marquantes, non pas choisies au hasard, mais avec discernement, parce qu'elle pensait que celles-ci s'insinueraient en moi de manière inconsciente, autant de stimuli puissants destinés à me donner envie d'écrire ma propre histoire. L. partait du principe que j'avais aimé ces livres (puisque je les avais conservés) et donc que leur réminiscence était susceptible d'entrer en résonance avec ma propre histoire, et en particulier celle du livre caché.

Ou bien L. s'est amusée à me lancer un défi. En parfaite connaissance de cause. Elle s'est attachée à me raconter, parfois presque mot pour mot, des histoires que j'avais lues. Elle a poussé le défi de plus en plus loin. Au risque que je découvre la supercherie et lui dise : mais j'ai lu tout ça ! L. a truffé son discours d'effets de fiction pour voir si j'étais capable de m'en souvenir. Peut-être voulait-elle me prouver que ces livres n'avaient laissé en moi qu'une empreinte diffuse, confuse, délébile. Dans ce cas, elle se trompait. Je me souvenais de ces livres, et pour certains je m'en souvenais très bien. Mais je lui avais accordé ma confiance et n'avais jamais remis en question sa parole.

J'ai aussi pensé que L. m'avait tendu une autre forme de piège, dans lequel, pour le coup, j'étais tombée à pieds joints. L. savait qu'en ravivant ainsi, à mon insu, l'empreinte profonde des textes lus, elle me donnerait l'envie d'écrire sur elle. Je croyais l'avoir trahie, mais c'est exactement ce qu'elle avait voulu. Devenir mon sujet. Et m'amener ainsi, malgré moi, à plagier les auteurs que j'aimais.

J'ai adopté chacune de ces hypothèses, pendant quelques heures. À vrai dire, aucune ne m'a donné réelle satisfaction.

Peut-être L. avait-elle vécu *vraiment* toutes ces scènes. Peut-être ces points communs entre la vie de L. et les livres de ma bibliothèque relevaient-ils seulement d'une étrange coïncidence. Dans ce cas, la réalité non seulement dépassait la fiction, mais l'englobait, la compilait… Dans ce cas, la réalité avait vraiment *les couilles*, en effet, de s'amuser.

Un matin, alors que nous étions à Courseilles, François a trouvé un poisson mort dans le bassin. De Djoba, il ne restait que la tête et l'arête centrale, auxquelles étaient accrochés quelques lambeaux de chair. Les écailles nacrées flottaient à la surface. Djobi était en pleine forme. J'ai demandé à François si Djobi avait bouffé Djoba, il m'a assuré que non. Mais quelques jours plus tard, après avoir fait des recherches sur Internet, il a admis que ce n'était pas impossible.

Un jour, juste avant l'été, alors que j'allais beaucoup mieux et avais cessé de me réveiller toutes les nuits en pensant à L., j'ai reconnu, assis à la terrasse d'un café, le jeune homme très beau qui l'avait aidée à apporter ses affaires. Je marchais sur le trottoir d'en face. J'ignore quel détail de sa physionomie a attiré mon regard, je me suis arrêtée net.

J'ai traversé et me suis approchée de lui. Il prenait un verre avec une jeune fille de son âge. Je les ai interrompus.

— Bonjour, excusez-moi, vous êtes venu chez moi il y a quelques mois avec une femme d'une quarantaine d'années, tôt le matin, pour l'aider à apporter ses affaires. Elle s'installait chez moi, elle avait pas mal de valises. Est-ce que vous vous en souvenez ?

Le garçon m'a regardée, son sourire était doux.

— Non, je m'excuse, je ne m'en souviens pas, madame. C'était où ?

— Dans le onzième, rue de la Folie-Méricourt. Au sixième étage, sans ascenseur. Je suis sûre que vous vous souvenez de cette femme ? Elle s'appelle L., elle est grande, blonde, elle m'a dit que vous étiez le fils d'une de ses amies.

Le garçon m'a expliqué qu'il avait travaillé un temps pour une société de services à domicile. Il faisait du bricolage, transportait des meubles, vidait des caves. Il se rappelait vaguement une mission un peu galère qu'il avait eue, au sixième étage sans ascenseur, mais rien de plus. Et il était désolé, mais il n'avait aucun souvenir ni de L. ni de moi. La société avait été créée par un ami à lui et avait fait faillite assez vite.

Il y a quelques mois, j'ai revu avec Paul *Usual Suspects*, un film culte sorti dans les années quatre-vingt-dix, que je voulais lui montrer depuis longtemps. Lorsque le générique de fin est apparu, j'ai compris pourquoi c'était si important. La scène mythique qui clôt le film avait une drôle de résonance.

Le scénario est construit autour de l'interrogatoire de Verbal Kint, seul survivant d'un massacre sanglant qui a eu lieu la veille. Verbal est un infirme boiteux, dont la main est tordue, un simple d'esprit, joué par Kevin Spacey. Après plusieurs heures d'interrogatoire, il apparaît comme un complice de seconde zone, lui-même victime d'une machination qui le dépasse. Comme la caution a été versée, il est libre. Il récupère ses effets personnels et quitte le poste de police. Après son départ, l'agent Kujan reste un moment dans ce bureau qui n'est pas le sien. Ses yeux balaient machinalement le tableau d'affichage accroché au mur, sur lequel sont épinglés des avis de recherche, des fiches de renseignements, des photos, des coupures de journaux. C'est alors qu'il s'aperçoit que tous les noms et tous les détails mentionnés par Verbal Kint au cours de son interrogatoire proviennent de ce tableau, en face duquel ce dernier était assis. Et que le nom de son soi-disant complice, donné par Verbal, n'est autre que celui du fabricant de vaisselle, inscrit sous sa tasse à café. Dans le même temps, le portrait-robot du fameux Keyser Söze, criminel d'une cruauté légendaire que personne n'a jamais vu, arrive sur le fax... sous les traits de Verbal Kint.

En montage parallèle, on voit Kevin Spacey marcher dans la rue, sa main redevient valide et il cesse de boiter, ses pas s'accélèrent, il allume une cigarette.

Voilà exactement ce qui m'était arrivé, ce jour où, face à ma bibliothèque, me remémorant cette lancinante poésie que L. aimait à réciter, j'avais compris qu'elle avait tout inventé. J'étais comme l'agent Kujan qui comprend trop tard qu'il s'est fait rouler.

Aujourd'hui, quand je pense à L., c'est cette image qui me revient avant les autres : les jambes de Verbal Kint filmées en plan serré, ce passage de la claudication à la marche normale, et puis ce pas rapide, assuré, qui le conduit jusqu'à la voiture qui l'attend.

Je sais que L. est quelque part, pas si loin. Elle se tient à distance.

Je sais qu'un jour elle reviendra.

Un jour, au fond d'un café, dans la pénombre d'une salle de cinéma, au milieu d'un petit groupe de lecteurs venus pour m'écouter, je reconnaîtrai ses yeux, je les verrai briller, comme les calots noirs que je rêvais de gagner, dans la cour de l'école élémentaire de Yerres. L. se contentera d'un petit signe de la main, de paix ou de connivence, mais elle aura ce sourire de victoire, qui me trouera le ventre.

Pour chacune de ses confidences, j'ai fini par retrouver de quel livre elle s'était inspirée. Une seule, pourtant racontée avec détails, est restée sans origine. Peut-être vient-elle d'un livre que je n'ai pas lu. J'en ai quelques-uns, rangés dans ma bibliothèque. Je les ai achetés ou on me les a offerts. J'ai besoin d'avoir des réserves.

Un jour, en commençant l'un de ces livres, je tomberai peut-être sur cette scène.

L. a quatorze ans. Elle est au collège dans une ville de banlieue parisienne. La veille, son père a passé une partie de la nuit à lui faire des reproches. Ça ne va pas, rien ne va, il y a quelque chose qui cloche. Elle se tient mal, toute voûtée, toute timorée, elle n'est pas féminine, elle fait tout le temps la gueule. Il la soupçonne de quelque chose, elle n'est pas nette, c'est tout. D'ailleurs, tout le monde le voit (il répète *tout le monde*, il insiste, comme s'il était en contact avec l'univers entier), le pharmacien et le type de l'agence Groupama lui ont dit exactement la même chose : votre fille, elle est bizarre. Elle n'est pas comme les autres. Les autres, au moins, elles sont gaies, elles sont joyeuses, elles ont l'air bien dans leurs baskets. Elles sont gentilles.

Le matin, quand elle arrive au collège, elle reste en retrait. Elle sait qu'elle a les yeux rouges, on risque de lui poser des questions.

Parfois elle rêve qu'elle s'enfuit. Ou que quelqu'un vient la chercher. Parfois elle se dit que malgré tout, elle deviendra peut-être une femme. Une femme qu'on regarde, qu'on trouve belle. Dont les blessures ne se voient pas.

Après le cours de français, le professeur lui ordonne de rester. Quand les autres élèves sont sortis, il lui demande si ça va. Si elle a des soucis à la maison. Il ne veut pas être indiscret, juste savoir si elle va bien.

Le professeur se tient devant elle, il la dévisage. Il cherche un signe. Elle baisse les yeux.

Il lui dit que si elle n'arrive pas à parler, elle devrait peut-être écrire. Pour elle-même. Elle aime bien écrire, non ? Elle ne dit rien. Elle pense très fort ces mots qu'elle ne peut pas dire, elle pense le plus fort possible pour qu'il l'entende, suis-je si laide, si ridicule, si différente, si voûtée, si mal coiffée, si méchante ? J'ai peur de devenir folle. J'ai peur et je ne sais pas si cette peur existe, si elle a un nom.

FIN *

Du même auteur :

Jours sans faim, Grasset, 2001 ; J'ai Lu, 2009.
Les Jolis Garçons, nouvelles, Jean-Claude Lattès, 2005 ;
Le Livre de Poche, 2010.
Un soir de décembre, Jean-Claude Lattès, 2005 ; Points
Seuil, 2007.
No et moi, Jean-Claude Lattès, 2007 ; Le Livre de Poche,
2009.
Les Heures souterraines, Jean-Claude Lattès, 2009 ;
Le Livre de Poche, 2011.
Rien ne s'oppose à la nuit, Jean-Claude Lattès, 2011 ;
Le Livre de Poche, 2013.

Ouvrages collectifs :
« Cœur ouvert », in *Sous le manteau*, nouvelles, Flam-
marion, 2008.
« Mes jambes coupées », in *Mots pour maux*, nouvelles,
Gallimard, 2008.

Composition réalisée par PCA

Achevé d'imprimer en novembre 2016, en France sur Presse Offset par
Maury Imprimeur – 45330 Malesherbes
N° d'imprimeur : 213262
Dépôt légal 1re publication : janvier 2017
LIBRAIRIE GÉNÉRALE FRANÇAISE – 21, rue du Montparnasse – 75298 Paris Cedex 06